ME. DREAMS. BABY.

Von Silvia Schneider

AF191649

SILVIA SCHNEIDER

ME.

DREAMS.

BABY.

K(EIN) LIEBESROMAN

2. Auflage, Januar 2025

Bibliografische Information der Deutschen Nationalbibliothek: Die Deutsche
Nationalbibliothek verzeichnet diese Publikation in der Deutschen
Nationalbibliografie; detaillierte bibliografische Daten sind im Internet über
dnb.dnb.de abrufbar.

Cover: Canva

Satz: Papyrus Autor

Verlag: BoD · Books on Demand GmbH, In de Tarpen 42, 22848 Norderstedt,
bod@bod.de

Druck: Libri Plureos GmbH, Friedensallee 273, 22763 Hamburg

ISBN: 978-3-7597-9598-4

Dieses Buch ist eine Hommage an diejenigen, die trotz stürmischer Zeiten unbeirrt ihren Weg gehen. Euer Mut inspiriert, eure Stärke bewegt.

Gebt niemals auf!

Bucket List

- ○ Realschulabschluss mit gut oder sehr gut bestehen.
- ○ Physiotherapeutin werden.
- ○ Ersten Kuss mit 15.
- ○ Große Liebe mit 16 finden.
- ○ Erstes Mal spätestens mit 18, sonst ende ich als alte Jungfer.
- ○ Hochzeit meiner großen und einzigen Liebe mit 25.
- ○ Haus mit Garten. Unbedingt auf dem Land!
- ○ An meinem 27. Geburtstag schwanger mit dem ersten Kind.
- ○ Das zweite Kind kommt vor dem Dreißigsten.
- ○ So eine Mama werden, wie meine Mama.
- ○ Für meine Kinder wünsche ich mir einen Papa, der so ist, wie mein Papa.
- ○ Eigene Physiotherapiepraxis eröffnen.

Kristin, 12 Jahre alt

Ein Funke der Veränderung

Kristin trat aus dem Salon und ließ den Duft von Haarspray und Shampoo hinter sich. Die strahlende Morgensonne begrüßte sie und schien ihr zuzuflüstern, dass heute ein besonderer Tag werden würde. Ihr erster freier Tag seit langem, und er war prall gefüllt: ein Krebsvorsorgetermin, ein Bewerbungsgespräch und schließlich ein Treffen mit ihrer besten Freundin Vio im Kunstgenuss. Trotz der vielen Vorhaben versprach dieser Tag, endlich wieder ein Stück Normalität und Freude in ihr Leben zu bringen.

Der Erste seit Ewigkeiten.

Als sie den Marienplatz erreichte, spielte das Glockenspiel des Rathauses die Zehn-Uhr-Melodie. Bis zum Frauenarzttermin blieb ihr also noch eine halbe Stunde. Genügend Zeit, ihren grummelnden Magen zu stillen. Wie so oft hatte sie auch heute die Wohnung ohne Frühstück verlassen. Nur ein schneller Kaffee war drin, dann musste sie auch schon los, um den Friseurtermin nicht zu verpassen.

Sie überquerte den Marienplatz, der wie jeden Tag gefüllt von Touristen war, und steuerte ihre Lieblingsbäckerei an. Schon von weitem konnte sie erkennen, dass der Verkaufsraum gedrängt voll war und die Schlange bis zur Tür reichte. *Das könnte knapp*

11

werden. Doch der verführerische Geruch aus der Bäckerei ließ ihren Magen immer lauter werden und sie gab sich geschlagen. Es gelang ihr selten, daran vorüberzugehen, ohne dass ihr das Wasser im Mund zusammenlief und sie sich dann ergebend eins dieser köstlichen Blätterteigteilchen gönnte.

Sie stellte sich brav hinter die Wartenden und sah sich um, während die warme Aprilsonne sie anstrahlte. Egal, in welche Richtung sie blickte, überall wimmelte es von Pärchen und Familien. Pärchen, die Küsse austauschten und verliebte Selfies von sich machten. Pärchen, die bald zu dritt waren. Pärchen, die verzauberte Blicke in den Kinderwagen warfen.

Kristins Augen wanderten sehnsuchtsvoll von einem Paar zum Nächsten, bis sie an einem hängen blieb.

Sie erstarrte.

Ihr Herz begann wild zu pochen.

Das einstige Hungergefühl wich einem Brechreiz.

Das konnte nicht sein.

Sie blinzelte mehrfach hintereinander.

Keine Veränderung.

Sie kniff ihre Augen zusammen, um den Blick zu schärfen. Doch auch das brachte nichts.

Das musste ein Alptraum sein.

Sie zwickte sich in den Unterarm, um aufzuwachen. Außer dass sie morgen vermutlich einen dicken blauen Fleck davontragen würde, änderte sich nichts.

Das Bild, das sich ihr bot, blieb.

Wut stieg in ihr hoch, das Rauschen in den Ohren wurde lauter und mit einem Tunnelblick stürmte sie auf das Pärchen mit dem Kind zu. Auf halben Weg blieb sie abrupt stehen und versteckte sich hinter der Mariensäule. Das konnte alles nicht wahr sein. Sie schlug die Hände vors Gesicht.

Robert.

Hand in Hand mit Tamara. Und auf seinen Schultern ein Junge. Von Weitem schätzte Kristin den Bub auf drei.

Drei Jahre sind seit der Scheidung vergangen.

War der Junge der Grund? Kristin verstand die Welt nicht mehr. Ihr schwirrte der Kopf. In was für ein entsetzliches Spiel war sie nur geraten? Robert hatte sie wegen ihres Kinderwunsches verlassen und nun läuft er mit einem Kind über den Marienplatz.

Die vergangenen drei Jahre waren nicht leicht für sie gewesen. Es war ein ständiges Auf und Ab der Gefühle und die fröhlichen Momente konnte sie, wenn sie zurückdachte, tatsächlich an einer Hand abzählen. Gleich nach seinem feigen nächtlichen Abgang hatte sie im Internet nach einem Lebenszeichen von ihm gesucht, nichts gefunden und sich wochenlang in ihrer Wohnung eingeigelt. Nur ihres Jobs wegen, den sie von Herzen gern tat, konnte sie sich tagtäglich auf- raffen und vor die Tür treten. Doch am Ende jeden

Tages verschloss sie sich wieder der Außenwelt. Selbst ihrer Mutter und Vio fiel es anfangs schwer, sie durch den Nebel der Ungläubigkeit und Trauer zu erreichen. Die Zeit heilt alle Wunden, predigten sie bei jedem Gespräch. Ihre beider Beharrlichkeit zum Dank fand sie peu à peu wieder zurück zur Normalität. Zumindest was man Normalität nennen konnte. Sie besuchte ihre Familie regelmäßig auf dem Land und bestellte nicht mehr beim Lieferservice, sondern traf sich mit alten Freunden zum essen oder kochte nur für sich allein. Die Stille der Wohnung quälte sie nicht mehr und die nächtliche Suche nach dem warmen Körper ihres Mannes, an den sie sich schmiegen konnte, war auch verschwunden.

Jetzt stand sie hier, versteckt hinter der Mariensäule. Das Pflaster, das ihre fast verheilte Narbe noch bedeckt hatte, wurde durch den Anblick eines glücklichen Roberts radikal abgerissen und die Wunde platzte in ihrer ganzen Schmerzlichkeit wieder auf.

Sie brauchte Antworten! Dringend!

Aber auf einmal fehlte ihr jegliche Kraft, ihn damit zu konfrontieren. Eine unbändige Müdigkeit überfiel sie und die Tränen liefen unaufhörlich die Wangen hinunter.

Sie fühlte sich verraten.

Wie konnte er ihr das antun? Er hatte ihr doch immer gesagt, wie sehr er sie liebte und nur sie liebte. Und jetzt läuft er mit dieser arroganten, reichen Tussi durch die Gegend. Kristin hatte sie noch nie gemocht, weil sie auf jeder Veranstaltung um Robert herumscharwenzelt war. Als Tochter von Privatklinikinhaber Professor Doktor Rudolf Falkenberger, war sie natürlich auf sämtliche klinische Anlässe mit eingeladen und nutzte diese auch aus, Roberts Aufmerksamkeit zu bekommen.

Zuhause versicherte Robert ihr immer wieder, dass es keinerlei Grund zur Eifersucht gäbe. Hatte er in diesem Augenblick schon gelogen? Wie lange hatte er sie betrogen? Wie oft? Warum hatte er ihr nicht einfach die Wahrheit gesagt? Warum die Nacht und Nebelaktion, als er sich ohne ein Wort aus dem Staub gemacht hatte? Dann die Sache mit der Wohnung. Den bezahlten Scheidungsanwalt, der ein Jahr nach Roberts Verschwinden mit den Scheidungspapieren vor der Tür stand.

Warum all diese Lügen?

Kristin atmete tief durch und wischte sich die Tränen aus dem Gesicht. Es half alles nichts. Sie musste sich zusammenreißen und ihn zur Rede stellen. Sie hatte eine Erklärung verdient, nur so konnte sie dieses Kapitel ihres Lebens endgültig abschließen. Vielleicht hatte dann die Achterbahn der Gefühle endlich ein Ende.

Vorsichtig lugte sie um die Säule herum und hätte beinahe vor Schreck aufgeschrien. Robert war nur noch wenige Schritte von ihr entfernt. Sein Blick war

Tamara zugewandt, die gerade etwas sagte, woraufhin er lachte. Er beugte sich zu ihr hinunter und drückte ihr einen innigen Kuss auf die Lippen, während er mit der einen Hand den wankenden Jungen auf seinen Schultern hielt und mit der anderen über den Bauch von Tamara strich.

Entsetzt riss Kristin ihre Augen auf. Erst jetzt fiel ihr der gewölbte Bauch auf. Tamara war wieder schwanger. Und wunderschön noch dazu.

Sie keuchte. Unbewusst strich Kristin über ihren flachen Bauch. Eine unbändige Traurigkeit gepaart mit einer Stinkwut machte sich in ihr breit.

Angetrieben durch die heftigen Gefühle trat sie mutig aus dem Schutz der Mariensäule hervor und wartete darauf, dass Robert in ihre Richtung blickte.

Mit Genugtuung beobachtete sie den rekordverdächtigen Mimikwechsel in seinem Gesicht, als er sie erkannte. »Hallo Robert.«

»Kein Kontakt, das war die Bedingung«, schnauzte Tamara sie mit hasserfüllter Stimme an.

Verwirrt starrte Kristin Tamara an, dann wanderte ihr Blick zurück zu Robert, der zu Boden sah. Dessen Pulsader am Hals aber sichtbar pochte. Ein Zeichen, dass er vor Wut kochte. »Robert?«

»Er redet nicht mit dir!«, antwortete Tamara anstelle von Robert donnernd.

»Kannst du bitte mal die Klappe halten!«, fauchte Kristin zurück und wandte sich mit beharrlichem

Blick wieder Robert zu: »Du bist mir eine Erklärung schuldig.«

»Du solltest besser weiter gehen.« Roberts Stimme war leise aber knurrend. Er hob den Kopf und blickte ihr flehend in die Augen. Sein schlechtes Gewissen war unübersehbar. Was Kristin noch mehr verwirrte.

Sie schüttelte den Kopf. »Nein, das werde ich nicht.«

»Er hasst dich. Wegen dir musste er hier in München alles aufgeben!«, schrie Tamara boshaft und ihr schöner Mund verzog sich zu einer gehässigen Grimasse.

Kristin versuchte, den Kloß in ihrem Hals hinunterzuschlucken, doch er war zu groß. »Stimmt das?«, krächzte sie und blickte Robert niedergeschlagen an.

Er zögerte kurz, hob dann den Jungen von seinen Schultern und stellte ihn neben Tamara ab, die bereits den Mund zum Widersprechen geöffnet hatte. »Geht zur Eisdiele. Ich komme gleich nach«, befahl er in strengen Ton. Tamara warf Kristin einen hasserfüllten Blick zu, nahm den Jungen an die Hand, drehte sich auf dem Absatz um und ging widerwillig davon.

Tamara war kaum außer Hörweite, als er explodierte. »Warum bist du nicht bei der Arbeit? Um diese Uhrzeit bist du doch immer dort.« Er zog seine Augenbrauen grimmig zusammen. »So hätte es nicht kommen sollen. Verdammt, ich hatte von Anfang an

kein gutes Gefühl dabei, nach München zurückzu-
kehren.« Seine Stimme brach, er machte einen Schritt
auf sie zu, hob die Arme und für den Bruchteil einer
Sekunde sah es so aus, als wollte er sie umarmen.
Doch er ließ sie schwerfällig wieder sinken.

Kristin sah Tränen in seinen Augen glitzern.
»Robert, was ist nur los?«

»Lass uns da drüben bei den Stühlen hinsetzen«,
schlug er vor und deutete auf die Sitzreihe neben dem
U-Bahn-Abgang.

Er war schmaler geworden, dachte Kristin und
betrachtete seine Statur von hinten, während sie ihn zu
den Stühlen folgte. Außerdem waren ihr die tiefen
Furchen um seine Augen, trotz seiner Brille aufgefallen und das einst dunkelbraune Haar schimmerte nur
noch durch das Grau hindurch. Auch wenn er die
Haare nach neuster Mode gestylt hatte und keinen
Vollbart mehr trug, so sah er doch um zehn Jahr älter
aus. Wieder einmal fragte sie sich, was in den drei
Jahren geschehen war. Was hatte ihn so verändert? Wo
war der Mann, den man bei seinem vierzigsten
Geburtstag auf dreißig geschätzt hatte?

Wie ein alter Mann ließ sich Robert auf den Stuhl
fallen. »So hätte es nicht kommen sollen«, flüsterte er
kopfschüttelnd und blickte auf den Boden.

»Das sagtest du bereits, Robert. Ich will endlich
wissen, was los ist, verdammt noch mal! Du bist mir
eine Erklärung schuldig«, entfuhr es ihr heftig.

Er nickte mit gesenkten Kopf. »Du hast recht.« Er hob den Blick und seine braunen Augen sahen entschlossen und kraftvoll aus. »Wo soll ich anfangen?«

»Warum hast du mich mit Tamara betrogen, obwohl du mir unzählige Male geschworen hattest, dass es keinen Grund zur Eifersucht gäbe?«

Robert nickte ein weiteres Mal mit verbissener Miene. »Kannst du dich an den Abend erinnern, als mein damaliger Chefarzt seinen Geburtstag gefeiert hatte?«

»Ja.« Kristin nickte.

»An diesem Abend war ich sehr wütend auf dich.«

»Robert ...«

»Unterbrich mich bitte nicht.« Er hob einen Arm, um sie zum Schweigen zu bringen. »Ich war an diesem Abend sehr wütend auf dich, weil ich durch deine geistige Abwesenheit dem Begehren von Tamara nicht widerstehen konnte.«

»Du gibst mir die Schuld an deiner Untreue?« Kristin verschlug es die Sprache. Sie hatte diese Klinikveranstaltungen immer gehasst und das Gehabe von Tamara sowieso, aber aus Liebe zu Robert hatte sie es sich jedes Mal widerstandslos über sich ergehen lassen. Nur an diesem Abend wollte sie unbedingt auf die Eröffnung des Kunstgenusses, dass ihrer neuen Nachbarin Vio gehörte. Hätte sie nur vorausgeahnt, dass dieser Wunsch einen heftigen Streit auslöste ... Es war ihr erster richtiger Ehestreit. Am Ende war sie in Tränen aufgelöst, gab klein bei und begleitete ihn.

»Nein.« Er knirschte mit den Zähnen. »Nicht mehr«, fügte er hinzu. »Damals dachte ich mir, du musst merken, dass ich dich brauche, um sie abzuwehren. Waren wir beide doch Seelenverwandte.«

»Robert, es tut mir leid, dass ich nichts gemerkt habe, aber ...«

»Du brauchst dich nicht zu entschuldigen. Es war Quatsch, zu denken, dass du meinen Mangel an Widerstandskraft bemerkst.«

»Wie ging es dann weiter?«

»Tamara bekam sofort mit, dass ich an diesem Abend wütend auf dich war. Weswegen sie deine kurzzeitige Abwesenheit auf dem Klo ausnutzte. Sie drückte ihren ...« Er brach abrupt ab.

»Was drückte sie?«

Robert schüttelte energisch den Kopf.

»Um dein Handeln zu verstehen, musst du mir alles erzählen«, sagte sie gequält.

»Ich will dich nicht verletzen.«

»Dafür ist es etwas zu spät, findest du nicht?«

Er räusperte sich. »Sie drückte ihren geschmeidigen Körper an mich. Dann legte sie ihre Hand in meinen Schritt.« Robert hatte die Stimme gesenkt und Kristin musste sich hinüberbeugen, damit sie ihn besser verstand. »Mein Körper reagierte sofort und ab da konnte ich nicht mehr klar denken. Ich war wie high. Kein schlechtes Gewissen regte sich. Ich wollte nur sie. Und zwar sofort. Sie hakte sich bei mir unter und führte mich aus den Saal, in irgendeine Rumpelkammer.«

»Kondom?« Ihr Mund formte das Wort, aber kein Laut war zu hören.

Er schüttelte den Kopf.

Entgeistert und sprachlos sah sie ihn an. »Wie konntest du nur ohne?«

»Wie gesagt, mein Kopf war völlig leer. Und sie gab mir auch keinerlei Zeit, darüber nachzudenken. Sie hatte einen Plan.«

»Sie wollte dich besitzen und das ging nur, wenn sie von dir schwanger werden würde?«, fragte sie entsetzt und ungläubig.

Er nickte müde.

»Was ich nicht ganz verstehe. Warum hast du mir nicht einfach die Wahrheit gesagt? Warum diese Heimlichtuerei? Warum hast du sie geheiratet?«

»Als sie sich selbstzufrieden und grinsend ihr Kleid glatt strich, wurde mir erst klar, welchen Mist ich gebaut hatte, aber ich wollte dich nicht verlieren, also beschloss ich, alles zu verdrängen, was in dieser Kammer geschah. Bis zwölf Wochen später ihr Vater auftauchte.«

»Professor Doktor Rudolf Falkenberger. Dieser aufgeblasene Schnösel.«

Mit traurigen Augen sah er Kristin an. »Er machte mir unmissverständlich klar, dass er mich, wenn ich seine geschwängerte Tochter nicht heirate, nicht nur persönlich, sondern auch beruflich zerstören würde. Sein Einfluss sei groß, keiner wäre mehr bereit, mich einzustellen.«

Kristin zitterte am ganzen Körper. Mit allem hatte sie gerechnet, aber dass ihre Ehe durch solche Intrigen zerstört wurde, lag außerhalb ihrer Vorstellungskraft. Sie war wie gelähmt, ihr Gehirn wie betäubt. Nicht in der Lage, einen klaren Gedanken zu fassen. Ihr Herz tat weh. »Wie konntest du so einen Deal eingehen, Robert?«

»Mein Leben wäre zerstört gewesen, wenn ich nicht mehr als Arzt hätte arbeiten können. Du weißt, wie gern ich Arzt bin. Es ist mein Leben. Ich wollte nie etwas anderes werden. Das weißt du doch.« Er sah sie anklagend an.

»Du hattest kein Recht, allein über unsere Zukunft zu entscheiden. Wir hätten sicher gemeinsam eine Lösung gefunden. Du hast mein Leben zerstört. Unsere Liebe. Unsere Ehe.«

»Ja, dass weiß ich, aber dir gehts doch jetzt gut. Sieh dich an, du siehst phantastisch aus, besser denn je. Und glücklich«, er lächelte, doch seine Augen blieben traurig. »Dein neuer Partner tut dir gut.«

Sie legte die Stirn in Falten. »Wie kommst du da drauf, dass ich einen Partner habe?«, fauchte sie ihn an. »Ich bin Single, Robert. Seit dem Tag, an dem du mich verlassen hast.« Kristin redete sich in Rage, ungeachtet darauf, dass die Leute um sie herum, sie anstarrten. »Obwohl du mir mein Herz gebrochen hast, wirst du immer meine große Liebe bleiben. Dieser Platz wird in meinem Herzen auf ewig besetzt sein. Und dafür hasse ich mich. Denn es nimmt mir das Glück von dem ich seit meinen Kindheitstagen, träume«, sie schluckte und legte eine Hand auf ihr Herz. »Einer eigenen kleinen Familie.«

Robert nahm ihre freie Hand in seine und umschloss sie fest. »An diesen einen Abend, als du von deinem Bruder nach Hause kamst und mir von deinem neugeborenen Neffen vorgeschwärmt hattest, es war auch der Tag, an dem Rudolf mich aufsuchte ...« Er hielt inne. »Dein Wunsch nach einem Baby ... Tamara schwanger ... Da konnte ich nicht mehr. Alles, was ich dir an den Kopf geworfen habe ...« Er schluckte. »Es tut mir aufrichtig leid. Nichts von all dem war wahr.«

Kristin schloss die Augen. Die Erinnerung daran war zu schmerzvoll. *Den Teufel werde ich tun und mit dir Kinder in die Welt setzen. Du wärst keine gute Mutter*, hallten ihr seine harten Worte noch immer in den Ohren. Daraufhin packte sie ihre Sachen und fuhr für eine Nacht zu ihren Eltern. Am nächsten Tag stand er mit einem Strauß roter Rosen vor der Tür und entschuldigte sich tränenreich bei ihr.

Er fuhr in seiner Erklärung unbeirrt fort. »In dieser Nacht, in der deine Bettseite kalt neben mir blieb, schlief ich keine einzige Minute. In meinem Kopf formte sich ein Plan. Ich musste dich verlassen und ich wollte dich so wenig wie möglich damit verletzen. Tage darauf setzte ich diesen Plan zügig um. Zuerst informierte ich Rudolf darüber, dass ich sein Angebot annehmen würde. Kündigte daraufhin meinen Job und ließ meinen Anwalt alles für die Scheidung und die Wohnungsübergabe vorbereiten.«

Fassungslos und mit offenem Mund schüttelte Kristin den Kopf.

»Nach sechs Wochen war es dann so weit. Der Tag der Trennung war gekommen. Vielleicht kannst du dich noch erinnern. Ich habe ungarisches Gulasch gekocht und als Nachtisch Mousse au Chocolat.« Er blickte sie betrübt an. »Mit Schlaftabletten, damit du nicht wach wurdest, als ich mein ganzes Zeug packte und verschwand«, fügte er hinzu und griff nach ihrer Hand.

»Du bist ein Arschloch«, stieß sie zwischen den Zähnen hervor und entriss ihm ihre Hand.

Er nickte und blickte sie aus müden Augen an. »Es tut mir leid, was ich dir ...« Er seufzte. »Oder uns angetan habe, aber es ist nun, wie es ist, und du solltest damit abschließen. Vergiss mich, Kristin. Hab den Mut und mach den Platz in deinem Herzen frei für einen neuen Mann. Für ein Leben als Ehefrau und Mutter. Ich werde nicht zurückkommen.«

Praxis Doktor Stein, München

Mit nur fünfminütiger Verspätung betrachtete Kristin ihr verheultes Gesicht im Spiegel des Aufzugs, der sie in die Praxis von Doktor Diana Stein hochfuhr. Sie sah grauenvoll aus. Die Augen vom vielen Weinen verquollen, die Nase rot und die Mundwinkel hingen nach unten. Vom Make-up war so gut wie gar nichts mehr übrig. Sie kramte in ihrer Handtasche nach der kleinen Kosmetiktasche. Darin befand sich nicht ihr teures Make-up, das sie sonst verwendete, sondern Gratisproben, die sie bei Einkäufen geschenkt bekam. Für Notfälle reichten sie allemal. Und dies war definitiv ein Notfall. Mit geübten Händen verteilte sie die Foundation, puderte und tuschte die Wimpern, was das Zeug hielt. Als die Aufzugtür aufglitt, sah sie wieder einigermaßen vorzeigefähig aus. Sie betrat den sonnendurchfluteten Vorraum der Arztpraxis und wurde von einer freudestrahlenden Arzthelferin begrüßt.

»Kristin Schubert. Ich habe einen Vorsorgetermin bei Doktor Stein.«

»Haben sie ihre Versichertenkarte dabei?«

»Ja, natürlich.« Kristin steckte die Karte in das Lesegerät vor ihr. Wartend sah sie den Fingern der Sprechstundengehilfin zu, wie sie geschäftig über die

Tastatur wanderten.

»Frau Schubert, sie dürfen die Karte wieder herausziehen und direkt auf den Stühlen vor dem Behandlungszimmer Platz nehmen. Frau Doktor Stein wird sie gleich aufrufen«, erklärte sie und blickte lächelnd auf.

Kristin nickte ihr zum Dank zu und ging den hellen Flur entlang. So oft war sie ihn schon gegangen. Früher immer mit einem zögerlichen Gefühl. Sie hatte diese Untersuchungen gehasst, genauso wie den Zahnarzt, aber seitdem sie weiß, dass die Mutter und die Schwester von ihrer besten Freundin Vio an Gebärmutterhalskrebs starben, ließ sie kein Jahr ohne Untersuchung vergehen. Seitdem hatte sie auch eine große Vertrauensbasis zu Doktor Stein aufgebaut und sie empfand die Untersuchung nicht mehr ganz so unangenehm.

Sie saß gerade wenige Sekunden, als die Tür neben ihr aufgerissen wurde und der weißgraue Wuschelkopf von Doktor Stein im Türrahmen erschien. »Kristin, kommen sie doch herein.«

Kristin folgte der einsachtzig großen Ärztin in das Behandlungszimmer, setzte sich am Schreibtisch ihr gegenüber und brach schlagartig in Tränen aus.

»Ohje, Kristin, was ist denn los?« Diana Stein reichte ihr eine Taschentuchbox, aus dem Kristin sich gleich mehrere Tücher herauszog.

Überrascht über den plötzlichen Gefühlsausbruch

versuchte sie sich in den Griff zu bekommen. Doch die Tränen wollten nicht versiegen. »Ich habe Robert getroffen«, presste sie zwischen zwei Schluchzer hervor. »Mit Tamara. Und seinem Sohn. Das Zweite ist auch schon unterwegs.«

Doktor Stein rollte mit ihrem Bürostuhl um den Schreibtisch herum und nahm Kristins Hände in die ihren. »Jetzt mal langsam und alles der Reihe nach.«

Kristin räusperte sich. »Ich habe ihnen doch von Robert erzählt, auf welche Art und Weise er mich verlassen hatte. Und dass ich ihm seit diesem Tag nicht mehr begegnet bin.«

Doktor Stein nickte.

»Heute traf ich ihn mit seiner Familie am Marienplatz. Er ist verheiratet und hat mit ihr bald zwei Kinder. Die Kinder, die ich«, sie klopfte sich auf die Brust »immer mit ihm haben wollte.«

»Haben sie ihn angesprochen?«

Kristin wischte sich zum wiederholten Male an diesem Tag die Tränen aus dem Gesicht, wobei das Taschentuch nicht mehr weiß, sondern schwarz von ihrer nicht wasserfesten Wimperntusche war. Vermutlich glich ihr Gesicht einem Pandabär. Sie seufzte tief und fing an zu erzählen. Zuerst stockend, dann immer flüssiger. Doktor Stein unterbrach sie kein einziges Mal, sie blickte sie nur mit einem mitfühlenden Blick an. Als sie zum Ende kam, war ihre Stimme rau, aber die Wut nicht geringer. »Und dann erklärte er mir, dass seine Karriere ihm wichtiger war als ich.« Sie schüttelte sich bei dieser Erinnerung. »Er hat mein Leben zerstört.«

»Warum denken sie, dass er ihr Leben zerstört hat?«, fragte Doktor Stein im ruhigen Ton.

»Als ich Robert kennenlernte, war ich sofort verliebt. Er erfüllte all meine Vorstellungen, die ich mir je erträumt hatte. Er war mein Seelenverwandter, mein bester Freund und Lover.« Sie seufzte. »Ich schaffe es nicht, mich von ihm zu lösen. In den drei Jahren der Trennung gab es keinen anderen Mann, der mein Herz erwärmte. Robert sitzt fest, wie ein Blutegel.«

»Es muss nicht immer die große Liebe auf den ersten Blick sein, Kristin. Im Gegenteil, was sie mit Robert erlebt haben, ist ein Glück, dass nicht jeder bekommt. Versetzen sie sich in die Zeit vor Robert. Wie haben sie sich da verliebt? War es auch so eine intensive Liebe?«

»Vor Robert gab es nur einen Jungen. Sebastian. Ich war gerade fünfzehn geworden, als er mich anbaggerte. Ein halbes Jahr brauchte es, bis wir zusammenkamen, ein weiteres bis ich wusste, dass ich ihn nicht nur mochte, sondern auch liebte. Vier Jahre hielt die Beziehung, dann verließ er mich, weil er in einem anderen Bundesland studierte und frei sein wollte.«

»Wie sind sie damit umgegangen?«

»Mein Lebensplan war zerstört. Nachts heulte ich die Kissen voll und tagsüber lief ich wie ein Zombie umher. Ich hatte mein gesamtes Leben auf ihn ausgerichtet und plötzlich war da nichts mehr. Ich fiel in ein tiefes Loch, aus dem mir meine Mutter schlussendlich heraushalf.«

»Inwiefern?«

»Sie meinte, dass mir ein Umgebungswechsel helfen könnte, um mein Leben wieder in den Griff zu bekommen. Und damit hatte sie recht. Können sie sich vorstellen, wie es ist, wenn man als behütetes Dorfkind in die Großstadt zieht?« Sie schmunzelte. »Einen größeren Umgebungswechsel gibt es nicht. In Nullkommanichts hatte ich den Liebeskummer überwunden und als Erfahrung abgehakt.«

»Warum versuchen sie es nun nicht auf die gleiche Weise, Robert aus dem Herzen zu verbannen?«

»Es sitzt zu tief. Ein Umzug würde dieses Mal nicht helfen«, antwortete sie, rieb sich müde das Gesicht und fühlte sich wie ein hilfloses Vogelküken, dass aus dem Nest gefallen war.

»Ein Versuch wäre es wert, Kristin«, begann Doktor Stein mit ernster Miene. »Nachdem sie mir erzählt haben, dass sie noch in der gemeinsamen Wohnung wohnen ... Ein Wohnungswechsel wäre zumindest ein Schritt in die richtige Richtung.«

Langsam schüttelte Kristin den Kopf und blickte auf ihre Hände. »Ich weiß ihren guten Ratschlag zu schätzen, Doktor Stein, aber es bedarf mehr als einen Wohnungswechsel, um Robert von meinem Herzen zu lösen. Und Zeit«, antwortete Kristin leise, ohne den Kopf zu heben. »Viel Zeit«, fügte sie flüsternd hinzu.

»Es kommt darauf an, wie bereit sie dazu sind, ihn auch wirklich loszulassen. Dann verkürzt sich auch die Zeit. Sie brauchen Geduld, aber auch Vertrauen in sich selbst.«

»Es wird trotzdem nicht schnell genug gehen.«

»Schnell genug für was, Kristin?«, fragte Doktor Stein etwas verwirrt. »Vor was haben sie so große Angst?«

Kristin hob den Blick und sah Doktor Stein gequält an. »Dass ich keine Kinder bekomme«, erklärte sie wehmütig und fing mit dem wimperntuschengefärbten Taschentuch eine Träne auf, die aus dem Augenwinkel lief. »Ich bin vierunddreißig Jahre alt und wer weiß wie lange es dauert, bis sich mein Herz für einen neuen Mann öffnet.« Sie schluckte. »Vielleicht geschieht das auch nie«, flüsterte sie und zupfte nervös am Taschentuch. »Wissen sie, eine Beziehung ohne Liebe kommt für mich nicht in Frage. Ohne Liebe keine Beziehung.« Sie schluckte. »Ohne Beziehung keine Kinder«, ergänzte sie und zerriss das Taschentuch in seine Einzelteile.

Doktor Stein sah sie verwundert an. »Das mit der Liebe kann ich nachvollziehen, aber was hat das mit ihrem Kinderwunsch zu tun?«

Kristin hob verwirrt den Kopf. »Wie meinen sie das?«

»Das eine funktioniert auch ohne dem anderen«, antwortete Doktor Stein und zwinkerte Kristin verschwörerisch zu.

»Sie meinen einen ungeschützten One-Night-Stand?« Entsetzt über diese Andeutung stand Kristin auf.

»Nein, das auf keinen Fall.« Doktor Stein fasste nach ihren Unterarm und zog sie sachte auf den Stuhl zurück. »Ich meine damit, wenn sie sich vorstellen können, ein Kind als Single zu bekommen, dann gibt es eine Möglichkeit, bei der ich ihnen ratsam zur Seite stehen kann.«

»Und das wäre?«, erkundigte sie sich vorsichtig.

»Wussten sie, dass in Kinderwunschkliniken auch Singlefrauen behandelt werden?«

Kristin runzelte die Stirn, weil sie nicht ganz wusste, was sie von dieser Frage halten sollte.

»Ja, sie haben richtig gehört«, schwor sie und schmunzelte. »Vor ein paar Jahren musste man die Kinderwunschkliniken direkt anfragen. Heute ist es zum Glück so, dass die Kliniken auf ihren Webseiten explizit darauf hinweisen, dass sie Singlefrauen behandeln. Schließlich leben wir in einer Zeit, in der jeder das Recht haben sollte, sein Leben so zu leben wie er es für richtig hält. Und wenn eine Frau ein Kind möchte, aber keinen passenden Lebenspartner hat oder andere Gründe schuld sind, dann ...«, redete sie sich in Rage. »Warum dann nicht mit einer Samenspende aus Deutschland, Dänemark oder sogar aus den USA.«

»Hohoho! Moment!« Kristin hob abwehrend die Hände. »Sagten sie gerade Samenspende?«

»Ja, das sagte ich«, meinte Doktor Stein sanft. »Die Samenbanken bieten eine Reihe von Spendern an, die sie nach Aussehen, Größe oder auch Herkunft filtern können. Dann gibt es noch die Möglichkeit eines Co-Parenting. Das bedeutet, sie gründen eine Familie auf Freundschaftsbasis. Es gibt einige Foren, in denen Gleichgesinnte sich kennenlernen, austauschen und zusammenfinden«, erklärte sie behutsam.

»Doktor Stein, sie überfordern mich gerade. Eigentlich bin ich wegen meiner Vorsorgeuntersuchung zu ihnen gekommen, stattdessen heule ich ihnen die Hütte voll und am Ende landen wir beim erfüllten Kinderwunsch mit Samenspende«, entgegnete Kristin und schüttelte ungläubig den Kopf.

Doktor Stein musterte Kristin schweigend, ehe sie vorsichtig das Wort wieder ergriff: »Verzeihen sie mir bitte, dass ich jetzt so deutlich werde Kristin, aber ich glaube, ihr Hauptproblem ist der Kinderwunsch, den sie unbedingt mit Robert verwirklichen wollten. Sie sind gefangen in dieser Vorstellung, dass er und nur er der Vater ihrer Kinder sein sollte. Insgeheim hofften sie sogar, dass er zu ihnen zurückkommen würde. Deshalb wagten sie auch keinen Neuanfang mit einem neuen Mann. Und die Krönung oder der Tropfen, der das Fass zum Überlaufen brachte, war schließlich, dass Robert ihren Traum mit einer anderen Frau verwirklicht hatte, während ihre Uhr immer lauter tickt. Obwohl vierunddreißig wirklich noch kein Alter zur Panik wäre.«

Jedes Wort traf Kristin wie ein Boxhieb. »Ich glaub es nicht«, flüsterte sie und schlang die Arme um sich.

»Was sagten sie? Ich habe sie nicht verstanden«, hakte Doktor Stein besorgt nach.

»Sie haben in allem recht.« Dann brach sie ein weiteres Mal in Tränen aus und legte schluchzend den Kopf auf den Schreibtisch.

Doktor Stein strich ihr mitfühlend über den Rücken. »Was sie fühlen, ist völlig natürlich. Lassen sie diese Gefühle zu, Kristin.«

»Es tut so verdammt weh.«

»Ja, das tut es, aber je mehr sie sich mit diesen Gefühlen auseinandersetzen, desto entspannter können sie eines Tages damit umgehen. Und letztendlich fällt ihnen dann eine Entscheidung leichter, wie sie ihr Leben weiterführen wollen und damit auch glücklich werden können.«

Endlich gewann Kristin die Fassung zurück. »Es tut mir aufrichtig leid, dass ich ihre Zeit so in Anspruch genommen habe.« Sie räusperte sich und stand hastig auf.

Doktor Stein erhob sich ebenfalls. »Keine Entschuldigungen, bitte. Es ist mir ein Anliegen, dass meine Patientinnen nicht nur körperlich gesund sind, sondern auch psychisch.« Sie legte sanft eine Hand auf Kristins Schulter. »Ich bin jederzeit für sie da.«

Kristin brachte nur ein Nicken zustande. Sie fühlte sich erschöpft, so als wäre sie einen Marathon gelaufen. »Danke vielmals für alles. Auf Wiedersehen«, flüsterte sie, während sie langsam zur Tür ging. Mit Schrecken fiel ihr ein, dass sie die Krebsvorsorge völlig vergessen hatten. Sie wandte sich zu Doktor Stein um. Sah, dass diese bereits in die nächste Akte vertieft war und ließ es bleiben. Sie konnte ja einen neuen Termin vereinbaren. Für heute reichte es ihr zu Genüge.

Kristins Wohnung, Schwabing

Kristin streckte sich in der Badewanne aus, sodass ihr gesamter einssiebziggroßer Körper unter Wasser war und sich endlich entspannte. Stundenlang war sie nach dem Termin bei Doktor Stein wie eine Irre durch die Stadt gehetzt. Der innerliche Aufruhr ließ sie nicht zur Ruhe kommen. Sobald sie sich auf einer Parkbank oder in einem Café niederließ, fing ihr Körper an, von innen heraus zu vibrieren, und ihr Kopf drohte bei all den vielen Gedanken und Gefühlen zu platzen.

Weswegen sie das Bewerbungsgespräch völligst vergessen hatte abzusagen. Erst als die nette Personalerin sie anrief und sie höflichst fragte, ob sie heute noch kommen würde, fiel ihr auf, dass es eine Stunde nach der vereinbarten Zeit war.

Das Treffen mit Vio hatte sie dann auch abgesagt. Sie hatte nicht die nötige Kraft aufbringen können, mit ihrer besten Freundin die Geschehnisse des Tages durchzukauen. Nach dem ganzen Drama und der stundenlangen Lauferei wollte sie dann doch irgendwann nach Hause und den Tränen freien Lauf lassen.

Was dann auch geschah.

Kaum war die Tür ins Schloss gefallen, überfiel sie ein Gefühlsausbruch, wie sie ihn noch nie in ihrem Leben hatte. Nicht mal an dem Tag, als die Scheidungspapiere eintrafen.

Sie ließ es zu. Gab sich allen Emotionen geschlagen, die aus ihr herauskamen, so wie es Doktor Stein empfohlen hatte.

Es war nur bedauerlich um die schöne Bodenvase, die sie zur Hochzeit von Roberts damaligen Chef, den Krankenhausdirektor bekommen hatten. Oder den Ohrensessel, in dem Robert immer so gern gesessen hatte. Das Leder wies nun auf Spuren eines Scherenunfalls hin.

Mit einem Schluck leerte sie das Weinglas und musste schmunzeln. Ja, das hatte richtig gutgetan.

Aber das schönste Gefühl hatte sie bei jeder einzelnen Seite seiner verstaubten Fachliteratur, das zu Boden fiel. Blatt für Blatt nahm die Wut ab und ihr Herz tat nicht mehr so weh.

Doch es hielt nicht lange an, die Traurigkeit kehrte rasant zurück. Eine gefühlte halbe Ewigkeit saß sie auf den herausgerissenen Buchseiten und kämpfte mit aller Macht gegen diese Empfindung. Sie wollte nicht mehr traurig sein. Sie wollte wieder am Leben richtig teilhaben, einen Neuanfang beginnen und nicht wie ein Trauerklotz herumgeistern, der anderen zusah, wie sie ihr Leben lebten.

Das hatte sie einfach nicht verdient.

Sie musste sich aus dieser selbstmitleidgestörten Lage eigenständig befreien.

Und deshalb ließ sie sich aus einer plötzlichen Eingebung heraus nachts um halb elf eine Badewanne einlaufen.

In der sie nun schon seit einer halben Stunde lag.

Insgeheim hatte sie gehofft, dass das heiße Wasser nicht nur ihre verspannten Muskeln lockerte, sondern auch ihre eingerosteten Lebensgeister wecken würde und den Nebel zur Zukunft vertrieb. Doch das Gegenteil war eingetreten, sie wurde überfallartig müde. Und fühlte sich zusätzlich auch noch etwas betrunken. Die halbe Flasche Wein zu trinken, war wohl doch zu viel. Kristin musste gähnen.

Sie beschloss, das Baden schleunigst zu beenden. Nicht dass sie noch einschlief und unterging. Am Ende würde sie ertrinken und alles sehe danach aus, als hätte sie ihrem Leben selbst ein Ende gesetzt. Wegen Robert. Nein, nein, so weit würde sie nicht sinken. Das war kein Kerl wert.

Woher kam nur dieser absurde Gedanke? Kopfschüttelnd stellte sie das Weinglas am Badewannenrand ab und befeuchtete ihr Gesicht mit Badewasser.

Ihr fiel die erste Begegnung mit Robert ein und sie bekam wie so oft, wenn sie an diesen Moment dachte, eine Gänsehaut.

Es war ein Tag, der geradezu geschaffen war, für eine hoffnungsvollere Zukunft.

Sie wohnte gerade ein Jahr in München. Den Liebeskummer um ihre erste große Liebe Sebastian hatte sie längst überwunden, sie hatte viele Freunde gefunden und doch hatte sie das Gefühl, nicht richtig hierher zu gehören. Irgendetwas fehlte, aber sie konnte es zu dieser Zeit nicht beim Namen nennen.

Das nasskalte untypische Augustwetter, dass seit über einer Woche anhielt, und die missgelaunten Patienten verstärkten an diesem Tag den Wunsch, wieder zurück zu ihrer Familie auf das Land zu ziehen. Als sie auf dem Nachhauseweg dann auch noch einen Schwall Regenwasser aus einer Pfütze abbekam, weil ein Autofahrer es nicht für nötig hielt, auszuweichen, war der Zeitpunkt gekommen, an dem es ihr reichte. Sie nahm sich vor, sobald sie zuhause war, im Internet nach einer Wohnung und einen Job in der Nähe ihrer Familie zu suchen.

Doch soweit kam es nicht.

Denn schon an der nächsten Ecke, an der sie abbog, rammte sie ein Jugendlicher frontal um. Durch die Wucht des Aufpralls geriet sie ins Taumeln und hätte Robert, der einige Schritte hinter ihr lief, sie nicht aufgefangen, dann wäre sie zur Krönung des Tages auch noch in eine knöcheltiefe schlammige Pfütze gefallen.

Während sie im ersten Moment gar nicht wusste, wie ihr geschah, lief der rücksichtslose Halbwüchsige ohne Entschuldigung weiter. Alles ging viel zu schnell. Und in ihrem Kopf drehte es sich, wie ein Kinderkarussell, das auf Turbo lief.

Bis sie zum ersten Mal in Roberts Augen blickte,

und sich darin verlor. Es war wie ein Film über ihre Zukunft, den sie schimmern sah. Wie sie im Brautkleid auf ihn zuging. Wie seine Hand überglücklich über ihren gewölbten Bauch strich. Wie sie grauhaarig den Sonnenuntergang bestaunten.

Obwohl es nur Sekunden waren und sie kein Wort miteinander gesprochen hatten, wusste sie dennoch, dass sie ihn gefunden hatte. Ihren Mann fürs Leben.

Kristin tauchte noch weiter in das Wasser hinein, um das fröstelnde Gefühl loszuwerden.

Nach ihrem ersten Aufeinandertreffen verging kein Tag mehr, an dem sie sich nicht trafen. So dauerte es auch nicht lange, bis sie zusammenzogen. Nach gut einem Jahr fragte Robert sie eines Abends ganz nebenbei, ob sie seine Frau werden wolle. Es war nicht die Art, wie sie sich einen Heiratsantrag vorgestellt hatte, aber sie bekam die Frage aller Fragen gestellt, und das war das Bedeutendste. Sie heirateten vier Wochen danach, Mitte September, standesamtlich. Zu einer kirchlichen Hochzeit konnte sie ihn nicht überreden, weswegen sie sich für ein schlichtes weißes Kleid entschied und nicht wie in ihren Träumen mit einem Prinzessinnenkleid und Schleier zum Altar schritt.

Es war einer der vielen Abstriche, den sie machte, um eine gutlaufende Ehe zu führen.

Der Duft von Rosen erfüllte das dampfdurchflutete Badezimmer, als sie ihre Haare wusch. Sie liebte diesen Geruch, weil er es jedes Mal schaffte, sie zu beruhigen und beeindruckende Glücksgefühle in ihr auslöste. Nachdem sie sich den Schaum aus den Haaren gespült hatte, stieg sie aus der Wanne und trocknete sich ab. Hüllte sich in ihren flauschigen Lieblingsbademantel von Ralph Laurent, den sie einst im Sale ergattern konnte, und wanderte mit dem leeren Weinglas in die Küche, um das Glas randvoll aufzufüllen.

Anschließend lehnte sie sich an den Küchentresen, nippte am Glas und ließ ihren Blick durch den offenen Wohnraum schweifen. Die mächtigen Bilder an der Wand. Die hässliche braune Ledercouch. Der schwere Eichenholzschrank. All das Zeug stammte noch aus Roberts alter Wohnung, weil er sich davon nicht trennen wollte. Widerspruchslos hatte sie es damals hingenommen, dass er ihre gemeinsame Wohnung damit vollstopfte, anstatt auf neue und helle Möbel zu pochen. Es ärgerte sie heute sehr, dass sie sich da nicht besser durchgesetzt hatte, aber noch mehr ärgerte es sie, dass das Zeug immer noch hier herum stand.

»Bei aller Liebe, Kristin, aber wird es nicht allmählich Zeit, sich von diesem alten Gerümpel zu lösen?«, fragte sie sich selbst und trank einen Schluck vom Wein, um den plötzlich auftretenden schalen Geschmack im Mund loszuwerden. Die Antwort kam prompt aus ihrer Erinnerung. Es wäre ein großer

Schritt, hörte sie Doktor Steins Ansage von heute Vormittag.

Erneut nahm sie einen Schluck, stellte das Glas auf dem Tresen ab und ging zur Wand, vor der das Ledersofa stand. Darüber hing ein Gemälde von einem berühmten Maler. Kristin hatte keine Ahnung von Kunst, für sie war es nur Gekritzel und Geschmier, aber man musste kein Experte sein, um zu wissen, dass sie für dieses Bild ein Vermögen bekommen würde. Ebenso für alle anderen. Robert hatte immer sehr viel Wert darauf gelegt, dass sie Objekte von namhaften Künstlern kauften.

Sie atmete tief ein und zwang sich, das Bild von der Wand zu nehmen. Mit klopfendem Herzen trug sie es in den Flur und stellte es neben dem Garderobenspiegel ab.

Ihre Befürchtung, einen heftigen Weinkrampf zu bekommen, trat nicht ein. So furchtbar wie sie gedacht hatte, fühlte es sich nicht an.

Ermutigt fuhr sie fort.

Zum Schluss war der Flur vollgestopft und die zweite Flasche Wein fast leer.

Kristin war überrascht, wie viel es wirklich war. Unzählige Kunstbilder in groß und klein, einige Anzüge, die noch im Schrank hingen, Bücher, denen sie nicht die Seiten herausgerissen hatte. Und ein kleiner Karton, in dem sie die Hochzeitsfotos und alle anderen Erinnerungen an Robert hineingelegt hatte.

Mit Herzklopfen beugte sie sich über die Box, überlegte ob sie diese wieder an ihren Platz zurückstellen sollte, verwarf diesen Gedanken und schlug den Deckel zu.

Nachdenklich betrachtete sie den Haufen und für einen kurzen Moment kam ihr der Gedanke, den Kram selbst zu vermarkten und den Gewinn zu spenden. Die Idee fühlte sich gut an, aber sie konnte sich nicht vorstellen, dass jemand die alte Couch oder die schweren Möbelstücke haben möchte, und dann würde der Trödel noch wochenlang in ihrer Wohnung herumstehen. Nein, sie wollte das Ganze schnellstmöglich loswerden. Am besten sie schickte es an seinem rechtmäßigen Besitzer. Soll sich doch Tamara mit diesem Gerümpel herumschlagen, dachte Kristin, während sie das Flurlicht ausschaltete. Sie wird die Adresse herausfinden und einen Umzugswagen organisieren müssen, um Robert seinen Kram liefern zu lassen.

Mit einem Lächeln auf den Lippen kehrte sie zurück zu ihrem Glas Wein und trank es in einem Zug aus. Schade, dass sie Tamaras entsetztes Gesicht nicht sehen würde, wenn der Umzugswagen bei ihnen vorfuhr.

Ihr Grinsen wurde breiter, als sie ihren Blick erneut durch den Wohnraum gleiten ließ. Der Raum wirkte nicht mehr einengend. Das imaginäre Korsett hatte sich gelockert. Kristin schloss die Augen und genoss den Augenblick des freien Atmens, bis sich ihr ein Bild aufdrängte.

Die Wände in dezentes Lavendel gestrichen, ein Ecksofa in creme direkt vor dem großen Panoramafenster. Eine Wohnwand aus hellem Holz auf der gegenüberliegenden Seite, an welcher der Fernseher und neue Erinnerungen seinen Platz fanden. Die alte massive Essecke war durch drehbare Sessel und einen Glastisch ersetzt worden. Und viele kleine Dekorationen rundeten den femininen Look ab.

Kristin öffnete glücklich die Augen.

Ihre Wohnung.

Ein Kribbeln machte sich in ihr breit. Kam das jetzt vom Wein? Oder war es die Euphorie, weil sie einen Schritt geschafft hatte? Sie wusste es nicht. Es fühlte sich jedenfalls großartig an und sie wollte dieses Gefühl nicht so schnell verlieren.

Kristin stellte das Glas und die Flasche auf dem Couchtisch ab und legte sich auf die Couch, zog die uralte Wolldecke ihrer Großmutter über die Füße und war in derselben Sekunde eingeschlafen.

Als Kristin am nächsten Morgen vor dem Kunst-genuss stand, fühlte sie sich, als hätte sie ein Zug überfahren. Offensichtlich hielt sie mit zunehmenden Alter immer schlechter Schlafmangel und Alkohol aus. Weder Dusche noch Kaffee konnten ihren Kater beseitigen. Ihr Schädel brummte und die Augenringe konnte sie kaum über schminken. Hätte sie nur nicht in den frühen Morgenstunden aufs Klo müssen und hätte sie nicht einen Blick auf das Handy geworfen, wo Vio ihr in einer Mitteilung vorschlug, sich zum Brunch zu treffen, und hätte sie nicht schlaftrunken zugestimmt, dann würde sie immer noch auf der Couch friedlich schlummern.

Doch andererseits freute sie sich darauf, Vio end-lich wiederzutreffen. Normalerweise klappte es jedes Wochenende, dass sie sich mindestens einmal trafen. Diesmal lag ihr letztes Treffen allerdings drei Wochen zurück, weil Vio Freunde in Barcelona besucht hatte. Und nach ihrer eigenen kurzfristigen Absage gestern freute sie sich umso mehr, dass es an diesem Wochen-ende doch noch klappte. Wenn auch etwas schwach auf den Beinen.

Vios Baby, das Kunstgenuss, lag im Stadtteil Schwabing und gehörte zu den angesagtesten Galerien

Münchens. In der zweihundert Quadratmeter großen Galerie, die in L-Form geschnitten war, hatte Vio Kunst und Genuss verschmolzen. Neben der Hausmannskost servierte sie auch extravagante Speisen. Für Vio spielte die Größe des Geldbeutels keine große Rolle. Ihr war es wichtig, dass jeder, der den Weg in ihr Paradies fand, sich entspannte und keine Sorge trug, sich nur ein Glas Wasser leisten zu können. Mann oder Frau. Jung oder alt. Promi oder Student. Single oder Familie. Jeder wurde herzlich empfangen. Nebenbei konnte man Vios Kunst an jeder Wand bestaunen. Die allein durch ihre Präsentation zu etwas Außergewöhnlichen wurde. Vio brachte ihre Kunst nicht auf Leinwände. Sie hatte es sich zur Aufgabe gemacht, ihre Kunst in Dateien zu erzeugen, die sie dann auf LED-Fernseher wiedergab. So fand man unter ihrer Kunstausstellung Bilder in 3D, Standbilder und sogar bewegte Bilder.

Wieder einmal musste Kristin staunen, welcher Zauber ihr entgegenkam, als sie die schwungvolle Eingangstür aufdrückte. Bunte Farben und fröhliches Gelächter zogen sie in ihren Bann und ließen all das Geschehen der letzten vierundzwanzig Stunden vergessen. Sie ließ ihren Blick durch die Menge gleiten.

Neben dem Eingang befanden sich auf der linken Seite die Bar und kleine Zweisitzer-Nischen. Geradeaus hatte Vio Stehtische und größere Nischen eingebaut. Die Bühne für die Band fand ihren Platz auf der gegenüberliegenden Seite des Eingangs.

Nicht überrascht stellte Kristin fest, dass kein einziger Tisch in den Nischen frei war. Auch an den Stehtischen und in den Gängen standen die Leute eng beieinander. Sie unterhielten sich lebhaft, während die Liveband leise im Hintergrund vor sich hin dudelte.

Kristin blieb an der Tür stehen und blickte sich streckend nach Vio um. Als sie ihre Freundin entdeckte, winkte sie ihr zu, entschied sich aber, zu warten, da Vio wild gestikulierend mit einem gutaussehenden Mann im eleganten Anzug vor einem Gemälde stand. Da Kristins Meinungen zu Kunst nur für gefällt mir oder gefällt mir nicht reichte, blieb sie bei solchen Gesprächen stets auf Abstand. Alle Versuche von Vio, ihr die Kunst näherzubringen, hatten nichts gebracht. Wenn Kristin genauer darüber nachdachte, hatte sie nicht das Gefühl, dass es ihr sonderlich viel ausmachte und gut damit leben konnte.

Doch über eins wunderte sie sich bestimmt schon zum hundertsten Mal. Wie konnte eine so großartige Freundschaft zwischen so unterschiedlichen Frauen, wie sie beide waren, entstehen? Vio war in allen Bereichen das genaue Gegenteil von Kristin. Sie hatte einen Lippenring, immer große Creolen im Ohr und stets ihre Haare gefärbt. Von einfarbig zu mehrfarbig. Es gab keine Farbe, die sie noch nicht hatte. Im Moment waren die schulterlangen Haare schwarz gefärbt und das extrem durchgestufte Deckhaar blond mit lila Strähnchen durchzogen. Kristins Haare dagegen waren seit ihrer Geburt wie Spargel. Blond und schnurgerade. Sie hätte immer gerne die großen Naturlocken ihrer Mutter gehabt. Aber sie kam nach dem Aussehen ihres Vaters. Was auch nicht übel war. Denn er hat ihr nicht nur seine vollen Lippen vererbt, die der Traum jeder Frau waren, sondern auch ein herzförmiges Gesicht mit Grübchen, jeweils auf der linken und rechten Wange.

Auch charakterlich unterschieden sich die beiden Frauen sehr. Vio nahm kein Blatt vor den Mund, sprach alles aus, was sie dachte und liebte es, mit Männern zu flirten und alles, was darüber hinausging. Neben den Männern hatte sie eine Vorliebe zu ausgefallenen Kleidern und Smokey Eyes, was ihre grünen Augen noch mehr glühen ließ. Introvertierter wie Kristin war, fühlte sie sich im Casual-Look und dezentem Make-up wohler.

Endlich verabschiedete sich Vio lächelnd mit einem Händedruck vom Anzugträger und kam mit wehendem Kleid zu Kristin herüber.

»Guten Morgen große Künstlerin. Deinem Lächeln nach zu urteilen, gelang dir ein bedeutender Coup?«

Vios Lächeln wurde noch breiter und sie umarmte Kristin herzlich. »Oh ja. Er hat mein kostbarstes Kunstwerk gekauft.« Sie hakte sich bei Kristin unter und zog sie Richtung Bar. »Lass uns das mit Champagner feiern«, frohlockte sie.

»Als deine beste Freundin freut es mich immer sehr, mit dir zu feiern, aber heute ist Champagner schlecht«, erwiderte Kristin. »Sehr schlecht sogar«, fügte sie hinzu und schluckte. Schon allein der Gedanke an Alkohol reichte und ihr Magen fing zu rebellieren an.

Vio blieb abrupt stehen, sodass Kristin ins Stolpern geriet. »Bist du schwanger?«

Empört blickte Kristin Vio an. »Nein, natürlich nicht. Von wem auch?«, antwortete sie und bemühte sich, nicht die Fassung zu verlieren, als sich ihr der Gedanke mit der Samenspende aufdrängte. Sie biss sich auf die Unterlippe.

»Was dann?«

»Ich hatte eine harte Nacht.«

»Ah daher weht der Wind«, lachte Vio aus vollem Hals und zog Kristin weiter.

»Nicht das, was du schon wieder denkst« Sie verdrehte lachend die Augen und boxte ihr in den Oberarm. Vio schaffte es immer wieder, sie aus ihrem trüben Gedanken zu befreien.

»Marvin, zwei Gläser Champagner«, rief Vio dem Barmann zu und steuerte auf eine Nische im hintersten Eck zu. Der Tisch war bereits üppig gedeckt.

»Wow, das sieht ja lecker aus«, bemerkte Kristin und ließ sich in den weichen Loungesessel fallen. Das Wasser lief ihr beim Anblick der Schmankerl im Mund zusammen. Überrascht über ihren aufkommenden Hunger, griff sie beherzt zu dem frischgebackenen Croissant und biss hinein.

Vio starrte sie mit offenem Mund an. »Du bist ja doch schwanger.«

»Nein, bin ich nicht«, fauchte Kristin mit Nachdruck. »Hör auf damit.«

»OK. OK. Kein Grund, wütend zu werden«, erwiderte Vio beschwichtigen. »Aber irgendwas hast du. Sonst greifst du nicht so schnell zu.«

Kristin zögerte und rang mit sich. Sie hatte einerseits keine Lust, den Brunch mit ihren Sorgen zu vermiesen, doch anderseits lechzte sie danach, sich endlich Vio anzuvertrauen.

»Los. Raus damit«, befahl Vio aufmunternd.

»Ich habe in der letzten Nacht zwei Flaschen Wein getrunken.«

Vio pfiff lautstark. »Und da holst du mich nicht dazu?« Dann lächelte sie. »Gab es einen bestimmten Anlass dazu?«

»Robert«, antwortete sie leise und senkte den Blick auf das Croissant.

»Nicht schon wieder.« Vio schnaubte durch die Nase und verdrehte die Augen.

»Doch. Aber diesmal ist es anders.«

»Ach ja?«

»Ich habe all seinen Kram, der sich noch in der Wohnung befand, auf einen Haufen geworfen.«

»Das erklärt, warum ich heute Nacht immer mal

wieder so ein rumpeln hörte ... Woher kommt dieser Sinneswandel?«

»Ich habe ihn zufällig am Marienplatz getroffen. Mit Tamara und SEINEM SOHN.« Ihre Stimme überschlug sich förmlich.

»Und das hat dir nun endlich die Augen geöffnet?«, fragte Vio skeptisch, als Kristin alle Einzelheiten vom gestrigen Aufeinandertreffen erzählt hatte.

»Du glaubst mir nicht?«

»Schätzchen, wie oft, in den letzten drei Jahren dachtest du, über ihn hinweg zu sein?«

»Diesmal ist es anders«, protestierte Kristin und betonte jedes einzelne Wort deutlich.

»Weil du es geschafft hast, seine Sachen auszusortieren?«, fragte Vio ein wenig sarkastisch. »Weil du ihn mit einer anderen Frau gesehen hast?«, fügte sie hinzu und neigte den Kopf zur Seite.

»Seiner neuen Familie«, berichtete Kristin und stieß einen Seufzer aus, während sie das Croissant zurück auf ihren Teller legte. »Meine Frauenärztin sagte gestern, auch kleine Schritte führen zum Ziel.« Allmählich wurde sie zornig und verdrängte ihre Zurückhaltung. Sie stieß einen knurrigen Seufzer aus. »Wenn du dabei gewesen wärst, Vio, und ihn erlebt hättest, wie arrogant er mir seine letzten Worte vor die Füße geworfen hatte. Ich wäre dumm, wenn ich noch länger ...«

Sie konnte den Satz nicht zu Ende sprechen, weil Marvin mit zwei Champagnerflöten an den Tisch trat und sie vor ihnen abstellte. »Darf ich den beiden Hübschen noch etwas bringen?«

»Nein, danke Marvin, wir haben alles.« Vio lachte und klimperte mit den schwarzgetuschten Wimpern.

Kristin verdrehte die Augen zur Decke. »Was wurde aus deinem Märzschwarm?«

»Du meinst Justus?« Sie winkte ab. »Der war nur auf Durchreise.«

Kristin schüttelte den Kopf. »Du hast nen ganz schönen Männerverschleiß, meine Liebe, wenn ich das mal so sagen darf.«

»Und du wirst eintrocknen, wenn du nicht bald wieder aufs Pferd steigst, meine Liebe. Obwohl ... Ich frag mich gerade, was besser ist, zu vertrocknen oder im Saft zu ertrinken.« Vio warf den Kopf in den Nacken und lachte, bis ihr die Tränen kamen.

»Du bist unverbesserlich.« Kristin schüttelte den Kopf und griff nach ihrem Champagnerglas. »Also gut, lass uns auf deinen Verkauf und mein freies Leben ohne Mann anstoßen.«

Vio lehnte sich zurück, ihre grünen Augen blitzten sie an. »Du hast dich fürs Eintrocknen entschieden?«, fragte sie entsetzt.

»Vio-la!« Kristin stieß genervt einen Seufzer aus und stellte das Glas zurück. »Nenn es bitte nicht so.«

»Verzeihung.« Vios Miene wurde ernst. »Du

möchtest bis an dein Lebensende Single bleiben, hab ich das richtig verstanden?«

Kristin nickte.

Vio verschränkte die Arme kriegerisch vor der Brust. »Das ist Quatsch, Kristin. Und das weißt du auch. Ich weiß, dass du das überhaupt nicht hören willst und ich mich einmal mehr wiederhole. So eine Abfuhr steckt keiner leicht weg. Es braucht Zeit, so etwas zu verdauen. Aber das ist nun schon Jahre her. Irgendwann musst du wieder in den Sattel. Denn, wenn du es nicht tust, dann wirst du dich immer mehr verschließen.«

»Nein, das ist kein Quatsch.« Sie hob trotzig das Kinn. »Robert hat mich allem beraubt, was es zu berauben gab. Liebe. Vertrauen. Familie. Wobei ...« Sie stockte.

»Wobei, was?«, fragte Vio erwartungsvoll.

»Meine Frauenärztin hatte gestern etwas angesprochen.« Sie brach ab und zerbröselte gedankenverloren das Croissant auf ihrem Teller.

»Möchtest du mir erzählen, was sie gesagt hat?«, hakte Vio weiter nach.

Kristin schüttelte den Kopf. Sie war noch nicht so weit, den Vorschlag von Doktor Stein laut auszusprechen. Dieses eine Wort. Es ging einfach nicht. Es reichte schon, dass es in ihrem Kopf dauernd herumspukte. Samenspende. Samenspende. Samenspende.

Sie schwiegen lange. Jede aß gedankenverloren

vor sich hin, bis Vio ihr Besteck zur Seite legte. »Du weißt, dass es nichts gibt, was mich schockieren kann. Dass ich verschwiegen bin. Ich sehe dir an, dass es dich innerlich auffrisst. Also was es auch ist, hau raus«, beharrte sie und wirkte etwas besorgt.

Kristin seufzte und blickte sich um, bevor sie ihre Stimme senkte. »Doktor Stein sagte etwas, auf das ich im Leben nie gekommen wäre ... ich wollte es noch näher googeln, aber ich habe mich bis jetzt nicht getraut ...«, flüsterte sie und blickte sich ein zweites Mal um, ob ihnen auch niemand zuhörte.

»Du sprichst in Rätseln.«

»Sie sagte, dass man als hetero Singlefrau mit einer Samenspende seinen Traum zur Mutter verwirklichen kann«, hauchte Kristin. So, jetzt hatte sie es laut ausgesprochen. Gedanklich klopfte sie sich stolz auf die Schultern, während ihr Herz unkontrolliert pochte. Mit angehaltenem Atem wartete sie Vios Reaktion ab.

»Ich weiß«, flüsterte Vio verschwörerisch zurück.

Jetzt fiel Kristin im wahrsten Sinne des Wortes die Kinnlade herunter. »Du weißt davon?«

»Klar. Das nennt sich Single Mom by choice, alleinerziehende Mutter aus freien Stücken. Ich kenne sogar eine Frau, die das gemacht hat. Meines Wissens hat sie mittlerweile drei Kinder vom gleichen Spender«, meinte sie gelassen und griff nach einer Erdbeere.

Kristin sah ihr sprachlos zu, wie sie das grüne Hütchen von der Erdbeere entfernte und beherzt abbiss, kurz kaute und dann den Rest der Erdbeere hinterher schob. »Und du findest das nicht befremdlich?«, brachte sie mit Mühe hervor.

»Nein, ganz und gar nicht« Sie nahm sich eine zweite Erdbeere. »Ich finde es sogar richtig mutig«, fügte sie mit vollem Mund hinzu.

»Mutig?«

»Ihr Mann betrog sie, während sie sich in einer Hormonbehandlung befand.« Vio nahm einen Schluck vom Champagner. »Aufmerksame Freunde haben ihr erzählt, dass sie ihn mit anderen Frauen gesehen haben. Daraufhin ließ sie sich von ihm scheiden. Die Hormonbehandlung lief weiter, nur die Befruchtung ließ sie durch eine Samenspende aus Dänemark durchführen. Der Hass auf ihren Ex war groß, doch ihr Kinderwunsch ungebrochen.«

»Wow. Die traut sich was. Aber sowas kostet doch auch ein Vermögen?«

Vio grinste. »Sie konnte einiges aus der Scheidung herausziehen.«

Kristin beugte sich vor, das Kinn auf eine Hand gestützt, den Blick nach unten gesenkt. »Verstehe.«

»Ich kenne diesen Blick.«

»Welchen Blick?«

»Diesen Ich-denke-über-diese-Möglichkeit-nach-Blick«, erklärte Vio und ahmte den Blick nach.

Samstag, 09. April
10:15 Uhr
Vios Kunstgenuss, Schwabing

Kristin schluckte und sank in ihrem Sessel zusammen. »Du irrst dich. So etwas könnte ich mir finanziell niemals leisten«, gab sie kleinlaut zu.

Vio griff nach Kristins Händen. »Und wenn du es dir leisten könntest? Wenn es gar nicht so teuer wäre. Würdest du es tun?«

Kristin faltete ihre Hände im Schoß und legte die Stirn nachdenklich in Falten. »Also, wenn ich es mir tatsächlich leisten könnte, und ich meine jetzt nicht nur, die künstliche Befruchtung und was damit alles zusammenhängt, es geht ja nach der Geburt weiter, dann ...« Sie legte ihren Kopf schief. »Ja dann könnte ich über solch einen Weg nachdenken.«

Vio wich erstaunt zurück. »Wow, jetzt bin ich aber geplättet. So verrückt und experimentierfreudig bist du doch normalerweise nicht. Das ist doch sonst mein Metier«, stieß sie hervor.

»Ich weiß«, meinte Kristin kopfschüttelnd. Sprachlos über sich selbst trank sie ihren Champagner halb leer. Woher kommt dieser plötzliche Kurswechsel? Vor fünf Minuten konnte sie noch nicht einmal darüber sprechen und jetzt ... jetzt dachte sie ernsthaft über die Möglichkeit nach, alleine Mutter zu werden. »Ich fasse es auch nicht, dass ich so etwas in Erwägung ziehe. Aber ...«

»Halt«, Vio unterbrach sie energisch und hob die Hände. »Kein aber. Wir recherchieren erst einmal im Internet, was finanziell auf dich zukommen würde. Dann erstellst du dir eine Auflistung mit deinen monatlichen Einnahmen und Ausgaben. Wenn dann unterm Strich nur eine geringe Geldsumme bleibt, die dir bleibt, dann kannst du Ausgaben streichen, die unnötig sind. Ich denke da zum Beispiel an Fitnessstudiobeiträge, Abos und was sonst noch so überflüssig wäre«, redete sie sich in Fahrt.

Kristin schüttelte erstaunt den Kopf, wie viele Gedanken Vio sich bereits gemacht hatte, um ihr zu helfen. Doch irgendwie ging ihr das in diesem Moment viel zu schnell. »Langsam, langsam Vio. Du überforderst mich gerade«, unterbrach sie deren Redefluss und holte tief Luft. »Mit aber meinte ich nicht das finanzielle, sondern, dass ich der Männerwelt nicht mehr zur Verfügung stehen werde.«

»Nicht jeder Mann ...«

»Ja, da hast du recht«, unterbrach Kristin Vio erneut. »Aber im Moment reicht es mir ehrlich. Allerdings ...« Kristin verstummte und blickte Vio besorgt an. »Wenn ich Single bleibe und meinen Kinderwunsch dennoch erfüllt haben möchte, wird mir wohl oder übel keine andere Wahl als eine künstliche Befruchtung mit Samenspende bleiben.« Sie stockte. »Oder?« Beunruhigt rieb sie die Handflächen aneinander, während Tränen der Verzweiflung in ihr aufstiegen. Musste sie wirklich solch einen Weg gehen, um Mutter zu werden? Warum konnte sie nicht einfach ihr Herz für einen neuen Mann öffnen? Warum gelang ihr das einfach nicht? Warum war ihr Herz so verschlossen? Andere Frauen schafften es doch auch.

Alles wäre so verdammt leichter.

Vio griff nach Kristins kalten Händen und drückte sie. »Was hältst du davon, wenn wir jetzt gemeinsam im Internet recherchieren«, fragte sie sanft. »Es verpflichtet dich zu nichts. Es soll dir erst einmal nur die Scheu und die Angst um dieses Thema nehmen. Und egal wie du dich am Ende entscheidest, ich bin da. Du kannst dich voll und ganz auf mich verlassen. Ich steh hinter dir und ich werde dich in allem unterstützen. Und immer da sein, wenn du mich brauchst.«

Gerührt über Vios Worte löste sich tatsächlich eine Träne aus Kristins Augenwinkel. Schnell wischte sie diese zur Seite und holte tief Luft. »Wir recherchieren nur«, beschwor Kristin mit zittriger Stimme. Ihr wurde angst und bange.

»Natürlich.« Vio nickte und hob den Zeigefinger. »Es bedeutet aber nicht, dass du dich ab sofort nicht mehr verlieben darfst.«

»Allein, dass ich so etwas in Erwägung ziehe, ist schon absurd«, flüsterte Kristin und schloss die Augen, nur um sie wie vom Blitz getroffen wieder aufzureißen. »Wie sag ich so etwas meiner Familie?

Die wohnen doch auf dem Land«, stieß sie hervor. Vor Panik lief es ihr eiskalt den Rücken hinunter.

Vio blies lautstark den Atem aus. »Du musst ihnen vorerst gar nichts sagen. Außerdem ist es dein Leben. Nur du entscheidest, wie du es leben willst. Keiner hat das Recht, dir zu sagen, wie du es zu leben hast.«

»Aber auf dem Land zerreißen sie sich ratzfatz den Mund. Was glaubst du, wie es da ab geht, wenn herauskommt, dass ich mich mit Hilfe einer Samenspende künstlich befruchten lassen will? Da wirst du ganz schnell verurteilt und in eine Schublade gesteckt.« Und was würde auf das Kind zukommen? Wie würde es behandelt werden, fragte sich Kristin im Stillen und wurde immer verzweifelter.

»So weit sind wir ja noch nicht mal annähernd, dass du dir darüber schon Gedanken machen musst.«

Kristin legte den Kopf in den Nacken, starrte die Decke an und seufzte tief.

»Selbst in einer großen Stadt wie München wirst du Menschen finden, die gegen jeden sind und alles verurteilen. Von den Hatern im Internet rede ich erst gar nicht. Außerdem musst du ja nicht jedem dahergelaufenem die Entstehungsgeschichte auf die Nase binden«, fuhr Vio in etwas sanfterem Ton fort.

Kristin zog eine Grimasse. »Man merkt, dass du nie in einem Dorf gelebt hast und das meine ich jetzt nicht abwertend.« Sie grinste Vio entschuldigend an. »Aber dort kommt früher oder später doch alles heraus. Da braucht mich nur ein einziger in der Kinderwunschklinik sehen und schon wäre es passiert. Der kennt den und der kennt den und schon sind die Buschtrommeln in vollem Gange. In einem Dorf wird gern getratscht und bis man sich versieht, weiß es jeder und bei den Nachbardörfern geht es dann weiter. Und vergessen wird sowieso nie etwas.«

»So kann doch kein Mensch leben. Ständig in Angst, dass ein Gerücht die Runde macht, wenn man nur ansatzweise etwas tut.«

Kristin zuckte die Achseln.

»Das wäre nichts für mich«, Vio schüttelte sich. »Wie dem auch sei, ich hole schnell meinen Laptop.« Sie sprang auf und rannte mit großen Schritten in ihr Büro.

Voller Dankbarkeit blickte Kristin ihr hinterher. Sie war ein Glückspilz, Vio als beste Freundin zu haben. Niemand, den sie kannte, war so wie sie. Ihre einzigartige Mischung aus Weltoffenheit, Verrücktheit und Frohnatur machten Vio zu einem unschätzbaren Wert. Sie ist ein positiver, ehrlicher und treuer Mensch und Kristin wusste, dass es niemanden in ihrem Umfeld gab, der so optimistisch durch das Leben lief, trotz des schweren Schicksals.

Angespannt schob sie das Frühstücksgeschirr zur Seite um Platz für den Laptop zu schaffen. Meine Güte, was war sie froh, dass Vio sich die Zeit nahm und ihr dabei half. Alleine hätte sie den Laptop bestimmt nur aufgeklappt, die Suchmaske aufgerufen und vor lauter Angst, was erscheinen könnte, wieder zu geklappt.

Vio kam mit dem Laptop aus dem Büro, stoppte kurz an der Bar und wechselte ein paar Worte mit Marvin, ehe sie grinsend zu Kristin zurückkehrte. »Voll aufgeladen«, jubelte sie und hielt den Laptop siegessicher über den Kopf.

Kristin grinste verhalten zurück. Ihre Nervosität stieg permanent an und allmählich wurden ihre Handinnenflächen feucht. Sie nahm die Serviette neben ihrem Teller und wischte sich die Hände ab, doch es half nichts, im Nu waren sie wieder feucht und ergebend legte Kristin die Serviette zurück auf den Tisch.

»Jetzt entspann dich.« Vio lächelte sie beruhigend an, dann setzte sie sich in den Sessel neben Kristin. »Nichts wird entschieden, wir googeln nur.«

Kristin atmete tief durch. »Okay.«

»Bist du bereit?«

»Nein, aber jetzt mach, bevor ich es mir anders überlege.« Kristin hielt sich mit den Händen die Augen zu, während das Tippen der Tastatur in ihr Ohr drang.

»Wow ... Ich hätte nicht gedacht, dass es so viele ... Kristin?« Vio zog lachend an ihrem Unterarm. »Jetzt stell dich nicht so.«

Kristin ließ die Hände sinken und blickte auf das

Suchergebnis. »Unglaublich«, stieß sie erstaunt hervor.

»Knapp eine Million Ergebnisse und ich hab nur *Single Frau Kinderwunsch* eingegeben. Das ist wirklich enorm. Daran sieht man wieder, dass es doch weit verbreiteter ist, als du denkst.«

»Hm, ja.« Kristin konnte den Blick nicht vom Bildschirm abwenden. »Kannst du bitte mal auf das hier klicken?« Sie deutete auf einen der obersten Links.

»Frieda`s Solomama-Blog«, las Vio vor. »Meinst du das?«

»Ja« flüsterte sie und wurde rot.

Vio lächelte leicht und klickte auf den Link.

Kristin stieß einen Seufzer aus, während sie wie berauscht den Text auf dem Monitor überflog. »Das könnte meine Geschichte sein.« Sie hob den Kopf und blickte Vio stirnrunzelnd an. »Friedas Mann betrog sie, dann wurde er Vater durch die andere Frau. Frieda, knapp vierzig, wusste, dass ihr nicht viel Zeit blieb, und entschied sich für eine Samenspende aus Dänemark.«

Vio nickte. »Ja. Hier steht auch, dass sie anderen Frauen Mut machen will. Und da ...«, sagte sie und scrollte weiter nach unten. »Hier hat sie eine Auflistung erstellt, welche Möglichkeiten du hast und welche Kosten auf dich zukommen würden. Besser geht es nicht«, freute sich Vio und lachte.

Kristin schlug die Beine übereinander und wippte mit dem oberen Fuß auf und ab. »Gut.« Sie hielt inne und hoffte auf eine plötzliche Erkenntnis, dass es falsch war, aber es kam keine. Das Gegenteil war der Fall. Nun war ihre Neugier geweckt. Und ein Funke Hoffnung flammte auf. »Ich würde sagen, wir arbeiten uns von oben nach unten Punkt für Punkt durch. Nur wenn ich über alles Bescheid weiß, kann ich auch eine vernünftige Entscheidung treffen, mit der ich Leben kann«, erklärte sie und wurde abermals rot.

Vio nickte und klickte auf den Querverweis Schritt für Schritt zur Singlemama.

Zwei Stunden später saßen die beiden Frauen immer noch hochkonzentriert vor dem Laptop. Abgesehen davon, dass Vio aus dem Büro einen Notizblock und Stift geholt hatte, hatten sie sich nicht bewegt.

»Lass mal sehen, was wir jetzt alles haben.« Vio warf einen Blick auf den Notizzettel. »Co-Parenting, Samenspende, Bechern, Selbstinsemination, Kinderwunschklinik.« Sie nickte und ratterte die Liste mit den ausgewählten Samenbanken und Kinderwunschkliniken ohne Luft zu holen herunter.

»Ich hätte nicht gedacht, dass die Liste so lang wird.« Kristin schwirrte der Kopf.

Vio nickte. »Ich ehrlich gesagt auch nicht, aber da sieht man, wie viele Optionen du hast, falls du dich tatsächlich dazu entscheiden solltest, ein Kind ohne

Partner zu bekommen.«

»Lass uns die einzelnen Themen vergleichen, ja? Wir haben ...« Kristin hob den Daumen. »Zum einen Co-Parenting vs. Single mit Samenspende und zum anderen ...« Sie hob den Zeigefinger. »Bechern und die damit verbundene Selbstinsemination oder Kinderwunschklinik.«

»Genau. Wenn du mich fragst, ...«

Kristin schüttelte energisch den Kopf. »Nein, warte noch kurz mit deiner Meinung.« Sie tippte sich mit dem Finger an die Lippe. »Eins ist klar. Bechern kommt für mich nicht infrage. Die Vorstellung, dass jemand in meinem Badezimmer ... nun ja ... du weißt ja, was ich mein ...«, sie hielt inne, »Und ich soll mir das Ganze mit einer Spritze in mich ... in meinem Bett, damit ich es bequemer habe ... Puh ... nein, da bin ich raus.«

»Du könntest ja auch in ein Hotel gehen.«

Kristin schüttelte vehement den Kopf. »Nein.«

»Gut. Dann wäre das geklärt.« Vio nahm den Stift und strich die Wörter Bechern und Selbstinsemination durch. »Bleibt nur noch die Entscheidung, ob du es alleine machen möchtest oder nicht.«

»Bei einem Spender einer Samenbank wäre ich komplett alleine«, überlegte Kristin laut. »Alle Entscheidungen würden bei mir liegen und keiner hätte das Recht sich einzumischen. Das heißt, die Kosten und die Erziehung, lägen auf meinen Schultern.

Außerdem hätte das Kind keinen Vater.«

»Stimmt.« Vio räusperte sich und trank einen Schluck Wasser. »Bei Co-Parenting wärst du mit allem nicht alleine, aber du würdest gegebenenfalls Meinungsverschiedenheiten ausgesetzt sein. Positiv wäre, dass dein Kind ihren Vater oder zumindest den Erzeuger von klein auf kennen würde, was bei einer Samenspende ja erst ab sechzehn möglich wäre.«

»Oh Mann, das ist echt schwierig.« Kristin legte eine Pause ein. »Einerseits habe ich die Befürchtung, dass es schwierig werden wird, jemanden zu finden, der die gleichen Ansichten in Erziehung hat, anderseits möchte ich schon, dass mein Kind den genetischen Vater von Anfang an kennt.«

Vio lehnte sich in ihren Sessel zurück und blickte nachdenklich auf ihre Hände. »Was hältst du davon, wenn wir für dich überall einen Account erstellen. Dann kannst du dich in Ruhe in der Samenbank und in dieser Community ... wie hieß sie gleich nochmal?« Sie fuhr mit dem Finger die Liste entlang. »Haben wir die nicht aufgeschrieben?«

Kristin zuckte die Achseln. »Wenn sie nicht auf der Liste steht, dann haben wir es nicht getan«, witzelte sie und lachte laut.

»Ha ha, schön, dass du wieder lachen kannst«, freute sich Vio und fuchtelte am Laptop herum. »Da haben wir es ja. Familycircle, eine Plattform zur Familienplanung und Co-Parenting«, las sie vor und hob den Kopf. »Ich melde dich gleich an, dann kannst du dich unter deinesgleichen in Ruhe umsehen.«

Kristin neigte den Kopf zur Seite. Was machten sie nur? Wieder einmal fragte sie sich, was das Ganze soll. Was stimmte nicht mit ihr? Alles wäre so einfach, wenn sie sich einen Mann suchte.

Jedenfalls würde sie nicht hier sitzen und nach einem Samenspender suchen, sondern in einer Singlebörse Dates ausmachen.

In Aussicht auf ein Leben als Paar.

Mit Kindern.

»So, du hast jetzt bei Familycircle ein Profil. Dein Benutzername heißt *Munichgirl*«, erklärte Vio und riss Kristin aus ihren Gedanken. »Ich hab dir deine Zugangsdaten aufgeschrieben, dann kannst du dir zu Hause alles ansehen. Außerdem hab ich die Jahresgebühr von meiner Kreditkarte abgebucht. Die kannst du mir später zurückzahlen.«

Kristin stützte die Ellenbogen auf dem Tisch, legte den Kopf auf die gefalteten Hände und schloss die Augen.

»Was geht dir gerade durch den Kopf?«, fragte Vio besorgt.

»Ich weiß, ich wiederhole mich, aber ...« Sie schluckte. »Findest du es nicht egoistisch, was ich hier mache? Wissentlich, darüber nachzudenken, ein Kind zu bekommen, dass nie eine klassische Familie haben wird.«

»Süße, sieh mich an. Habe ich eine klassische Familie?« Vio legte ihre Hand fest auf Kristins verkrampfte Faust. »Meine Mama durfte ich nie kennenlernen. Auch wenn ich sie jeden Tag vermisse, hab ich meinem Dad eine Menge zu verdanken. Er hat alles gegeben, um meiner großen Schwester und mir eine schöne Kindheit zu schenken. Und ich hab das alles hier.« Sie breitete ihre Arme aus. »All das ist meine Familie. Es müssen nicht immer die Gene sein, die einen verbinden. Familie kann überall zu finden sein.«

Kristin blickte Vio an. »Es ist verrückt, was wir hier machen.«

»Ja absolut, aber ich finde es super.«

»Prima, dann erwarte ich Sie am Mittwoch um 8 Uhr an meiner Wohnungstür. Auf Wiederhören.« Kristin nahm das Smartphone vom Ohr und drückte erleichtert auf Auflegen. Traumhaft. Sie hätte nicht gedacht, dass die Umzugsfirma diese Woche noch einen Termin frei haben würde. Noch dazu stand Ostern vor der Tür und die Woche hatte nur vier Arbeitstage. Aber womöglich lag es daran, dass die Lieferung bis nach Hamburg ging und der Verdienst höher war, als ein Umzug von A nach B in München.

Weil sie keine genaue Adresse von Robert finden konnte, ließ sie alles an die Privatklinik liefern. Dass der Transport so reibungslos lief, stimmte sie froh und glücklich. Sie musste sich unbedingt angewöhnen, den kleinen Erfolgen mehr Beachtung zu schenken, als die Misserfolge zu zählen, die sie immer wieder herunterzogen.

Kristin setzte sich ins kühle Gras am Ufer des Sees, zog die Schuhe und Socken aus und genoss den Moment der Ruhe. Sie liebte es, ihre Mittagspause am See zu verbringen und den Schwänen beim Schwimmen zuzusehen.

Sie öffnete die Tupperdose und nahm das selbstgemachte Käsebrot von heute früh heraus, als auf halben Weg zum Mund der Klingelton ihres Handys eine eingegangene E-Mail ankündigte. Kristin ließ sich nicht aus der Ruhe bringen und biss herzhaft in das Brot hinein. Erst als ihr Magen halbwegs gefüllt war, griff sie nach dem Handy. Auf dem Display erschien eine Vorschau der angekommenen E-Mail.

Familycircle:
Neue Nachricht von IchMeineEsErnst.

Kristin würgte mit Mühe den gekauten Bissen hinunter, der aber das Gefühl hinterließ, als wäre er im Hals stecken geblieben. Mit einem Schluck Wasser aus der Flasche versuchte sie den Kloß loszuwerden. Was aber nichts brachte. Der Kloß blieb sitzen.

Ihr wurde heiß und kalt.

Jemand hat ihr von dieser Plattform geschrieben. Jemand möchte sie kennenlernen, weil er den gleichen Traum hat wie sie.

Er möchte ein Kind von ihr.

Mit zittrigem Finger klickte sie auf die Meldung, woraufhin sich die ganze E-Mail öffnete. Einerseits neugierig, anderseits ängstlich, schloss sie die Augen und atmete tief durch. Was da jetzt wohl auf sie zukam? Herrje ihr war auf einmal so schlecht.

Sie öffnete die Augen und ließ zögernd ihren Blick auf den Anfang der E-Mail wandern.

»Hallo liebe Zukunftsmama«, las sie und ihr

stockte der Atem. Wie sich das anhörte. Ihr Bauch fing zu kribbeln an.

Ich bin Holger, 44 Jahre alt und komme, so wie du, aus München. Ich bin weltoffen, ehrlich und tageslichttauglich. Gehe gerne mit meiner Familie wandern und schwimmen. Ich bin verheiratet und habe zwei gesunde Kinder mit meiner Frau und drei Kinder mit Frauen in Co-Parenting. Was für dich von Bedeutung sein könnte. Denn wenn du mich nimmst, wirst du mit ziemlicher Sicherheit Erfolg haben und in kürzester Zeit Mutter sein. Ich habe extra ein Profilfoto gewählt, das zeigt, wie tageslichttauglich ich auch wirklich bin. Vielleicht hast du ja Lust, mir zu schreiben. Bei näherem Kontakt, kann ich dir die Fotos der drei Kinder schicken, damit du weißt, welch hübsches Kind auch du eines Tages haben könntest. Liebe Grüße Holger.

Allein beim Lesen der Nachricht konnte sie sich ungefähr ausmalen, welch Typ Mann ihr auf dem Foto entgegenblicken wird. Unsympathisch, selbstüberschätzend und arrogant.

Sie meldete sich bei Familycircle an und klickte auf Nachrichten. In einem neuen Reiter wurde die Nachricht von *IchMeineEsErnst* inklusive Foto angezeigt. Kristins Erwartungen wurden nicht enttäuscht. Im Gegenteil, sie wurden übertroffen. Auf dem Foto war ein Mann zu erkennen, dessen Absichten eindeutig zu erkennen waren. Oberkörper frei und in hautenger Sporthose. Eindeutiger ging es nicht. Alles drückte sich ab, was er zu bieten hatte. Was überraschenderweise nicht gerade wenig war. Aber Kristin vermutete stark, dass er da mit einer Socke nachgeholfen hatte.

Kristin fragte sich erst gar nicht, wie seine Vorstellung bei der Ausführung der Empfängnis sei. Ein eiskalter Schauer des Ekels lief ihr den Rücken hinunter. Sie machte einen Screenshot davon und sendete es an Vio.

Hey, wenn meine einzige Option dieser anzügliche Typ als Co-Partner ist, dann lass ich es lieber bleiben :(

Vertieft im Schreiben, fuhr sie erschrocken hoch, als ihr jemand an die Schulter tippte.

»Entschuldigung, ich wollte sie nicht erschrecken.«

Kristin drehte sich zu der angenehmen tiefen Stimme um und blickte in ein sehr attraktives Männergesicht.

»Sie waren so vertieft in ihr Handy. Ich dachte ...«

Er räusperte sich. »Ich saß hier hinten und beobachtete ...« Er räusperte sich ein weiteres Mal. »Kurz und gut, sie haben Vogelkacke auf ihrem Haar.« Vor Verlegenheit trat der Mann von einem Fuß auf den anderen und grinste schüchtern.

»Oh nein.« Kristin hob die Hand und wollte danach tasten, doch der Fremde hielt ihr Handgelenk kurz vor dem hineintatschen fest.

»Warten sie. Ich habe hier ein Taschentuch. Ich könnte es ein bisschen entfernen.«

Kristin brachte vor Sprachlosigkeit nur ein Nicken zustande, als der Fremde schon mit einem Taschentuch wedelte. Sie senkte etwas den Kopf und vernahm ein vorsichtiges Tupfen auf ihrem Kopf. Unauffällig schielte sie an den Körper des Mannes hoch. Seine Beine steckten in einer grauen Jeans und den stylischen Pullover hatte er an den Armen ein wenig zurück gekrempelt. Sein Dreitagebart und die Augen so blau wie ein Gebirgssee, ließen ihr Herz höher schlagen. Alles an ihm war trainiert, nicht übertrieben, aber so, dass es attraktiv erschien. Sie schluckte. Solch einen Leckerbissen hatte sie eine Ewigkeit nicht mehr gesehen. Erstaunt über sich selbst, dass sie solche Prachtkerle wieder wahrnahm, räusperte sie sich und quetschte ein »Danke« hervor.

»Keine Ursache. Ich saß da drüben auf der Bank und musste mit ansehen, dass der Vogel keine Rücksicht bei seinem Geschäft nahm. Ich konnte sie einfach nicht unwissentlich lassen.«

»Das ist sehr nett von ihnen. Nochmal vielen Dank. Darf ich sie vielleicht auf einen Kaffee im Biergarten vom Seehaus einladen?«

Seine Augen blitzten. »Eigentlich gerne, aber ich habe noch einen Termin und da muss ich unbedingt pünktlich erscheinen.« Er hob die Hand und fuhr sich durch sein dunkelblondes Haar.

Im Licht der Sonne glänzte etwas an seiner Hand auf. Kristin starrte auf den goldenen Ring an seinem rechten Ringfinger.

Innerlich stöhnte sie auf und das Lächeln schwand dahin. War ja klar, dass dieses Einzelstück bereits vergeben war. »Sehr schade«, presste sie enttäuscht hervor. »Kann ich mich anderweitig erkenntlich zeigen?«

Er lächelte sie an, noch immer mit leuchtenden Augen. Und Kristins Herz machte Sturzelbäume, der Atem kam stoßweise und die Beine fühlten sich wie Wackelpudding an. Beruhige dich, Kristin, flehte sie sich selbst an.

Sie brachte ein verkrampftes Lächeln zustande und blickte ihm fest in die Augen. Sein Lächeln wurde breiter und sein Blick intensiver. Gänsehaut überzog ihren Körper und für einen kurzen Moment dachte Kristin, er würde ihr Angebot zum Kaffee doch noch annehmen.

Doch plötzlich fing sein Handy an zu klingeln. Er

zog es aus der hinteren Hosentasche, blickte darauf und drehte es lange genug in ihre Richtung, sodass sie das Bild eines Mannes sah und den Namen lesen konnte.

Schätzlein.

Kristin rutschte das Herz in die Hose und ihr Mund blieb vor Erstaunen offen.

Er ist schwul.

Dieser Leckerbissen von Mann war schwul. Und verheiratet.

Kristin wurde sich ihrem offenstehenden Mund bewusst und schloss ihn ganz schnell. Nie im Leben wäre sie darauf gekommen, dass er schwul sein könnte. Sie freute sich für ihn, dass er sein Glück gefunden hatte, dennoch empfand sie so etwas wie eine Enttäuschung. Denn selbst, wenn er sich scheiden lassen würde, war dieser Mann für die Frauenwelt unerreichbar.

»Sorry da muss ich leider ran gehen. War nett, sie kennen gelernt zu haben.« Er drehte sich auf dem Absatz um und entfernte sich mit hektischen Schritten.

Kristin blickte ihm so lange hinterher, bis nichts mehr von ihm zu sehen war. »Himmel«, entfuhr es ihr und sie setzte sich zurück ins Gras. Dieses Sahneschnittchen hatte es tatsächlich geschafft, ihren Körper in Wallung zu bringen. Und um es in Vios Worten zu betiteln, eingetrocknet war sie definitiv nicht. Sie musste lachen, obwohl ihr nicht zum Lachen zumute war.

Kristin ließ ihren Blick über den See wandern, während sie darauf wartete, dass sich ihr Körper beruhigte, und plötzlich fiel ihr die E-Mail von *IchMeineEsErnst* wieder ein. Das gab der ganzen Unsicherheit einen weiteren ordentlichen Tritt.

Mist, Mist, Mist, dachte sie.

Was machte die E-Mail und diese Begegnung mit ihren Plänen zur Singlemama?

Sie fühlte sich wie erstarrt.

Hilflos und allein.

Ihr wurde flau im Magen und Tränen nahmen ihr die Sicht. Nein, Kristin, reiß dich zusammen. Sie seufzte laut. Niemals würde sie sich mit einem dubiosen selbstverliebten Möchtegern einlassen.

Kristin beschloss, dass der Weg zur Singlemama nicht der ihre war. Vielleicht öffnete sich tatsächlich eines Tages wieder ihr Herz. Die körperlichen Symptome vorhin haben ihr ja bewiesen, dass die Hoffnung noch nicht verloren war. Sie hatte noch viele Jahre, in denen sie die Liebe fürs Leben finden konnte, beruhigte sie sich selbst. Gegebenenfalls war es dann zu spät für Kinder, aber es hatte sie davor bewahrt, auf ewig und gedeih das Leben mit einem völlig Fremden wegen dem gemeinsamen Kind zu teilen.

Eine tiefe Bekümmertheit empfand sie für die Community von Familycircle. Vermutlich war sie genau an den einzigen Mann geraten, der ein schlechtes Bild für die Plattform widerspiegelte. Der Großteil der angemeldeten Männer war mit Sicherheit der, der es wirklich ernst meinte. Die nur mit einer Frau eine außergewöhnliche Familie gründen möchten.

Kristin blinzelte die Tränen weg.

Die beiden Männer hatten es geschafft, den sorgsam ausgebrüteten Plan in wenigen Minuten zu durchkreuzen. Was sie noch trauriger stimmte. Auch wenn sie sich davor noch nicht hundertprozentig sicher war, ob sie den Kinderwunschweg alleine gehen wollte, so gab ihr der Abschied davon einen schmerzhaften Stich im Herzen.

Sie blickte auf die Uhr und riss die Augen auf. Ihr nächster Patient wartete bereits seit zehn Minuten. Kristin warf ihre Tupperdose in die Tasche, zog die Schuhe ohne Socken an und sprintete los zur Praxis, in der sie schon seit vierzehn Jahren als Physiotherapeutin arbeitete.

Kristin saß in einem paradiesischen Garten, umgeben von blühenden Obstbäumen. Das Gras unter ihr war weich und kühl, und wenn sie die Augen schloss, fühlte es sich fast so an, als säße sie auf einer Wolke. Ein laues Lüftchen bewegte ganz sachte die rosafarbenen Blüten und einige fielen sanft auf sie herab. Bunte Schmetterlinge schwebten von einer Blüte zur anderen. Die Sonne strahlte mit ganzer Kraft und nur vereinzelte Strahlen schafften den Weg durch das dichte Blütenmeer der Bäume. Sie streckte einem der Strahlen ihr Gesicht entgegen und ließ sich davon wärmen, bis sie eine Bewegung in ihrem Arm wahrnahm. Sie öffnete die Augen und senkte den Blick auf das Bündel. Kristin verspürte unendliche Liebe. Der winzige Säugling blickte sie mit seinen strahlenden Augen an, hatte ein leichtes Lächeln auf den Lippen und gab glucksende Laute von sich.

Bis sich ein Schatten über sie warf.

Kristin hob den Kopf, um die Ursache des Schattens zu erkennen.

Es war ein Mann. Das Gesicht war nicht zu erkennen. Es war ein dunkler Fleck im hellen Sonnenstrahl, der ihn von hinten beleuchtete. Sie schirmte die Augen mit ihrer Hand ab, um besser sehen zu können.

Sein Mund bewegte sich, aber Kristin verstand nicht, was er sagte. Erst als er in die Hocke ging und liebevoll über den Kopf des Säuglings strich, erkannte sie in ihm den Mann vom See.

Kristin wachte stöhnend aus ihrem Traum auf und wischte sich den Schweiß von der Stirn. Die Sonne schien durch das Ostfenster ihres alten Kinderzimmers direkt auf ihr Gesicht. Seit Tagen herrschten heiße Temperaturen, und auch für heute wurde keine Abkühlung vorhergesagt. Doch sie wusste, dass die Frühjahrshitze nur ein kleiner Grund für ihre Blutwallung war. Der Hauptanteil war der Traum, der sie seit vier Wochen jede Nacht um den Verstand brachte.

Sie wollte ein Kind!

Und sie wollte den Mann vom See wiedersehen.

Sie hatte sich vor einiger Zeit die Mühe gemacht und im Internet nach Traumdeutung gesucht. Dort hieß es, dass der Träumer ein starkes Verlangen nach Zärtlichkeit und Geborgenheit hatte. Hach, dazu hätte sie in der Tat kein Internet gebraucht.

Sie schwang die Beine aus dem Bett, zog sich ein T-Shirt und eine Short über die Unterwäsche und tapste barfuß in die Küche, wo ihre Mutter dabei war, das Frühstück für alle vorzubereiten. »Guten Morgen, Mama«, begrüßte Kristin sie und umarmte sie herzlich.

»Guten Morgen mein Schatz«, antwortete Anne und drückte ihr einen liebevollen Schmatzer auf die

Wange. »Du bist schon wach? Wann bist du ins Bett?«

»Ich glaube, es war nach zwei Uhr.« Sie wischte sich den Schlaf aus den Augen und seufzte. »Die Hitze ist schuld, dass ich nicht länger schlafen konnte.«

»Ja, es ist wirklich unerträglich.«

»Wo ist Papa?«

»Der sitzt auf der Terrasse.«

»Und die anderen?«

»Tobias hat mir eine SMS geschrieben, dass sie später rüber kommen. Leo hatte eine unruhige Nacht. Hast du ihn nicht gehört?«

Kristin schmunzelte. »Oh doch. Er war ja nicht zu überhören. Ich wollte schon beinahe mein Fenster schließen, aber die Hitze im Zimmer hat mich davon abgehalten.« Leo war Kristins dritter Neffe und sie liebte ihn und seine beiden Brüder abgöttisch. Nach den zwei Jungs, Gabriel und Niklas, hatten ihr Bruder Tobias und ihre Schwägerin Miriam einen dritten Versuch gewagt, um vielleicht doch noch ein Mädchen zu bekommen, aber es blieb bei einem Jungen.

»Er zahnt«, erklärte Anne, während sie die frisch aufgebackenen Brötchen in einen Flechtkorb legte. Sie reichte ihn Kristin rüber. »Kannst du das bitte schon mal auf den Gartentisch stellen?«

»Klar.« Kristin nahm den Korb und die Karaffe mit dem Orangensaft und machte sich auf den Weg zur großen Terrasse, wo ihr Vater vertieft in seine Sonntagszeitung blickte. »Guten Morgen, Papa.« Sie stellte alles auf den bereits gedeckten Tisch ab und beugte sich zu ihrem Vater hinunter, um ihn zu umarmen.

»Guten Morgen. Gut geschlafen?«, fragte er und blickte sie über den Rand seiner Lesebrille an.

»Geht so.« Sie setzte sich auf einen der Gartenstühle, lehnte den Kopf ans Rückenteil des Stuhls und genoss die frühmorgendliche Stille, die nur durch das Gezwitscher der Vögel unterbrochen wurde. So lange hatte sie es nicht mehr gehört. Genau genommen seit sie nach München gezogen war. Es gab nie einen Grund, bei ihren Eltern zu übernachten, und hätte ihr Vater am Abend zuvor nicht seinen siebzigsten gefeiert und sie nicht zu viel getrunken, dann wäre sie auch diesmal zurück nach München gefahren.

Gut, dass sie nicht gefahren war.

»Was ist los?«

»Ach ... eigentlich nichts. Mir ist nur gerade eingefallen, dass ich es als Kind geliebt habe, auf der Terrasse mit euch zu frühstücken.« Sie hätte nicht gedacht, wie sehr ihr das gefehlt hatte. Mit ihrer Familie an einem Tisch zu sitzen, zu quatschen und gemeinsam über etwas zu lachen.

Als Kind wollte sie ihren Kindern die gleiche Kindheit schenken, die sie selbst erleben durfte. Eine Mutter, die sich um alles kümmerte, was Haushalt und Kinder betraf. Einen Vater, der handwerklich begabt war und seinen Kindern alles bauen konnte, was sie sich wünschten. Und einen großen Bruder, der sie piesackte, aber auf den sie sich immer verlassen konnte.

Ihr Vater lächelte sie an. Kristin lächelte zurück und versuchte, ihre Tränen zurückzudrängen.

»Du bist gerade an einem Punkt, an dem du nicht weiter weißt, oder?«

Kristin nickte und wischte sich über die Augen. Ihr Vater kannte sie einfach zu gut.

»Wo hakt es, Kristin?«

»Was hakt?«, fragte Anne, als sie durch die Terrassentür mit einer Kanne Kaffee in der einen Hand und einer Schüssel Obstsalat in der anderen herauskam.

Kristin lief ihr entgegen, nahm ihr die Kanne ab und goss jedem etwas davon in die Tassen.

»Ich habe Kristin gefragt, was sie momentan für Sorgen hat.«

Kristin holte Luft, um zu widersprechen, aber ihre Mutter hob die Hand, um sie zum Schweigen zu bringen. »Dich bedrückt etwas, das ist mir auch aufgefallen. Und es hat nichts mit Robert zu tun.«

Sie starrte überrascht ihre Mutter und ihren Vater an, der zustimmend nickte. »Ja, das sehe ich auch so«, bestätigte er.

»Und was bedrückt mich dann?«

»Bei dir tickt die Uhr, Schatz«, schoss es aus Anne heraus.

Kristin stockte der Atem. »Was? Wie ...« Sie

schluckte. »Wie kommst du darauf?«, stotterte sie.

»Gesehen hab ich es zum ersten Mal, als du Gabriel nach seiner Geburt auf dem Arm hattest. Diesen sehnsuchtsvollen Blick. Da dachte ich schon, dass es bei dir nicht mehr lange dauern würde. Aber kurz darauf haben sich Robert und du getrennt und danach wurde dein Blick bei jedem Treffen mit den Jungs trauriger. Und gestern ...« Sie blickte ihren Mann an und grinste. »Und gestern habe ich den gleichen Blick, den du damals hattest, wieder gesehen. Als du Leo die Flasche gabst, war ...«

»... ein Lächeln auf deinen Lippen, als wüsstest du, dass du in naher Zukunft auch Mutter sein wirst«, vollendete ihr Vater den Satz.

Kristin ließ die Schultern hängen und blickte sie aus traurigen Augen an. »Ihr täuscht euch. Was ihr gesehen habt, war eine liebende Tante, die sich dazu entschieden hat, keine Kinder zu bekommen.«

»Blödsinn«, entfuhr es ihrer Mutter, und ihre Augen blitzten. »Du hast noch genügend Zeit und keinen Grund, so eine gewaltige Entscheidung jetzt schon zu treffen.«

»Mama, Robert war meine große Liebe. Nur er konnte mein Herz so schwer verletzen, dass es nicht mehr heilen wird.«

»Wieder Blödsinn, Kristin. Ein Herz kann sich erholen, wenn du es zulässt. Ich sage nur, Sebastian. Du bist nach der Trennung von ihm nach München gezogen und hast Robert kennengelernt. Dein Herz hat sich von Sebastian befreit und für Robert geöffnet. So wird es wieder geschehen, vertrau mir.«

Kristin verdrehte die Augen.

»So ein Gespräch auf nüchternen Magen ist ungesund«, erklang die Stimme von Tobias über Kristins Kopf. »Guten Morgen alle zusammen.«

Kristin drehte sich herum und blickte dankend in Tobias Augen. Wie schon als Kind, kam er auch jetzt zum richtigen Zeitpunkt, um ihr aus dieser Situation zu helfen. Sie liebte ihre Eltern über alles, aber sie wollte mit ihnen nicht über ihr Sexleben oder Sonstiges reden. »Kommst du alleine?«

»Nein, eigentlich waren Miriam und die Jungs direkt hinter mir. Ah, da kommen sie ja schon.« Er deutete auf die Gartenhecke, die in der Mitte einen Durchgang zu Tobias und Miriams Grundstück hatte. Mit lautem Gebrüll kamen die Kinder durchgerannt, steuerten die Terrasse an und ließen sich in die Stühle fallen. »Oma, hast du auch Nutella?«, rief der vierjährige Gabriel fragend.

»Guten Morgen heißt das, mein Sohn«, belehrte ihn Miriam, als sie an der Terrasse ankam.

»Ja klar, habe ich Nutella für euch«, antwortete Anne ihrem Enkel und wollte aufstehen.

Kristin erhob sich. »Lass mal, Mama, ich geh schon.« Sie wuschelte beim Vorbeigehen Niklas durch den Lockenkopf und verschwand in der Kühle des

Hauses, um nicht nur das Nutella zu holen, sondern auch, um einmal kurz durchzuatmen.

Als sie zurückkam, herrschte eine heftige Debatte am Tisch. »Um was gehts?«, fragte Kristin, als sie sich an ihrem Platz zurückgesetzt hatte.

»Um die engstirnige Einstellung mancher Menschen hier am Tisch«, platzte es aus ihrer Mutter heraus.

»Sie ist nicht engstirnig. Ich sagte nur, dass es komisch ist, wenn zwei Männer ein Kind bekommen«, konterte ihr Vater zurück.

»Ich versteh nur Bahnhof.« Kristin blickte jeden an und hob abwartend auf eine Antwort die Augenbrauen.

»Ich habe gerade erzählt, dass in der Nachbarortschaft ein schwules Ehepaar, Max und Holger, lebt, das eine Tochter durch die Hilfe einer Leihmutter bekommen hat. Sie heißt Emily und ist so süß«, informierte Miriam sie. »Deine Mutter und ich finden es toll, genauso die rund hunderttausend Follower, die den beiden auf Instagram folgen. Aber dein Vater und dein Bruder sind da anderer Meinung«, knurrte sie.

»Weil es nicht normal ist«, mischte sich ihr Bruder ein. »Ein Kind braucht Vater und Mutter. Punkt.«

»Das ist totaler Mist, was du da sagst, mein Lieber. Und veraltet.« Miriam war außer sich. »Wir leben doch jetzt in einer Zeit, in der jeder das Recht haben sollte, sein Leben so zu führen, wie er will. Du hast doch nur ein Problem mit dem Schwulsein.«

»Mensch, jetzt beruhigt euch doch mal wieder«, bat Kristin und deutete auf die Kinder. »Es sitzen Kinder mit am Tisch, es ist Sonntag und wir sind endlich mal wieder alle vereint. Es gibt andere Gesprächsthemen, verdammt. Außerdem sagtest du nicht gerade ...«, sie boxte Tobias in die Seite »... dass so ein Gespräch auf nüchternen Magen ungesund sei?«

Tobias brummte etwas, das Kristin nicht verstand. Sie wollte es auch gar nicht wissen. Im Moment reichte ihr das, was sie gehört hatte.

Abgesehen davon, dass sie sich vom Kinderwunschweg als Singlefrau schon abgewandt hatte, erhielt sie durch die hitzige Debatte noch einmal die Bestätigung. Die meisten Menschen auf dem Land waren noch nicht bereit für außergewöhnliche Familienkonstellationen. Ob es nun ein schwules Paar mit Kinderwunsch war oder eben eine alleinstehende Frau. Es machte keinen Unterschied. Sie wurden verurteilt. Aus unerfindlichen Gründen setzte ihr diese Erkenntnis ganz schön zu.

Sprung ins Neue

»Kristin, nun mach schon auf, ich weiß, dass du wach bist. Ich hab dein Wohnzimmerlicht von der Straße aus gesehen.«

Kristin saß auf der Couch und überlegte ob sie Vio noch die Tür öffnen sollte oder nicht. Sie hatte keine Lust, ihren sechsunddreißigsten Geburtstag zu feiern, aber schlafen konnte sie auch nicht. Sie hatte es versucht, aber ihre Gedanken fanden keine Ruhe. Alles kreiste sich um die Zahl Sechsunddreißig. In vier Jahren stand die Vierzig an. Kristin schlug die Hände vor das Gesicht und schüttelte den Kopf. Die vierzig!

Und was hatte sie erreicht?

Nichts!

Und wenn du nichts änderst, sitzt du mit vierzig genauso da wie heute.

Allein und unzufrieden.

»Kristin!« Vios Klopfen wurde lauter und dringender. »Ich schrei das ganze Haus zusammen, wenn du nicht aufmachst.«

Seufzend stand Kristin auf und öffnete Vio die Tür, die sie, kaum dass die Tür einen Spalt offen war, heftig umarmte.

»Alles alles Gute zum Geburtstag, meine Liebe. Ich habe Champagner mitgebracht«, flötete sie, wedelte mit der Flasche vor ihrem Gesicht herum und drückte sich an Kristin vorbei in die Wohnung. »Wir brauchen Gläser.«

»Du weißt ja, wo sie sind.« Kristin musste grinsen und schloss die Tür.

Mit einem lauten Knall ließ Vio den Korken springen, schenkte beiden ein und reichte ein Glas Kristin. »Auf dich.« Sie stießen mit Schwung an, dass es klirrte, aber nichts zu Bruch ging.

Kristin nahm einen großen Schluck, der ihr sofort in den Kopf stieg. »Mmmh, wo hast du den her? Der ist ja lecker.«

»Puh, weiß ich gar nicht mehr. Vermutlich hab ich ihn geschenkt bekommen.« Vio zwinkerte und nahm einen weiteren Schluck. »Aber er ist wirklich verdammt gut.«

Kristin schmunzelte und setzte sich auf die graue Couch, die sie vor einem Jahr in einem Möbeloutlet gekauft hatte.

Wahnsinn, schon über ein Jahr her, seit sie sich von dem alten Gerümpel von Robert befreit hatte. Bei dem Gedanken daran musste sie laut auflachen.

»Was ist los? Warum lachst du?«, fragte Vio und setzte sich neben Kristin auf die Couch.

»Mir fiel gerade wieder der empörte Anruf von Tamara ein. Ihr Aufschrei, was mir einfällt, diese hässlichen alten Sachen zu schicken. Robert sei hin und weg und habe ihre schönen Sachen in den Keller verfrachten lassen, damit seine alten Platz hatten. Hach, einfach schön.« Kristin lehnte sich zurück, streckte die Füße aus und ließ den Champagner durch ihre Kehle prickeln.

»Ach ja, bei diesem Anruf wäre ich ja nur zu gern dabei gewesen. Woher hatte sie deine Nummer?«

Kristin zuckte mit den Achseln. »Vermutlich hatte sie Roberts Handy durchforstet. Ist mir aber auch egal.«

Vio nickte. »So und nun zur wichtigsten Frage des Abends? Was planst du für dein neues Lebensjahr?«

Kristin starrte Vio verständnislos an. »Was meinst du?«

»Na, was du bis zu deinem nächsten Geburtstag geschafft haben möchtest? Kennst du das nicht?«

»Nein, davon hab ich ja noch nie was gehört«, sagte Kristin skeptisch.

»Das ist wie an Silvester. Da nimmt man sich auch etwas vor ...«

»...das man nie durchhält«, vollendete Kristin den Satz und lachte.

»Ja und deswegen solltest du es dir an deinem Geburtstag vornehmen. Denn wenn du dein Alter mit großer Schrift auf einen Zettel schreibst, was ja schon sehr nervös machen kann und dann deinen Plan darunter skizzierst, es an den Spiegel hängst, ja dann, manifestiert sich das in dir und die Umsetzung fällt dir leichter.«

»Oder ich reiße den Zettel einfach ab, weil es mich nervt ständig mein Alter anzuglotzen.«

Vio verdrehte die Augen. »Aus eigener Erfahrung kann ich dir sagen, dass du das nicht machen wirst.«

Jetzt verdrehte Kristin die Augen, erhob sich und holte aus der Kommode Zettel und Stift hervor und legte beides auf dem Couchtisch ab. »So, Madam, und nun?«

»Jetzt schreibst du siebenunddreißig drauf.«

»Wa-as? Ich bin erst sechsunddreißig geworden«, schrie Kristin empört.

»Jetzt schreib schon.« Vio tippte ungeduldig auf den Zettel. »Das ist der Sinn der Sache. Du sollst dir vor Augen halten, dass du dann siebenunddreißig bist, wenn du die Umsetzung nicht in diesem Jahr schaffst.«

Kristin stöhnte. »Das ist Folter, was du da machst.«

»Nur wenn du ein Problem mit deinem Alter hast.« Sie klopfte ein weiteres Mal auf das leere Blatt Papier.

Kristin nahm den schwarzen Filzstift und schrieb die Zahlen ergeben darauf.

»Jetzt einkreisen«, befahl Vio lächelnd.

»Dir macht das Spaß, mich so herumzukommandieren.«

»Nein, ich will dir nur helfen.«

Kristin umrundete die Zahlen mehrfach, so dass ein dicker schwarzer Kreis entstand, der nicht zu übersehen war. Sie legte den Stift zur Seite und drehte sich zu Vio.

Vio blickte sie rücksichtsvoll an. »So, und nun sag mir, was dein größter Wunschtraum ist«, hauchte sie.

Kristin riss die Augen auf. »Boa du bist echt gemein«, rief sie und sprang auf. »Du weißt genau, was mein größter Traum ist, und ziehst so eine Show ab, um mich ... was? Zu ärgern oder zu quälen?«

»Nichts von beiden.« Vio stand auf, ging auf Kristin zu und hielt sie an den Schultern fest. Zwang sie, ihr in die Augen zu sehen. »Das würde ich niemals tun. Ich finde nur, du solltest deinen Kinderwunsch endlich umsetzen. Egal was andere dazu sagen.«

Nach der heftigen Diskussion am Frühstückstisch ihrer Eltern wuchs Kristins Wunsch nach einem Kind im Lauf des Jahres wieder ins Extreme an. Viele Gespräche mit Vio machten ihr endgültig klar, dass ihr eine Beziehung nicht so wichtig war wie die Erfüllung ihres Kinderwunsches.

Was aber in Konflikt mit der Vorstellung einer klassischen Familie stand.

Je nachdem, in welcher Stimmung sie sich gerade befand, ignorierte Kristin das Bild einer normalen Familie und wagte einen neuen Versuch bei Familycircle. Aufgrund der unverständlichen Argumente gewisser Familienangehöriger entschied sie sich gegen eine Samenspende aus Dänemark. Weswegen sie ein Co-Parenting in Erwägung zog, das dem Bild einer Familie am nächsten kam. Trotz der furchtbaren Erfahrung mit *IchMeineEsErnst*.

Doch jedes Mal, wenn ihr ein Profil zusagte, fielen ihr die Worte von Tobias wieder ein. *Weil es nicht normal ist.* »Mein Vater und mein Bruder würden ...«

Vio brauste auf. »Ich hab es dir schon einmal gesagt. Sie haben nicht das Recht, über dich zu urteilen, nur weil du dir deinen größten Traum erfüllen möchtest. Ich hab sogar die Vermutung, dass sie ganz hin und weg sein werden, wenn du schwanger sein wirst. Der ganze Spuk über Vorurteile findet nur in deinem Kopf statt.« Sie klopfte, um ihrer Worte Ausdruck zu verleihen, Kristin an den Kopf. »Glaub an dich und an deine Träume. Wage es und alles andere klärt sich später als unbegründete Sorgen auf.«

»Ich habe doch erlebt, wie mein Bruder reagiert hat, als meine Schwägerin von dem Schwulenpaar mit ihrem Kind erzählt hatte.«

»Du hast mir aber auch erzählt, dass ihr ein paar Wochen später diese Familie zufällig auf einem Fest getroffen habt und dass dein Bruder und auch dein Vater ganz erstaunt waren. Dass sie nicht gedacht hätten, ja, dass es sogar verblendet war, anzunehmen, dass diese beiden Männer keine guten Eltern sein könnten«, konterte Vio.

»Ja, das ist wahr. Die beiden waren wirklich zuckersüß mit ihrer Tochter. Und es war auch der Moment, in dem ich dachte, wie stark die beiden sind, so einen außergewöhnlichen Weg zu gehen, um ihren Traum als Familie zu erfüllen. Ungeachtet darauf, dass Hater ihnen das Leben schwer machen könnten.« Kristin schwirrte der Kopf und sie wanderte im Zimmer auf und ab. Sie schritt zum Fenster und blickte in die straßenlaternenerleuchtete Nacht hinaus, um einen klaren Gedanken zu fassen. Im Spiegelbild sah sie Vio, wie sie die Arme vor der Brust verschränkt hatte und darauf wartete, bis sie sich wieder etwas beruhigt hatte.

Kristin drehte sich um und blickte sie hilfesuchend an. »Ich will nicht wieder auf einen *IchMeineEsErnst* stoßen.«

»Ich glaub nicht, dass das passiert. Aber falls doch, dann hast du immer noch die Möglichkeit ihn zu blockieren.«

»Kannst du dabei sein, wenn ich jemanden anschreibe?«, fragte Kristin leise.

Keine fünf Minuten später war der Zettel am Spiegel befestigt und Kristin stellte einen Krug Wasser und zwei Gläser auf den Couchtisch ab. Dann setzte sie sich neben Vio, die bereits mit Kristins Zugangsdaten bei Familycircle eingeloggt war.

»Du hast fünf neue Nachrichten.«

»Echt?« Sie war ehrlich erstaunt.

»Ja. Hast du keine Eingangsmails bekommen?«

Kristin schüttelte den Kopf.

Vio starrte konzentriert auf den Bildschirm während ihr Finger auf dem Mauspad hin und herwanderte. »Ah da schau her«, rief sie dann und deutete auf eine Stelle auf den Bildschirm. »Hier, du hast den Haken gelöscht, der erlaubt, dass dir bei eingegangen Nachrichten eine E-Mail gesendet wird.« Vio klickte darauf und der Haken erschien.

Kristin nickte nur und trank einen großen Schluck Champagner. Für Wasser war jetzt nicht der richtige Moment.

»Zuletzt online warst du am 24. April um halb acht abends. Ah und die erste Nachricht kam direkt danach von Tomáš. Er schreibt: *Hallo du, wenn Lust du hast, mit Spender aus Berlin Kontakt aufnehmen, dann freue ich mich dir den Kinderwunsch und meine mögliche Hilfe dazu abstimmen. Bin 32, 166 groß, dunkelbraune Haare, braune Augen.*«

»Ohje, das geht ja schon gut los. Sein Deutsch hört sich ja fast nach einem Onlineübersetzer an und er wohnt mir ehrlich zu weit weg.«

»Gut, und hier haben wir Torben. *Hallo Munichgirl, möchtest du mir etwas über dich erzählen? Wo du herkommst, was deine Vorstellungen sind? Ich freue mich auf deine Antwort. Liebe Grüße.* Der hört sich doch toll an.«

»Er fragt, wo ich herkomme, obwohl mein Benutzername Munichgirl heißt?«

»Ach komm schon. Sei nicht so pingelig. Vielleicht hat er nicht darauf geachtet, sondern nur dein Profil gesehen, das ohne Foto ist«, sie hob den Zeigefinger »das müssen wir schleunigst ändern.«

Kristin war genervt. »Er schreibt sogar *Hallo Munichgirl* und nein, ich möchte kein Foto einfügen.« »Aber dann würden sich vielleicht mehr trauen, dir zu schreiben. So denkt doch jeder, dass das ein Fakeprofil ist.«

Es widerstrebte Kristin, ihr Foto da reinzusetzen. Die Angst, jemand könnte sie erkennen, war groß. Aber Vios Argument war auch nicht schlecht. Sie sah sich ja auch nur Profile mit Bild an. »Also gut.«

»Hast du eins auf der Festplatte?«

Kristin nickte und zog den Laptop zu sich auf den Schoß. Sie öffnete die Bildergalerie und kopierte das erst beste Foto auf ihre Profilseite. »So, das muss reichen.«

»Man sieht dich nur von der Seite«, warf Vio empört ein.

Kristin warf ihr einen Blick zu, der jegliche Diskussion im Keim erstickte. »Das oder keins.«

»Wenn du meinst. Also lass mal schauen, wen haben wir noch?« Vio scrollte mit dem Kursor nach unten. »Oh, da nennt sich jemand Sugardaddy. *Hallo, magst du mir ein Foto schicken?*« Sie blickte Kristin bestätigend an. »Siehst du, sag ich doch, dass Fotos wichtig sind. Du schreibst doch auch niemanden an, wenn du nicht weißt, wer dahinter steckt. Oho, und der Sugardaddy sieht echt gut aus, oder findest du nicht?«

»Mmh ...«

»Kristin!«

»Was?«

»Ein bisschen mehr Enthusiasmus bitte.«

»Er hat ne Sonnenbrille auf. Da kann ich nicht viel erkennen. Aber mal was anderes. Fragst du dich nicht, warum so ein hübscher Kerl sich auf dieser Plattform anmeldet? Der könnte doch gewiss fünf Frauen an jeder Hand haben und Kinder ohne Ende zeugen.«

»Der ist vielleicht in der gleichen Situation wie du? Vielleicht hatte er an jeder Hand fünf Frauen und keine wollte Mutter werden. Jetzt schau mich nicht so an. Es gibt nichts, was es nicht gibt.« Sie klickte auf Antworten und tippte los.

»Hallo Sugardaddy«, las Kristin laut mit. »Es hat mich gefreut, dass du mich auch ohne Foto angeschrieben hast. Nun siehst du ja, wie ich aussehe. Wenn ich deinem Geschmack entspreche, darfst du gerne zurückschreiben. Aber nur unter einer Bedingung: Es wird keine natürliche körperliche Ausführung des Kinderwunsches stattfinden. Viele Grüße Munichgirl.«

»Passt dir das?«

Kristin prustete los. »Das ist sooo typisch DU ...« Sie hielt sich den Bauch. »Ich würde das nie so schreiben«, japste sie.

Entgeistert schaute Vio sie an. »Da kennt er sich gleich aus und man muss nicht fünfmal hin und her schreiben«, antwortete sie und lachte mit. »Dann lösch es und schreib selbst.«

Kristin schüttelte den Kopf. »Nee lass mal.«

»Okey-dokey, abgeschickt. Lass uns mal sehen, was Numero vier zu sagen hat.« Sie klickte auf die nächste Nachricht. »Das Benutzerkonto von CoDad01 ist pausiert. Du kannst keine Nachrichten senden«, las Vio vor.

»Einer weniger«, scherzte Kristin hämisch, was ihr einen strafenden Blick von Vio einbrachte.

»Ich mach das nur für dich.«

»Und hast Spaß dabei.« Kristin sah, dass Vios Miene sich traurig verzog.

»Ich muss das nicht machen.«

Kristin schloss die Augen. »Nein. Entschuldige ... ich weiß ... es tut mir leid.« Sie räusperte sich. »Ich bin dir dankbar, dass du mir zur Seite stehst.« Sie räusperte sich ein weiteres Mal. »Klick doch bitte mal auf die fünfte Nachricht, ich glaub, der sieht auch nicht so übel aus.«

»Hallo Munichgirl, ich heiße Bernd und wohne auch in München. Ich bin schwul und wünsche mir seit Kindheitstagen eine eigene kleine Familie. Deswegen war ich auch ganz lange mit Frauen liiert, bis ich eines Tages merkte, dass ich nur mit ihnen zusammen war, um Vater zu werden. Dann begegnete

ich der Liebe meines Lebens, einem Mann. Um mit ihm zusammen sein zu können, entschied ich mich dafür, meinen Traum, Vater zu werden, zu begraben. Dachte ich. Denn mein Mann schenkte mir an unserem fünften Hochzeitstag, einen Zugang zu Familycircle. Wenn du dir vorstellen kannst, ein Co-Parenting mit mir und meinem Mann zu wagen, dann melde dich. Ich würde mich freuen. Nähere Details können wir gerne bei einem Kaffeeplausch besprechen. Liebe Grüße Bernd mit Igor«, las Vio vor.

»Ah wie lieb bitte, ist der denn? Ich glaube, bei denen hättest du es gut und dein Kind auch.«

»Ja, er klingt wirklich nett.« Kristin verstummte. »Aber dann wären wir zu dritt. Zwei gegen eins. Ich würde jede Diskussion verlieren«, murmelte sie und rieb sich nachdenklich die Stirn.

»Nee, so würde ich das nicht machen. Für mich hätten die beiden nur eine Stimme.«

Kristin nickte zustimmend. »Ja, du hast recht. Gut, dann schreib ihn an.«

Kristin saß nervös an einem Tisch neben dem großen Panoramafenster und spielte mit der Deko. Immer wieder fiel ihr Blick nach draußen, in der Hoffnung, dass Sugardaddy, oder Frank wie er im wahren Leben hieß, bald auftauchte. Vor schierer Aufregung hatte sie die ganze Nacht nicht schlafen können, war dann um drei Uhr aufgestanden und hatte den Fernseher eingeschaltet, um sich auf etwas anderes zu konzentrieren. Letztendlich konnte sie doch noch eine Mütze Schlaf auf der Couch holen. Wie gerädert ist sie dann um neun wach geworden, hatte geduscht und fast eine halbe Stunde vor dem Schrank gestanden, weil sie nicht wusste, welche Kleidung für so ein Treffen angemessen war. Schließlich hatte sie sich für ein schlichtes blaues Sommerkleid entschieden, ein für sie typisches unauffälliges Make-up aufgetragen und die Haare mit einem Lockenstab etwas aufgepeppt. Die Locken hatten wie erwartet nicht bis zum Kunstgenuss gehalten.

Rein interessehalber hatte sie im Internet gegoogelt, warum sich ihre Locken schon nach kurzer Zeit aushingen. Die Antwort, die sie fand, erklärte alles: Gesunde Haare waren gut mit Feuchtigkeit versorgt. Ha ha.

Ein Blick an ihr Spiegelbild zeigte, dass trotz des Lockenverlusts sich noch ein gewisser Schwung darin befand. Sie fuhr sich mit den Fingern durch das Haar, um es noch ein bisschen mehr aufzubauschen, sah aber gleich ein, dass es nichts brachte, und ließ die Hände ergebend wieder sinken.

»Darf ich ihnen etwas bringen?«

Kristin drehte sich der piepsigen Stimme der Bedienung zu und schüttelte verneinend den Kopf. »Nein, noch nicht. Ich würde gerne warten.«

»Kein Problem, dann schau ich nachher nochmal vorbei.« Die Bedienung drehte sich um und wäre um Haaresbreite in einen Mann hineingerannt. Sein Anzug war faltenfrei und das braune Haar stylisch zur Seite gekämmt.

Kristin hustete. Beinahe hätte sie sich an ihrer eigenen Spucke verschluckt, als ihr Blick in sein Gesicht wanderte.

Er sieht aus wie Robert, schoss es ihr durch den Kopf.

»Guten Morgen, ich bin Frank. Du musst Kristin sein. Freut mich, dass wir uns endlich kennenlernen«, begrüßte er sie überschwänglich und streckte ihr die Hand hin. »Entschuldige für die kleine Verspätung, aber die U-Bahn ...«

Überrascht von seinem Zutreten an ihren Tisch starrte Kristin ihn mit offenem Mund an. »Hi«, quietschte sie. Was war nur mit ihrer Stimme los? Sie räusperte sich. »Hi. Ja ich bin Kristin. Freut mich auch«, antwortete sie und deutete auf den Stuhl ihr gegenüber.

Er setzte sich und Kristin musterte ihn genauer. Seine Brille war rund, nicht eckig wie die von Robert. Und seine Augen waren grün, nicht braun. Er trug fast denselben Haarschnitt und sein Vollbart glich dem, den Robert in ihrer Ehe hatte. Kristin atmete tief durch. Was geht hier vor sich? Sie fühlte sich, als würde sie jemand auf makabre Art veräppeln wollen. Hilfesuchend blickte sie sich nach Vio um, doch sie konnte ihre Freundin in der Menge nirgends sehen.

Ihrem Schicksal ergebend wandte sie sich ihrem Gegenüber wieder zu, der sie strahlend anlächelte. Selbst das Lächeln entsprach dem von Robert. Sie zuckte zusammen.

»Dein erstes Treffen, oder?«, fragte er und legte seine Unterarme entspannt auf dem Tisch ab.

Kristin nickte. Sie konnte immer noch nicht fassen, wie ähnlich dieser Mann Robert war. Selbst die Stimme klang ähnlich. Aber vielleicht bildete sie sich das alles nur ein. Vielleicht spielte ihr angespanntes Unterbewusstsein ihr einen Streich. Er sah sie abwartend an. »Ja«, quetschte sie schließlich durch die Zähne hervor.

Seine grünen Augen blickten sie beruhigend an. Nachdem Kristin nichts weiter sagte, ergriff er erneut das Wort. »Ok, da ich dir ein Treffen voraus bin, mache ich mal den Anfang. Wie wäre das?«

»Super«, antwortete sie kurz mit einem schwachen Lächeln.

»Gut. Also wie gesagt, mein Name ist Frank, ich bin neunundvierzig Jahre alt. Ich arbeite als Notar in meiner eigenen Kanzlei und habe drei Angestellte. Außerdem war ich zwölf Jahre verheiratet, seit vier Jahren bin ich Witwer. Wir hatten uns bewusst gegen Kinder entschieden, weil uns beiden Karriere und Reisen wichtiger waren. Doch seit dem Tod meiner Frau habe ich erkannt, wie gern ich Vater geworden wäre. Niemals hätte ich gedacht, dass unsere Ehe so ein schnelles Ende findet und dass ich so früh alleine am Tisch sitzen würde. Ich habe meine Frau über alles geliebt und keine könnte ihr das Wasser reichen, deshalb habe ich mich bei Familycircle angemeldet.« Eine Weile starrte er schweigend auf die Tischplatte, dann blickte er auf. »So eine Verbundenheit und Zuneigung, die ich mit meiner Frau hatte, wird es für mich kein zweites Mal geben. Aber ich möchte unbedingt Vater werden. Finanziell dürfte es kein Problem darstellen. Ich bin gut situiert und habe ein Eigentumshaus am Rande von München.«

Kristin empfand großes Mitgefühl für ihn. Ermutigt über seine kleine Rede, setzte sie sich aufrechter hin und fing an, ihre Beweggründe und Lebensumstände in kurzen knappen Sätzen zu erzählen.

Als sie endete, nickte er verständnisvoll. »Zwei ähnliche Liebesgeschichten und doch so unterschiedlich.«

»Ja, das ist wahr«, pflichtete sie ihm bei und strich sich eine Strähne hinter das Ohr. Kristin fand es beruhigend, dass ihr jemand, der sich in derselben Lage befand wie sie, von ganz ähnlichen Gefühlen getrieben fühlte.

Frank blickte sie aufmerksam hinter seinen Brillengläsern an. »Kristin?«, fragte er. »Hast du dir schon Gedanken gemacht, wie der Ablauf sein soll? Wie du dir die Befruchtung vorstellst?«, flüsterte er.

Kristin schüttelte sich innerlich. Wie ungeniert er das Wort Befruchtung aussprach. »Na ja ... so ungefähr schon ... ein bisschen ...«, stotterte sie und holte tief Luft. »Mir wäre es lieber, wenn wir die Versuche, über eine Kinderwunschklinik laufen lassen könnten. Also ich meine ... alles«, stammelte sie erneut.

Er nickte zustimmend. »Ja, das wäre mir auch lieber.«

Kristin lächelte erleichtert.

Frank erwiderte das Lächeln. »Ich würde mir wünschen, dass wir das gemeinsame Sorgerecht haben. Außerdem wäre es schön, wenn du dir vorstellen könntest, dass das Kind jedes zweite Wochenende bei mir wäre. Vielleicht zwei Wochen in den Sommerferien?«, fragte er vorsichtig.

So weit hatte sie noch gar nicht gedacht, fiel ihr ein. Konnte sie sich das wirklich vorstellen, ihr Kind jedes zweite Wochenende an einen Mann zu geben, den sie kaum kannte? Gut, sie starteten ja jetzt nicht sofort, es werden schon einige Treffen stattfinden. Aber konnte sie wirklich loslassen und das Kind abgeben? »Hast du einen Plan, wann du starten möchtest?«, fragte sie schnell, um die aufkeimenden Fragen zu ersticken. Sie kratzte einen Krümel vom Tisch ab, nur um das plötzlich auftretende zittrige Gefühl loszuwerden.

»Ich möchte dich erst kennenlernen, schauen, ob unsere Vorstellungen in etwa die Gleichen sind.«

Kristin nickte.

»Nach etwa einem halben Jahr hätte ich vorgeschlagen, könnten wir übers Wochenende wegfahren«, schlug er vor und blickte sie stirnrunzelnd an.

Kristin war die Kinnlade herunter gefallen, bei der Erwähnung des Kurztrips.

»In getrennten Schlafzimmern natürlich«, erklärte er hastig. »Nur, um zu testen, ob wir uns da nicht überdrüssig werden«, fügte er hinzu und presste angespannt die Lippen aufeinander.

Ihr fiel ein Stein vom Herzen, der vermutlich, wenn die Musik nicht so laut spielen würde, zu hören gewesen wäre. »Das hört sich nach einem guten Plan an, Frank«, antwortete sie.

»Wow«, ertönte plötzlich die überraschte Stimme von Vio, die mit tellergroßen Augen an den Tisch trat und Frank anglotzte. »Wow«, wiederholte sie. »Sie sehen aus wie ...« Sie blickte Kristin an. »Ist dir das aufgefallen?«

Kristin nickte und wechselte verlegen ihre Sitzhaltung. Ihr Unterbewusstsein spielte ihr also doch keinen Streich.

»Wie sehe ich denn aus?«, fragte Frank plötzlich verunsichert und blickte von einer Frau zur anderen.

Eine Weile schwiegen sie. Kristin horchte der immer lauter werdenden Musik, bis sie das richtige Bauchgefühl hatte, das Unaussprechliche aussprechen zu können.

Denn sie hatte einen Plan, und den wollte sie zukünftig auch durchziehen.

Was auch kommen mag.

Sie wollte in jeglicher Hinsicht mit offenen Karten spielen. Sie hatte genug von Lügen und billigen Ausreden.

Gerade hier in diesem Fall, verband man sich ein Leben lang durch das Kind. Da spielte Vertrauenssache eine große Rolle und die schaffte man sich, wenn man ehrlich und respektvoll miteinander umging.

Wie es eigentlich in einer normalen Beziehung ja auch laufen sollte.

Wenn sie durch ihre Ehrlichkeit jemanden

verletzte, dann war es eben so. Fakt war, wenn eine Lüge aufgedeckt wird, ist die Verletzung noch viel größer.

Im letzten Jahr war ihr Vio immer mehr zum Vorbild geworden, was offene Ehrlichkeit betraf. Bei jedem Gespräch, das sie hatten, flüchtete sich Vio nie in Ausreden oder druckste sich um ihre wahre Meinung herum. Nein, sie sagte es so, wie sie es dachte und sah. So kam es vor, dass ihr die Farbe des Rockes gefiel, aber sie auch darauf hinwies, dass man zwischen den Beinen hindurch blicken konnte. Genauso war es ihr nicht peinlich, jemanden zu sagen, dass er etwas zwischen den Zähnen hatte. Oder der Hosenschlitz offen stand. Kristin holte tief Luft. »Wie mein Ex-Mann«, offenbarte sie schließlich und kaute mit schlechtem Gewissen auf ihrer Unterlippe herum.

Frank verzog das Gesicht. »Könnte das ein Problem sein? Wenn ja, dann wäre es unsinnig, wenn wir uns weiter kennenlernen«, erklärte er tief enttäuscht.

»Ich weiß es ehrlich gesagt nicht.« Kristin sah ihn entschuldigend in die Augen.

Vio räusperte sich. »Darf ich euch beiden etwas zu trinken bringen? Einen Schnaps vielleicht?«

Kristin schüttelte den Kopf. »Ein stilles Wasser reicht mir, Vio.«

»Für mich bitte eine Cola. Danke.«

Vio nickte und drehte sich auf den Absatz um, aber

nicht noch vorher kurz Kristins Schulter zu drücken. »Wird schon«, flüsterte sie.

»Wie sehr sehe ich ihm ähnlich?«, fragte Frank schmallippig, als Vio außer Hörweite war.

Kristin sah ihm ins Gesicht und erkannte, dass seine Entspanntheit verflogen war. Seine Zuversicht, dass sie diejenige war, mit der er seinen Traum verwirklichen konnte, war in Niedergeschlagenheit umgeschlagen. Seine Augen blickten sie traurig an und zeitgleich blitzte ein kleiner Hoffnungsschimmer auf. Sie flehten sie regelrecht an, bitte sag, dass es nur minimalistisch ist und du darüber hinwegsehen kannst.

Kristin fühlte sich wie eine Masochistin. Mit einem einzigen Wort konnte sie das letzte Fünkchen Hoffnung auslöschen.

Wie sagt man jemanden, dass er das eins zu eins Double vom Ex war? Verzweifelt wankte sie zwischen Wahrheit und einer kleinen Lüge hin und her.

Wo lag der Unterschied? Wenn sie sagte, dass es nur eine geringe Ähnlichkeit gab, schwächte sie die Wahrheit nur mit einem einzigen kleinen Wort ab.

Galt das schon als Lüge?

Vermutlich ja.

Vielleicht war ihm diese Lüge auch egal, wenn er erfuhr, dass er Robert ziemlich ähnlich sah. Schließlich war sie diejenige die ihn als Frank behandelte und nicht als Robert.

Dieser Gedanke ließ ihren Atem stocken.

Konnte sie das, ihn als nicht Robert ansehen?

Belog sie sich am Ende mit diesen einem kleinen Wort selbst?

Kristin wurde sich ihrem Vorsatz wieder bewusst.

Sie wandte ihren Blick zum großen Panoramafenster, wo sie ihr Spiegelbild ein weiteres Mal intensiv betrachtete.

Und plötzlich erkannte sie es. Als würde eine nackte Birne über ihren Kopf aufleuchten.

Es galt nicht den anderen gegenüber, sondern vielmehr sich selbst am ehrlichsten zu sein.

Kristin drehte sich zu Frank um. Er saß abwartend und wie versteinert auf seinem Platz. In diesem niedergeschlagenen Moment traf sie ihre Entscheidung. Sie räusperte sich. »Sehr sogar und auch die Stimme ...«, bestätigte sie sanft.

»Dann wird es schwierig. Ich könnte mein Aussehen ein bisschen ändern. Aber meine Stimme?« Hilflos hob er die Arme.

Kristin schüttelte den Kopf und lächelte. »Sie müssen sich meinetwegen nicht ändern. Bleiben sie bitte so, wie sie sind.« Sie hielt kurz inne. »Lassen sie mir Zeit, mich daran zu gewöhnen«, fügte sie hinzu und hob ihr Wasserglas, das vor ihr stand. Sie hatte gar nicht mitbekommen, dass Vio ihre Getränke gebracht hatte.

»Ach, da bin ich aber erleichtert, Kristin. Ich finde

sie äußerst sympathisch und könnte sie mir als die Mutter meines Kindes sehr gut vorstellen.«.

Kristin erging es nicht anders. Auch sie fand Frank äußerst nett und charmant.

Und ein klein wenig fand sie den Umstand um sein Äußeres elektrisierend.

Nichtsahnend über Kristins Gedanken erhob auch Frank sein Glas und sie stießen auf eine gute gemeinsame Zukunft an.

Kristin ging ein paar Schritte zurück und begutachtete ihre geschmückte Nordmannstanne. Sie wusste nicht, ob sie lachen oder weinen sollte. Das Aussehen der unförmigen und dürren Tanne, die ganz verloren unter dem vielen Weihnachtsschmuck vor ihr stand, war katastrophal. Sie verlor jetzt schon eine Menge Nadeln. Unmöglich dass sie bis zum sechsten Januar durchhielt. Aber was konnte sie schon erwarten, wenn sie sich kurzentschlossen am Spätnachmittag des Heiligabends auf die Suche nach einem Baum machte. Eigentlich war klar, dass sie nur so ein armes verdörrtes Gestrüpp bekam. Der Verkäufer war gnädig und schenkte ihr ihn kurzerhand. Vermutlich hatten ihn aber auch ihre tränenverschleierten Augen weichgekocht.

Sie liebte Weihnachten, seit sie denken konnte. Diese magischen Tage, wenn das Glitzern der Christbaumbeleuchtung sich in den Kugeln verfängt und es noch mehr glitzerte. Als Kind war sie mit ihrem Vater jedes Jahr Mitte Dezember in den nächstgelegenen Wald gelaufen. Dort suchten sie sich die schönste Fichte aus. Ihr Vater liebte Fichten als Christbaum, weil der Geruch ihn an seine Kindheit erinnerte. Dann wurde sorgfältig die Lage im Wald abgecheckt, ob auch wirklich niemand sie beobachtete. Erst dann holte ihr Vater die Säge hervor, die er den ganzen Weg unter seinem dicken Parker versteckt hatte. Gemeinsam zogen sie den Baum auf einem Schlitten nach Hause oder trugen ihn auf den Schultern heim, wenn kein Schnee lag. Aufatmen war erst möglich, wenn sie den Wald verlassen hatten.

Es war ein Abenteuer mit Kick, auf das sie sich jedes Jahr gefreut hatte. Doch irgendwann war es vorbei. Sie musste so zwölf gewesen sein, als ihr Vater meinte, dass es von den Waldbesitzern nicht mehr gern gesehen wurde, wenn man ihnen die schönsten Bäume klaute. Von hohen Strafen war die Rede.

Und so besorgten sie sich wie jeder andere normale Mensch einen Baum bei einem Christbaumverkäufer, der auch Fichten im Angebot hatte.

Kristin änderte nichts an der Tradition, als sie auszog. Mitte Dezember lief sie jeden einzelnen Verkaufsstand durch, um für sich den schönsten Baum zu finden. Eine gutriechende Fichte fand sie nie und so arrangierte sie sich mit der Nordmannstanne. Insgeheim musste sie ihrem Vater recht geben, die Tanne war nicht annähernd so wohlduftend, aber ihre Nadeln stachen nicht so fest, was wiederum positiv war. Zu ihrem Einzug in ihre erste eigene Wohnung in München bekam sie von ihrem Vater die Kugeln geschenkt, die er einst von seiner Mutter bekam. Es sollte ein Gefühl von Familie und Liebe vermitteln. Was es all die Jahre tat.

Nur heuer war ihr einfach nicht danach gewesen.

Und dann doch.

Sie saß heulend vor dem Fernseher, schaute drei Haselnüsse für Aschenbrödel an und war entsetzt über sich selbst. Es war Heiligabend und sie brach wegen einer Trübseligkeit mit der Tradition.

Also war sie losgezogen. Im strömenden Regen, was das Gefühl nach Verlorensein verstärkte, sie aber nicht davon abhielt, weiter zu suchen, bis sie diesen bemitleidenswerten Baum fand.

Ihr gesamtes Sortiment an Kugeln und Sternen hatte nichts gebracht. Die Tanne blieb schlicht und einfach kümmerlich.

So wie sie selbst auch.

Sie setzte sich auf ihre Couch und hätte ein weiteres Mal heulen können.

Zum fünften Mal feierte sie Weihnachten alleine.

Wieder einmal würde sie sich etwas Schnelles kochen, ein Glas Wein trinken, gedankenlos durch das Fernsehprogramm zappen, dann vermutlich bei Kevin allein zu Haus hängenbleiben, nebenbei immer wieder den Christbaum traurig anschauen und um zehn ins Bett gehen.

Nicht mal mit Vio konnte sie sich treffen, denn sie verbrachte die Feiertage wie alle Jahre bei ihrem Vater im Allgäu.

Und zu ihrer eigenen Familie konnte sie auch nicht. Ihre Eltern genossen einen entspannten, ruhigen Abend vor dem Fernseher, und sie wollte nicht stören. Tobias zog es vor, den Heiligabend mit seiner Familie zu verbringen, was sie gut nachvollziehen konnte. Traditionell ging es später am Abend zur Christmette, an der auch Tobias und der Rest der Familie dabei sein werden. Danach versammelten sie sich in der Küche ihrer Mutter, um Mettenwürste mit Sauerkraut zu essen. Gegen zwölf werden alle ins Bett gehen. So war es schon immer. Früher, als sie noch zu Hause wohnte, musste sie selbst mit zur Kirche. Das heißt, das würde ihr auch heute blühen, wenn sie hinfuhr. Sie schüttelte den Kopf bei der Vorstellung, sich in die kalte Kirche setzen zu müssen.

Unschlüssig, welche Option die Bessere wäre, stand sie auf und ging zum Fenster.

Noch fuhren geschäftig die Autos die Straße hinauf und hinunter, aber in ein paar Stunden würde es ruhiger werden. Jeder war dann bei seinen Liebsten zu Hause, ging es ihr durch den Kopf. Sie sangen Weihnachtslieder neben dem Christbaum, und das Christkind kam vorbei, was die Kinderaugen zum Leuchten brachte.

Kristin strich sich die Tränen aus dem Gesicht und ging zum Weinkühlschrank.

Sie öffnete ihn und griff nach ihrem teuren

Lieblingswein, den sie sich für Weihnachten gegönnt hatte. Doch angesichts ihrer Einsamkeit war die Freude daran nun verflogen.

Wie schlimm konnte eine Stunde Kirche sein, wenn sie dafür die Zeit mit ihren Eltern verbrachte, fragte sie sich selbst.

Sie wäre für ein paar Stunden nicht alleine.

»Ach was solls«, entfuhr es ihr laut. Sie legte die Flasche zurück, schlug die Kühlschranktür mit einem Knall zu und ging zum Flur. Aus dem Schrank holte sie ihre Reisetasche und packte das Nötigste hinein. Sie löschte alle Lichter, steckte ihr Smartphone in die Daunenjacke und zog die Wohnungstür hinter sich zu. Im selben Moment kündigte ein Piepen in ihrer Tasche den Eingang einer E-Mail an. Kristin ignorierte es und eilte Richtung Tiefgarage.

Der Vorhang vom Küchenfenster bewegte sich, als Kristin in die Hofeinfahrt ihrer Eltern fuhr und sie war noch nicht ausgestiegen, da stand auch ihre Mutter schon an der Haustür und erwartete sie mit offenen Armen.

»Schön, dass du Weihnachten mit uns verbringen willst.«

»Frohe Weihnachten Mama.«

Anne drückte sie fest an sich. Es tat gut, für einen kurzen Moment in die Arme genommen zu werden. Kristin atmete tief den Duft ein, den ihre Mutter verströmte. Der Geruch ihres Parfüms und frischgebackener Plätzchen versetzte Kristin schlagartig in ihre Kindheit zurück. Vor ihrem geistigen Auge stieg kurz die kleine Kristin auf, die mit Schürze und Ausstechern bewaffnet am Küchentresen stand und ihrer Mutter beim Ausstechen der Plätzchen half. Während im Hintergrund die Kassette mit den Weihnachtsliedern dudelte.

Aus dem Innern des Hauses klang leise *Ihr Kinderlein kommet* heraus. Kristin musste lächeln. Wie passend. Sie löste sich von ihrer Mutter. »Wo ist Papa?«

»Der ist unten in seinem Hobbykeller und bastelt noch an etwas, das er mir nicht verraten will.« Sie lachte schelmisch, als wüsste sie es bereits. »Lass uns reingehen. Es ist ganz schön kalt geworden.« Sie schüttelte sich und zog ihre Strickjacke enger zu.

Kristin stellte ihre Tasche im Flur ab, hängte die Jacke an die Garderobe und ging den vertrauten Gerüchen nach. In der Küche standen die fertigen Plätzchen auf dem Tisch und das Sauerkraut kochte auf den Küchenherd vor sich hin. Im Durchgang konnte sie in das dunkel liegende Wohnzimmer blicken, wo der Christbaum erleuchtet glänzte.

»Ich mach uns einen Tee«, sagte ihre Mutter, die gerade durch die Tür kam. Sie stellte den wassergefüllten Topf auf die heiße Herdplatte neben dem Sauerkraut und legte ein Holzscheit nach. Als

Nächstes holte sie aus dem Küchenschrank zwei Tassen und hängte in jede einen Teebeutel Früchtetee.

Als das Wasser kochte, überbrühte sie die Beutel und stellte die Tassen bei Kristin auf den Küchentisch ab. Sie zog einen Stuhl heran und setzte sich. »Nun erzähl. Was ist los, mein Schatz?«

»Ich wollte Weihnachten nicht alleine sein.«

»Das habe ich mir schon gedacht, als du mit dem Auto vor fuhrst. Aber was ist wirklich los?« Sie legte ihre Hand auf Kristins Unterarm. »Etwas bedrückt dich. Und das schon seit einer Ewigkeit.«

Kristin drehte sich fragend zur Tür. Sie liebte ihren Vater über alles, aber dieses Gespräch wollte sie nur mit ihrer Mutter führen. Von Frau zu Frau. Von Mutter zur zukünftigen Mutter.

»Bis dein Vater aus dem Keller kommt, kann es noch ewig dauern«, beantwortete Anne Kristins unausgesprochene Frage.

»Ich möchte ein Kind. Aber ohne einen Mann«, begann sie, dämpfte aber gleich die Stimme und ihre Mutter neigte sich näher zu ihr herüber. »Ich habe auch schon einen Plan, nur leider ist der nicht so leicht umsetzbar. Und ...« Sie schlug verschämt die Hände vors Gesicht.

»Stop?«, unterbrach Anne sie. »Wie stellst du dir das vor, ein Kind ohne Mann?«

»Mit Samenspende.« So jetzt war es heraus. Kristin atmete erleichtert aus und lugte vorsichtig zwischen den Fingern hindurch. Doch der Gesichtsausdruck ihrer Mutter verriet keinerlei Reaktion. Wie erstarrt saß sie am Tisch und rührte sinnlos in ihrem Tee. Dann hob sie den Blick und nickte. »Und du bist dir sicher?«

Kristin stieß den angehaltenen Atem aus und ließ die Hände sinken. Unbeschreibliche Erleichterung strömte durch ihren Körper. Sie hatte nicht geplant, ihrer Mutter heute alles zu erzählen, aber jetzt, wo sie deren Entspanntheit kannte, wusste Kristin, dass es richtig war. Sie sprang auf und umarmte ihre Mutter stürmisch. Große salzige Tränen strömten ihr über das Gesicht.

»Ach Schatz.« Liebevoll strich Anne ihr die Tränen aus dem Gesicht. »Möchtest du mir mehr davon erzählen?«

Kristin nickte und setzte sich schluchzend auf ihren Stuhl zurück. Sie nahm einen Schluck vom heißen Tee, verbrannte sich die Lippe und fing an zu erzählen. Erst stockend, weil sie nicht wusste, wie ihre Mutter die Details aufnahm. Aber als diese ihr mit wachen Augen aufmerksam zuhörte, ohne zu unterbrechen, weihte sie ihre Mutter bis ins kleinste Detail ein. »Und im Juli hatte ich ein erstes Treffen mit einem potentiellen Co-Partner. Frank«, schloss sie ihren Redefluss ab.

»Und was wurde aus Frank? Habt ihr noch Kontakt?« Annes Augen blitzten interessiert.

Kristins Blick wurde traurig. »Nein, leider nicht und das ist meine Schuld. Er war wunderbar, aber er sah eins zu eins wie Robert aus. Ich schaffte es nicht, über diese Ähnlichkeit hinwegzusehen. Er war genauso enttäuscht wie ich, aber wir haben noch Kontakt und er schrieb, dass er wieder eine wunderbare Frau getroffen hatte, die ebenfalls ein Kind aber keinen Mann wollte.« Sie schloss die Augen und atmete die aufkommende Enttäuschung weg. »Dann hatte ich noch ein Treffen mit einem schwulen Paar. Doch leider stellten wir beim ersten Treffen fest, dass unsere Vorstellung von Co-Parenting nicht übereinstimmte. Ich sollte die Rolle der Tante übernehmen, nicht der Mutter. Obwohl das Kind schon wissen sollte, dass ich es zur Welt gebracht hab.«

»Und das möchtest du nicht?«

»Nein, ich möchte Mama sein. Keine Tante. Das bin ich ja schon.« Sie lächelte.

Anne nickte. »Hast du noch jemanden getroffen?«

»Nein, weil ich bereits bei Frank ein unbeschreiblich komisches Gefühl hatte, als er von seinen Wochenenden sprach und dass er gerne das Kind in den Ferien haben möchte. Bei dem schwulen Paar verstärkte es sich noch mehr. Die Vorstellung, dass ich das Kind abgeben muss ... an eine relativ fremde Person.« Sie schüttelte den Kopf. »Das kann ich nicht. Und nur Tante will ich auch nicht sein.« Sie lächelte ihre Mutter schief an. »Es war schon nicht einfach, diese drei potentiellen Väter auf Familycircle zu finden. Bisher sagt mir auch kein anderer mehr zu. Und deswegen habe ich mich jetzt für die Samenspende aus Dänemark entschieden.«

Anne sah sie verwundert an. »Aber du und der Co-Partner ... ihr würdet euch doch erst eine Weile treffen und kennenlernen, bevor ihr euch sicher seid, dass es passt«, versuchte ihre Mutter sie zu ermutigen.

»Ja, das schon.« Kristin stockte. Wie sollte sie ihrer Mutter nur erklären, dass sie ihr Kind nicht teilen wollte. Dass es wahrscheinlich als höchst egoistisch zu betrachten war, weil sie ihrem Kind dadurch einen Vater verwehrte. Aber sie wollte nicht ein ganzes Wochenende alleine zu Hause sitzen und darauf warten, dass er das Kind zurückbrachte. Aber am meisten hatte sie Angst davor, dass alles anders ablief, wenn das Kind erst auf der Welt war. Dass Abmachungen, die sie vor der Geburt vereinbart hatten, seinerseits nicht mehr galten und er sich viel mehr herausnahm, was nie im Gespräch war. Oder er einfach das Kind packte und verschwand. So wie Robert es einst tat.

»Es werden viele Kosten auf dich zu kommen, die du dann alleine tragen musst. Ein Kind ist teuer. Das muss dir bewusst sein.«

»Ich weiß. Darüber habe ich mir schon Gedanken gemacht.« Genauer gesagt, hatte sie sich endlich die

Liste erstellt, die Vio ihr von Anfang an vorgeschlagen hatte. Einnahmen und Ausgaben jeden einzelnen Monat eines ganzen Jahres aufgelistet in einer Exceldatei. Dadurch hatte sie einen ziemlich guten Eindruck bekommen, mit wie viel unnötigem Zeug sie sich das Geld aus der Tasche ziehen ließ. So hatte sie sogleich dem Fitnessstudio die Kündigung geschickt, weil sie ihre Besuche an zwei Händen abzählen konnte, und das in einem Zeitraum von einem halben Jahr. Genauso kündigte sie sofort einer Frauenzeitschrift, die sie meist nur oberflächlich durchgeblättert hatte und einen Streamingdienst. Außerdem passte sie ihren Handyvertrag neu an, wodurch sie auch noch einmal zehn Euro einsparte.

So viel Geld umsonst ausgegeben. Kopfschüttelnd rührte sie ihren inzwischen kalten Tee um.

»Gut. Zur Not können dein Vater und ich dir unter die Arme greifen«, erklärte ihre Mutter und riss Kristin damit aus ihren Gedanken.

»Nein, nein, ich schaff das alleine, Mama«, beharrte sie mit fester Stimme. Es war ihr Weg. Sie wollte es alleine schaffen und nicht auf andere angewiesen sein, auch wenn es ihre Eltern waren. Lieber trat sie selbst drei Schritte zurück, ging einmal im Jahr zum Friseur statt dreimal. Sie musste nicht jeden Monat neue Kleider kaufen und konnte ruhig öfters zu Hause selbst kochen.

Es würde gehen, da war sie sich sicher.

Sie hatte sich überlegt, ihre Schwägerin zu fragen, ob sie deren Kinderausstattung haben konnte. Tobias erwähnte bei ihrem letzten Besuch, dass sie keinen weiteren Versuch starten wollten, um ein Mädchen zu bekommen. Sie hätten bereits alles in den Keller verfrachtet. Und dann gab es ja auch Flohmärkte und Second-Hand-Shops wo sie günstig einkaufen konnte.

Mehr noch und das war die Überraschung überhaupt. Der online Elterngeldrechner hatte ihr einiges an Sorgen genommen. Er spuckte einen beachtlichen Betrag aus, mit dem sie vierzehn Monate ohne Nebentätigkeit zu Hause bleiben konnte. Zusätzlich wird sie noch Kindergeld und das bayrische Familiengeld erhalten.

Nach der Elternzeit wollte sie in Teilzeit arbeiten und das Kind in die Kinderbetreuung geben. So kurz wie nötig, sodass sie finanziell entspannt über die Runden kamen. Kristin wollte so viel Zeit mit ihrem Kind verbringen, wie es eben ging.

Montag, 25. Dezember

1:00 Uhr

Kristins Elternhaus, Mönchsbrunn

Kristin legte sich ins Bett und zog die Bettdecke bis zum Kinn hoch. Der vertraute Geruch des blumigen Waschmittels stieg ihr in die Nase und verstärkte das Gefühl von Geborgenheit, das sie schon den ganzen Abend begleitete.

Es war eine kluge Entscheidung gewesen, zu ihren Eltern zu fahren. Zuerst das offene Gespräch mit ihrer Mutter, das ihr so viel Gewicht von den Schultern genommen hatte. Nie und nimmer hätte sie mit deren Reaktion und Unterstützung gerechnet.

Danach hatte sie ihren Vater beim Schnitzen zugesehen. Schnitzen war seine Leidenschaft. Dort konnte er den Stress, den er als Abteilungsleiter ausgesetzt war, entfliehen. Seine Ruhe und die rhythmischen Holschläge ließen den letzten Rest ihrer Anspannung verschwinden.

Die Christmette verging schnell und es war nicht ganz so kalt, wie sie es in Erinnerung hatte. Anschließend verbrachte sie einen schönen restlichen Abend mit ihren Eltern, Tobias und ihrer Babyfon bewaffneten Schwägerin Miriam.

Sie war allen so dankbar. Schöner hätte der anfängliche traurige Heilige Abend nicht enden können. Als Dankeschön hatte sie sich in der Kirche, als der Pfarrer endlos predigte, überlegt, dass sie ihre Eltern mit einem Frühstückstisch am nächsten Morgen überraschen möchte.

Sie kuschelte sich noch tiefer in das Kissen hinein, als ihr bewusst wurde, das ihr wegen dem Vorhaben nur noch wenige Stunden blieben, ehe der Wecker klingelte. Apropos Wecker. Den musste sie unbedingt noch stellen. Sie drehte sich auf ihre linke Seite und streckte ihren Arm zum Nachtkästchen aus, auf dem das Handy lag. Doch sie griff ins Leere. Sie hob den Kopf, konnte aber in der Dunkelheit nichts erkennen. Sie schaltete das Nachtlicht an und zwickte wegen der plötzlichen Helligkeit die Augen zusammen.

Langsam öffnete sie die Augen und sah, dass das Nachtkästchen leer war. Wo war nur ihr Handy? Sie ließ ihren Kopf auf das Kissen zurücksinken, legte den rechten Arm auf die Stirn und starrte die Decke an. Wo hatte sie nur das Handy hingetan? Hatte sie es in ihrer Wohnung liegen lassen? Peu à Peu ging sie gedanklich jeden Moment des Tages durch.

Als sie nach dem Einkaufen mittags nach Hause gekommen war, hatte sie es auf die Kommode im Flur gelegt. Danach geduscht und den Christbaum geschmückt. Dann hatte sie die Entscheidung getroffen, zu ihren Eltern zu fahren, gepackt und die Lichter ausgemacht. Schließlich hatte sie das immer noch auf der Kommode liegende Handy in ihre Daunenjacke gesteckt.

Die unten im Flur hing, stöhnte sie innerlich und schwang die Füße widerwillig aus dem warmen Bett.

Leise öffnete sie die Tür und schlich barfuß in den dunklen Flur hinaus, wo das Schnarchen aus dem Elternschlafzimmer die Stille unterbrach. Rasch lief sie im Dunkeln die Treppe hinunter und ging zur Garderobe. Sie griff in eine der zwei Jackentaschen, fand aber nur ihre Handschuhe und ein Taschentuch. Sie öffnete den Reißverschluss der zweiten Tasche, griff erneut hinein, umfasste das kühle Handy und zog es heraus. Wobei sich das Handy, durch die bloße Berührung von selbst einschaltete und eine ganze Reihe guter Weihnachtswünsche von Freunden und Kollegen aufploppten. Sie setzte sich auf die Garderobenbank und öffnete Nachricht für Nachricht, um jedem Einzelnen eine liebevolle Antwort zurückzuschicken. Nachdem sie die letzte Nachricht abgeschickt hatte, stellte sie den Wecker auf sechs Uhr, schaltete das Handy aus und tappte zurück zur Treppe, als sich plötzlich das Display erneut einschaltete. Genervt über das neue Betriebssystem, das sich bei jeder Bewegung einschaltete, blieb sie stehen, um es abzuschalten. Ihr Finger blieb in der Luft hängen, als sie eine E-Mail-Mitteilung auf dem Sperrbildschirm sah.

Familycircle:
Neue Nachricht von Valentin. 17:34 Uhr

Da hatte sie gerade ihre Wohnung verlassen, schoss es ihr in den Kopf. Mit einem Fuß auf der untersten Stufe der Treppe starrte sie unentschlossen die Anzeige an. Sollte sie sie öffnen, ignorieren oder gleich löschen? Eigentlich hatte sie sich bereits gegen ein Co-Parenting entschieden.

Aber nichts sprach dagegen, diese E-Mail zu öffnen. Sie musste ihn ja nicht zurückschreiben.

Die Neugierde siegte und sie tippte die E-Mail an, die sich sofort öffnete.

Es ist eine große Freude für mich, dich hier in diesem Portal anzutreffen. Vielleicht erinnerst du dich ja noch an mich. Ich bin derjenige, der die unangenehme Aufgabe hatte, dir zu sagen, dass du einen Vogelschiss auf dem Kopf hast. Ich hoffe, du verzeihst mir und siehst es nicht als Grund an, mir nicht zurückschreiben. Denn ich würde mich sehr über eine Nachricht von dir freuen. Im P.S. findst du meine Handynummer.

Ansonsten wünsche ich dir schöne Weihnachten. Auf ein hoffentlich baldiges Wiedersehen, Valentin.

Kristin zog scharf die Luft ein, als ihr klar wurde, wer ihr eine Nachricht geschickt hatte. Sofort meldete sie sich in ihrem Account bei Familycircle an, klickte auf die Nachricht von Valentin und betrachtete sein Profilbild. Das Herz schlug ihr bis zum Hals und in ihren Ohren rauschte es.

Das war er!

Sie konnte es nicht glauben. Dieser atemberaubende Mann, vom kleinhesseloher See, hatte endlich einen Namen. Valentin. Und er schrieb ihr. Noch dazu bei Familycircle. Sie konnte es nicht glauben.

Mit einem verschmitzten Lächeln blickte er ihr von seinem Profilfoto entgegen. Es war Bleistift gemalt, trotzdem sah er immer noch so aus, wie sie ihn in ihrer Erinnerung hatte. Ihr Körper reagierte. In ihrem Schoß zog es vor Erregung und sie fuhr sich mit der Zunge über die Lippen.

Wäre da nicht die eine Sache.

Sie klickte auf sein Profil und hoffte, eine andere sexuelle Orientierung zu lesen, als sie dachte. Doch ihre Vermutung bei der ersten Begegnung am See bestätigte sich. Er hatte das Häkchen bei schwul angeklickt.

Kristin seufzte schwer. Warum auch sonst sollte er sich auf so einer Plattform anmelden?

Sie drehte sich auf dem Absatz um und schlenderte ins dunkle Wohnzimmer. Im Schein der Straßenlaterne ging sie vorsichtig zum Lieblingssessel ihrer Mutter und ließ sich hineinfallen. Sie konnte es nicht glauben. Sie dachte, der Abend konnte nicht besser werden und nun endete er so. Dieser unglaubliche heiße Typ hatte mit seiner Nachricht, ihre Entscheidung, einen

Samenspender zu nehmen, völlig in den Wind geschossen. Denn eines war klar, einen besser aussehenden und netteren Spender würde sie nirgendwo finden.

Mit zittrigen Fingern tippte sie auf die Telefonnummer, bis sie markiert war, kopierte und speicherte sie in ihrem Telefonbuch ab.

Sie öffnete die App und aktualisierte ihre Kontakte, scrollte nach unten zum Buchstaben V, wo er auch schon mit Bild angezeigt wurde. Das Foto war ein anderes, nicht dieses, welches er bei Familycircle nutzte. Es war farbig und er trug einen dunklen Anzug mit Krawatte, seine Haare akkurat gestylt.

Ihre Hände waren mittlerweile schweißnass und sie wischte sie an ihrer Schlafanzughose ab. Ängstlich öffnete sie den Chat.

Zuletzt online gestern 23:53 Uhr, las sie. Es war anzunehmen, dass er bereits schlief. Jetzt wäre die beste Gelegenheit, ihm zumindest ein Hallo und schöne Weihnachten zu wünschen, ermutigte sie sich selbst. Bis morgen früh konnte sie sich noch etwas anderes überlegen und dann wäre sowieso er am Zug zu antworten. Zaghaft tippte sie Buchstabe für Buchstabe in das Textfeld ein. Kontrollierte. Korrigierte. Las noch mal. Änderte ein weiteres Mal den Satzbau. Las ein weiteres Mal. Löschte alles und fing noch einmal von vorne an, bis sie einigermaßen zufrieden war.

> Hi.
> Ich wünsche dir
> auch ein schönes
> Weihnachtsfest.
>
> Munichgirl

Bevor sie wieder alles änderte, hämmerte sie mit ihren Zeigefinger auf den Absenden-Button und stieß den angehaltenen Atem aus. Zuerst tauchte ein Häkchen unter ihrer Nachricht auf, dann das zweite. Ach du liebes bisschen, fuhr es ihr durch den Kopf, jetzt hat er es bekommen. Kurzzeitig schwankte sie, die Nachricht wieder zu löschen. Entschied sich aber dagegen, denn sie hatte letztendlich nichts zu verlieren. Entschlossen darüber, die Nachricht so stehen zu lassen, wollte sie den Chat verlassen als ihr Blick erstarrte.

Online.

Beide Häkchen blau.

Kristin wurde heiß und kalt zu gleich.

Plötzlich fing das Handy zu vibrieren an und im oberen Bereich zeigte es eingehender Videoanruf von Valentin an.

Vor Schreck ließ Kristin das Handy fallen, worauf es mit einem lauten Knall auf den Parkettboden landete. Ungeschickt in ihrer Nervosität hob sie es auf, wodurch sie mit ihrem Finger auf Annehmen drückte.

Ein lächelnder Valentin mit einem quietschgrünen Weihnachtspullover blickte ihr aus dem Handy entgegen und Kristin musste sich das Lachen verkneifen. Er sah einfach zu komisch in seinem bommelbehangenen Pullover mit Weihnachtselch aus.

»Du kannst ruhig lachen«, begrüßte er sie gelassen und lachte.

Kristin prustete. »Entschuldige.«

Er winkte ab. »Kein Ding. Ich trag den nur, weil meine Oma ihn für mich gestrickt hat und immer wenn ich sie zu Weihnachten besuche, trage ich ihn, auch wenn sie mit ihren dreiundneunzig Jahren nicht mehr viel versteht.«

Kristin nickte. Eine weitere Bestätigung, wie herzlich und nett sie ihn eingeschätzt hatte. »Nett von dir.«

Er zuckte mit den Achseln. »Es machte sie einst glücklich und solange sie noch lebt, werde ich mir diesen kratzigen Elch anziehen. Aber dein Motiv auf dem Shirt ist auch nicht schlecht«, grinste er und zwinkerte ihr zu.

Kristin blickte peinlich auf ihren pinken Schlafanzugpulli mit Bugs Bunny hinunter und strich ihn glatt. Am liebsten wäre sie vor Scham im Boden versunken. Hätte sie doch nur die Kamera höher gehalten, schalt sie sich innerlich. Doch er sah mit seinem Elch ja auch nicht gerade topgestylt aus. Also was solls. Sie hob den Kopf und grinste ihn an. »Eins meiner Lieblingsteile.«

Er grinste verschmitzt zurück.

Für einen kurzen Moment herrschte Stillschweigen und sie blickten sich tief in die Augen.

Aber der Moment war so kurz, dass Kristin das Gefühl hatte, es hätte ihn nie gegeben. Verwirrt darüber, schüttelte sie den Kopf. »Ich hab mich ja noch gar nicht vorgestellt. Ich bin Kristin.«

»Schöner Name und auch nicht so geläufig. Gefällt mir«, meinte er und hob die Hand zum Gruß. »Was machst du beruflich?«

»Ich bin Physiotherapeutin. Und du?«

»Ähm ...« Er zögerte ein wenig. »Vertreter in der Bestattungsbranche.«

»Oh wow«, stieß sie erstaunt hervor. Damit hatte sie nicht gerechnet »Gestorben wird immer« entfuhr es ihr und schlug sich die Hand vor dem Mund.

Valentin lachte laut auf. »Ja, in der Tat. Es ist im Grunde ein todsicheres Geschäft.«

Kristin lachte mit, dann räusperte sie sich verlegen. Eine Frage brannte ihr auf der Seele, nur war sie sich nicht sicher, ob ihre plötzliche direkte Art nicht zu plump ankam. Doch sie wollte eine weitere Enttäuschung, wie sie es bisher erlebt hatte, vermeiden. »Seid ihr ... also du und dein Mann ... euch wirklich sicher, dass ihr ein Co-Parenting wollt und keine Leihmutterschaft?«, platzte sie schließlich heraus.

Valentin starrte sie verwirrt an und öffnete den Mund zur Antwort, doch es kam kein Ton über seine Lippen. Er ließ das Handy sinken, so dass Kristin seine weiße Zimmerdecke anstarren musste. »Valentin?«

Sie hörte ihn räuspern. Doch noch immer war die Decke zu sehen.

Er räusperte sich ein weiteres Mal und erst dann kam wieder Bewegung in das Bild. »Wie kommst du darauf, dass ich verheiratet bin? In meinem Profil habe ich nichts dergleichen erwähnt«, fragte er ernst.

»Ich habe am See deinen Ring am Finger gesehen«, erklärte Kristin ebenso ernst. Sie holte tief Luft, weil sie spürte, dass es ein heikles Thema war.

»Oh ... ja, es ist alles noch ... zu frisch. Ich ... Wir sind noch nicht so lange getrennt«, stotterte er.

»Das tut mir leid«, entschuldigte Kristin sich leise.

»Schon gut.«

»Nein, ich hätte vorsichtiger fragen können«, meinte sie, auch wenn sie nicht wusste, wie sie es hätte umsichtiger formulieren können. Im Grunde wollte sie einfach nur wissen, wo sie stand.

»Kinder passten nicht in ihren ...« Valentin fing heftig zu husten an. »... seinen Lebensplan.«

»Seid ihr geschieden?«

»Noch nicht. Es gibt noch einiges zu klären.« Er verdrehte die Augen.

Kristin schnitt eine Grimasse. »Ich bin auch geschieden.«

»Was ist bei euch geschehen?«, fragte er aufrichtig neugierig.

»Er hat mich hintergegangen«, gab sie knapp von sich. Kristin hatte keine Lust, den Grund des Scheiterns ihrer Ehe zu erzählen. Falls sie in Valentin den perfekten Co-Partner gefunden hatte, konnte sie ihm bei späterer Gelegenheit alles erzählen.

Valentin murmelte etwas, dass sich für Kristin wie *unverständlich* anhörte, doch bevor sie genauer nachfragen konnte, stellte Valentin ihr eine Frage, mit der sie nicht gerechnet hatte. »Wie spontan bist du?«

Kristin rutschte unsicher auf den Sessel ihrer Mutter hin und her. »Warum?«

»Hast du Lust, dass wir uns heute noch treffen?«

»Jetzt?« Kristin blickte auf die Uhr. 1:45 Uhr. Bis ich mich umgezogen habe und nach München fahre. Dann müsste ich noch in die Wohnung, um mir was Passendes anzuziehen. Was ziehe ich an? Pure Panik strömte durch ihre Adern und der kalte Schweiß brach ihr aus. Sie zog die Kuscheldecke von der Armlehne auf ihren Schoß und legte die Hand mit dem Handy ab, um das Zittern zu stoppen. Schätzungsweise würde sie zwei Stunden brauchen für hinfahren und umziehen, dann das Treffen, das grob eine Stunde dauern könnte und wieder zurückfahren, für das Frühstück ihrer Eltern. Das könnte klappen. Aber was hatte um halb vier noch auf? McDonalds fiel ihr als Erstes ein. Wollte sie ihr erstes Treffen mit Valentin wirklich in einem McDonalds verbringen? Bei dem Gedanken schüttelte sie sich.

»Nein, nicht jetzt.« Er lächelte schief. »Sorry, ich meinte, heute Nachmittag oder am Abend.«

Kristin ließ erleichtert den angehaltenen Atem entweichen und schüttelte verneinend den Kopf. »Ich verbringe Weihnachten bei meinen Eltern auf dem Land, aber übermorgen wäre ich wieder in München. Da könnten wir uns gerne am Abend im Vios Kunstgenuss treffen. Kennst du das?«

Er nickte. »Privat bin ich zwar nicht so oft in München, aber da war ich sogar schon mal. Ein schöner Ort und die Atmosphäre finde ich großartig.«

»Gehört meiner besten Freundin«, antwortete Kristin nicht ohne Stolz. »Wo kommst du her?«

»Ich wohne ... am Ammersee. Du in München, oder?«

»Ja, aber gebürtig bin ich aus Mönchsbrunn. Ein dreihundert Seelendorf nördlich von München.«

Er nickte. »Das kenne ich sogar. Da hatte ich mal einen Auftrag.« Er lachte. »Es war damals gar nicht so leicht, den damaligen Pfarrer und einigen Dorfbewohnern von ihren alten eingefahrenen Vorstellungen abzubringen. *Das haben wir immer schon so gemacht,* bekam ich ständig zu hören.«

Kristin lachte mit. »Veränderungen war noch nie

ihr Ding. Diesen damaligen Pfarrer gibt es übrigens noch. Und ich war sein erstes Taufkind. Also kannst du dir vorstellen, wie lange er die Dorfleute schon unter seine Fittiche hat.«

»Wie kann es sein, dass du dann so einen unchristlichen Weg gehst?«

»Ich wohne seit fünfzehn Jahren in München. Und so verbohrt sind nicht alle. Meine Mutter findet die Idee super und unterstützt mich auch.«

»Das ist schön.«

»Was sagt deine Familie dazu, dass du ein Kind haben möchtest?«

»Sie weiß nichts davon, dass ich mich hier angemeldet habe.« Er senkte den Blick. »Und vorerst möchte ich auch, dass das so bleibt. Ich hoffe, das ist kein Problem für dich?«, fügte er geknirscht hinzu.

Kristin blickte den Mann über das Display ihres Handys an und plötzlich sah er nicht mehr wie dieser sexy Typ aus, sondern wie ein gebrochener Mann, dessen Träume geplatzt waren. Sie konnte erkennen, dass er eine viel größere Leidensgeschichte hinter sich hatte, als er zeigen wollte. So wie sie auch. Sie waren beide nun in einem Alter, wo jeder sein Päckchen mitschleppt, fiel ihr ein. Und sie war gespannt, welche Größe seine Last hatte. Die Frage war nur, wollte und konnte sie damit umgehen?

Um das herausfinden zu können, mussten sie sich treffen und schauen, ob das Zwischenmenschliche bei ihnen passt. Sie hatte eigentlich ein gutes Gefühl, und sie konnte nur hoffen, dass alles, was er ihr erzählte, kein Grund zum Scheitern war.

Kristin steckte den Schlüssel in ihre Wohnungstür und schloss auf. Sie schaltete das Flurlicht an und das Erste, das sie erblickte, war der unattraktive Christbaum. Doch so unansehnlich, wie vor zwei Tagen war er nicht mehr. Vielleicht lag es daran, dass sich ihre Laune um ein Vielfaches gedreht hatte. Verließ sie doch an Heiligabend wie ein Trauerklotz die Wohnung, so kam sie heute happy und voller Energie zurück.

Die Weihnachtstage waren wie im Flug vergangen. Die Überraschung mit dem Frühstück am 1. Weihnachtsfeiertag für ihre Eltern war trotz des kurzen Schlafes geglückt. Von Mittag bis spät in den Abend feierten sie den Tag mit Tobias, Miriam und den Kindern, die mit glänzenden Augen und beachtenswerter Lautstärke die Geschenke auspackten. Am 2. Weihnachtsfeiertag trafen sie sich mit der gesamten Verwandtschaft im Gasthof, den der Bruder ihrer Mutter in achter Generation führte.

Zwischen all den Ereignisse hatte sie die wenigen ruhigen Momente genutzt und sämtliche Social Media Kanäle nach einem Valentin abgesucht, der am Ammersee wohnte und irgendetwas mit Bestattungen zu tun hatte. Ergebnis: Null. Es war frustrierend. Sie hätte so gerne ein bisschen mehr Fotos und Infos über ihn gehabt. So musste sie warten, bis sie ihn endlich wiedertraf.

Pappsatt und erschöpft ließ sie die Tasche im Flur stehen, schaltete das Flurlicht wieder aus und ließ sich im Wohnzimmer auf die Couch fallen. Mit der Funkfernbedienung knipste sie die Kerzen des Christbaums an, legte den Kopf auf der Lehne ab und genoss die Ruhe in ihrer Wohnung.

So schön die Tage auch waren, anstrengend waren sie ebenso.

Familie bedeutete eben nicht nur, heimisch und angekommen zu sein, sondern auch laut und gebunden, dachte sie.

Wenn erst ihr eigenes Kind auf der Welt war, würde Chaos und Lärm tagtäglich ihren Alltag beherrschen. Aber es war ihre kleine Familie. Ihr Durcheinander. Ihr Stress. Und nicht der einer anderen Familie. Sie würde es anders wahrnehmen und besser wegstecken, vermutete sie. Jetzt war sie einfach nur müde von all dem.

Mit Valentin an ihrer Seite würde alles gut werden, das hatte sie einfach im Gefühl. Sie wusste nicht, woher dieses Vertrauen in ihm kam, doch es fühlte sich gut und richtig an. Und sie freute sich darauf. Konnte es kaum erwarten, ihn wiederzusehen, richtig kennenzulernen und los zu starten.

Falls es klappt, säße sie in einem Jahr vielleicht

schon hochschwanger auf dieser Couch, löffelte Eis oder stopfte sich Essiggurken mit Nutella genüsslich in den Mund. Sie lachte laut und fühlte sich gleich doppelt aufgeregt.

Voller Vergnügen über diese Vorstellung sprang sie auf, ging zum Weinkühlschrank in ihrer Küche und holte sich den teuren Wein, den sie sich für den Heiligabend besorgt hatte, heraus. Sie schenkte sich ein und nahm einen genüsslichen Schluck. »Man muss die Feste feiern wie sie fallen«, sagte sie zum Glas und trank einen weiteren Schluck. Wer weiß, wie lange sie noch trinken konnte, dachte sie euphorisch. Mit Glas und Flasche wanderte sie zurück ins Wohnzimmer, wo sie an der Kommode mit dem Telefon vorbeikam. Das Licht am Anrufbeantworter blinkte und Kristin blieb überrascht stehen. Kaum einer kannte diese Nummer und die sie kannten, konnte sie an einer Hand abzählen. Ihre Eltern, ihr Bruder, Vio.

Und Robert, fiel ihr ein.

Doch niemand rief dort an. Jeder wählte ihre Handynummer, weil sie so besser zu erreichen war. Vermutlich war es nur einer von diesen *Sie haben gewonnen* Anrufen, überlegte sie. Sie klemmte sich die Weinflasche unter den Arm, der das Glas hielt und drückte mit der freien Hand auf Abspielen.

Sie haben eine neue Nachricht.

Montag, 24. Dezember 23:10 Uhr.

Während die Stimme des Anrufbeantworters die für Kristins unbekannte Telefonnummer herunterleierte, setzte sie sich auf die Couch zurück, trank das Glas bis zur Hälfte leer und verschluckte sich immens, als die Stimme von Robert durch den Raum hallte. *»Kristin? Bist du da? Kristin? Bitte geh ran. Ich weiß, dass du da bist. Du bist an Weihnachten immer zu Hause. Nun geh schon ran. Bitte! Es ist dringend! Kristin? Komm schon, jetzt geh ran. Ich habe nicht viel Zeit zum Telefonieren. Tamara ist nur kurz zu den Kindern rauf, um nachzusehen. Bitte geh ran. Kristin! Ich liebe dich. Ich will dich zurück. Ich war so ein Idiot. Bitte verzeih mir! Die Karriere ist mir nicht mehr ... Ich muss Schluss machen. Ich rufe dich ...«*

Wie zur Salzsäule erstarrt saß Kristin nach ihrem Hustenanfall auf der Couch und verstand die Welt nicht mehr. Was war das bitte? Hatte er noch alle Tassen im Schrank? Hatte sie wirklich richtig gehört?

Entgeistert stand sie auf und drückte erneut auf Abspielen. Nach der kurzen Ansage erfüllte Roberts Stimme zum zweiten Mal den Raum.

Kristin lief ein kalter Schauer den Rücken hinunter und sie schüttelte ungläubig den Kopf, während sie im Wohnzimmer auf und ab schritt. Wie kam er dazu, sie anzurufen? Was war geschehen, dass er sie aus heiterem Himmel einfach zurückhaben wollte? Das Treffen auf dem Marienplatz war vor eineinhalb

Jahren gewesen. Warum kam er jetzt erst daher?

Sie hatte keine Ahnung, wie sie mit diesem Anruf umgehen sollte. Garantiert würde ihr Vio raten, dem Telefon den Stinkefinger zu zeigen und die Nachricht zu löschen. Kristin dachte darüber nach. War das die Lösung? Die Nachricht löschen und so tun, als hätte sie diese nie erhalten?

Sie durchforstete ihr Gehirn nach einer Antwort. Doch es war das Herz, das ihr sagte, was sie zu tun hatte. Der altbekannte Stich der Trauer um ihre einstige große Liebe war wieder in Erscheinung getreten.

Sie wird diesen Anruf nicht ignorieren. Auch wenn er sie in der Vergangenheit mehr als schmerzlich behandelt hatte, wollte sie ihn jetzt nicht mit Ignoranz bestrafen.

Kristin stöhnte. Vio wird sie lynchen, wenn sie es erfuhr. Aber hatte sie nicht gesagt, es war ihr Leben und keiner hätte das Recht sich einzumischen?!

Sie war so in ihren Gedanken versunken, dass sie das Läuten der Klingel erst wahrnahm, als es zum Dauerklang überging. Erschrocken blieb sie stehen und fuhr sich nervös durch das Haar. Robert!, fuhr es ihr durch den Kopf.

Was sollte sie tun, wenn er es war?

Kopflos blickte sie nach links und rechts, machte einen Satz nach vorne zur Fernbedienung und löschte die Christbaumbeleuchtung. Urplötzlich saß sie im

Dunkeln, bis auf den schwachen Schein des Mondes, der durch das Panoramafenster schien.

Vor nicht mal einer Minute dachte sie noch, dass er solch eine Behandlung nicht verdient hatte, und nun tat sie so, als wär sie nicht zu Hause. Sie seufzte. Es war einfach nicht genügend Zeit, um alles zu überdenken, wiegelte sie ihr Inneres damit ab.

Das Klingeln hörte abrupt auf und wer immer da vor ihrer Wohnungstür stand, entschied sich nun, zu klopfen. Stürmisch zu klopfen. Nicht lange, denn dann rüttelte es heftig an der Tür.

Kristin saß bibbernd auf der Couch. Zum Glück hatte sie die Tür vorhin abgeschlossen.

Oder nicht? So sicher war sie sich plötzlich nicht mehr. Hatte sie den Schlüssel wie immer, wenn sie die Wohnung betrat, von innen ins Schloss gesteckt und herum gedreht oder war sie zu sehr in Gedanken gewesen, dass sie es vergessen hatte?

Wo hatte sie den Schlüssel hingetan? Sie wusste es nicht mehr. Sollte sie sich trauen und suchen gehen?

Was, wenn nicht Robert vor der Tür stand, sondern ein Einbrecher, der nur geklingelt hatte, um zu sehen, ob jemand zu Hause war? Was sollte sie tun, wenn sie jetzt nachsehen würde und der Einbrecher genau in diesem Moment die Wohnungstür aufbrach?

Aber klopfte ein Einbrecher so laut, dass es das ganze Haus hören konnte?

Sie konnte nicht mehr klar denken.

Wie kam sie jetzt überhaupt auf die Idee, dass es ein Einbrecher sein könnte?

Sie fing zu kichern an. Hysterisch und unkontrolliert, während blanke Angst durch jede einzelne Zelle ihres Körper raste. Kristin hielt sich die Hände vor Mund und Nase und atmete tief und gleichmäßig ein und aus, um die Panikattacke loszuwerden.

Das Rütteln hörte unvermittelt auf und es kehrte Ruhe ein.

Allmählich setzte ihr Verstand wieder ein. Es musste Robert sein! Wer sonst sollte vor ihrer Tür solch einen Radau veranstalten?

Sie stand auf, um die Tür zu öffnen. Doch ihre Füße ließen sich nicht bewegen. Als wären sie festgeklebt. Was war nur los? Musste sie nicht vor Freude losspringen und die Tür weit aufreißen, um sich Robert glückselig in die Arme zu werfen? War es nicht das, was sie sich seit seinem Verschwinden gewünscht hatte? Dass er eines Tages an ihrer Tür klingelte und sagte, *Schatz ich bin wieder zu Hause!*

Der Schweiß rann ihr in Strömen zwischen den Brüsten und am Rücken hinunter.

Mit den Augen suchte sie nach ihrem Handy und fand es auf der Kommode neben dem Anrufbeantworter. Sie setzte leise einen Fuß vor dem anderen, um ja nicht ein Geräusch zu verursachen. Sie schnappte sich das Handy und wandte sich, für ihre

Verhältnisse, todesmutig in Richtung Flur.

Das Rütteln begann von vorne.

Vor Schreck fiel sie über ihre eigenen Füße und wäre beinahe in den Christbaum geflogen, hätte sie nicht geistesgegenwärtig den rechten Arm nach dem Türstock ausgestreckt. Mit voller Wucht prallte sie mit dem Kopf dagegen und das Handy flog in hohen Bogen scheppernd auf den Boden. Für einige Sekunden tanzten die Sterne über ihr und sie musste sich auf den Boden setzen, um nicht umzufallen. Als der Schwindel nachließ, suchte sie mit ihren Augen den Boden nach ihrem Handy ab und fand es ungefähr zehn Schritte vor ihr im Flur.

Das Rütteln hatte wieder aufgehört, fiel ihr auf.

Vielleicht hat er endlich eingesehen, dass sie nicht zu Hause war.

Sie nahm nochmals all ihren Mut zusammen und kroch auf allen vieren zum Handy, denn so ganz traute sie sich nicht aufzustehen. Sie griff danach, als es überfallartig zu klingeln anfing. Erschrocken schrie sie auf und ließ das Handy fallen. Es landete mit dem Display nach oben und sie konnte den Namen des Anrufers lesen.

Vio.

Kristin drückte erleichtert auf Annahme und hielt sich das Handy ans Ohr. »Hey«, flüsterte sie und atmete schwer.

»Wo bist du?«, fragte Vio mit aufgeregter Stimme. »Und warum flüsterst du?«

»Zuhause«, gab Kristin kurz angebunden abermals in Flüsterton zurück.

»Bei deinen Eltern?« Vios Stimme überschlug sich buchstäblich.

»Nein, in meiner Wohnung. Warum Vio? Was ist los? Du klingst so aufgelöst.«

Ein zutiefst erleichterter Seufzer drang durchs Telefon. »Weil ich seit einer gefühlten halben Stunde an deiner Wohnungstür stehe und mir die Finger wund klingle und klopfe. Warum machst du nicht auf?«, stieß sie genervt aus.

»Das bist du?«

»Ja-ha.«, beteuerte Vio und schnaubte.

Kristin atmete erleichtert aus, sprang auf und riss an der Türklinke. Doch sie ging nicht auf. Sie hatte also doch abgesperrt. Mit noch leicht zittrigen Fingern drehte sie den Schlüssel um, der im Schloss steckte, wie ihr nebenbei auch noch auffiel, und öffnete Vio.

Die sie mit tellergroßen Augen anstarrte. »Himmel! Was ist mit dir passiert?«

»Warum?«

»Merkst du nicht, dass dir das Blut über das Gesicht läuft?«

Vorsichtig strich Kristin über die schmerzende Stelle und blickte ihre blutverschmierten Finger im Schein der Treppenhausbeleuchtung entgeistert an. »Oh.«

»Lass mich mal rein, dann säubere ich dir die Wunde.« Vio drückte sich an ihr vorbei und blieb abrupt direkt hinter ihr stehen. »Warum ist bei dir alles dunkel? Hast du geschlafen? Hab ich dich geweckt? Es ist nicht mal ...«

»Nein«, unterbrach Kristin sie und schloss verlegen die Tür, womit sie wieder im Dunkeln standen. Blind tastete sie zum Lichtschalter neben der Tür und schaltete das Flurlicht ein. »Lange Geschichte.«

»Die ich unbedingt hören will. Aber jetzt versorgen wir erst mal deine Wunde. Komm mit«, befahl Vio und zog sie hinter sich her ins Badezimmer.

Kristin setzte sich artig auf den Badewannenrand und beobachtete Vio wie sie aus dem Schrank das Verbandsmaterial holte, es auf dem Waschtisch abstellte und mit nachdenklicher Stirn die richtige Größe des Pflasters auswählte. Dann nahm sie das

Desinfektionsspray, drehte sich zu Kristin herum und besprühte die Platzwunde kräftig ein. Es brannte und Kristin verzog leicht das Gesicht.

»Vielleicht solltest du lieber zum Arzt, Kristin? Das sieht fast so aus, als müsste es genäht werden.«

»Ich setz mich doch wegen dieser kleinen Platzwunde nicht stundenlang in die Notaufnahme«, ächzte sie missmutig.

»Ich mein ja nur.«

»Tut mir leid. So war das nicht gemeint«, fuhr Kristin zerknirscht zurück.

Vio klebte behutsam das Pflaster auf Kristins Schläfe. »Ich weiß.«

»Danke.« Kristin erhob sich und blickte sich im Spiegel an. Wäre Halloween, könnte sie glatt als Zombie durchgehen, so blass und blutverschmiert, wie sie war. Mit einem nassen Waschlappen entfernte sie das restliche Blut aus ihrem Gesicht und folgte anschließend Vio zurück ins Wohnzimmer. »Möchtest du was trinken?«

»Hast du noch ein Glas von diesem Wein übrig?«, fragte Vio und deutete auf Kristins angebrochene Flasche auf dem Couchtisch.

»Klar.« Sie ging in die Küche, holte ein zweites Weinglas aus dem Schrank und kehrte zurück zur Couch, wo Vio mit der Weinflasche in der Hand auf sie wartete. »Warum hast du so ein Theater an der Tür gemacht? Du klingelst doch sonst nicht so rigoros.«

Kristin blickte Vio vorwurfsvoll an. »Hättest du nur ein Wort gesagt, dann hätte ich viel früher aufgemacht.« Und wäre nicht tausend Todes gestorben, fügte sie in Gedanken hinzu.

»Weil ich dir unbedingt etwas erzählen musste. Ich hab gehört, wie du nach Hause gekommen bist. Dachte mir aber, dass du bestimmt zuerst die Ruhe in deiner Wohnung genießen wolltest. Darum hab ich noch gewartet.« Sie schlürfte an ihrem Wein. »Und als du nicht aufgemacht hast, wollte ich schon fast die Polizei anrufen. Ich hab Angst bekommen ... weil ich befürchtet hab, jemand anderes könnte sich in deine Wohnung geschlichen haben.« Sie schlürfte einen weiteren kleinen Schluck. »Ich hab dir auch Angst gemacht, oder?«, fragte sie reuevoll.

»Ja«, gab Kristin kleinlaut zu.

»Tut mir leid.« Vio legte ihre Hand entschuldigend auf Kristins Unterarm. »Aber sonst bist du doch auch nicht so furchtsam.«

»Das stimmt, aber vorhin geschah etwas Gespenstiges und dann hast du plötzlich an die Tür gehämmert.« Sie bekam jetzt noch eine Gänsehaut, bei der Erinnerung.

»Was war gespenstisch?«

Kristin schüttelte den Kopf. »Nein, nein. Erzähl erst mal du. Deins hörte sich brandeiliger an.«

»Nix da, du erzählst mir zuerst, warum du in völliger Dunkelheit in Panik ausbrichst und nicht mal merkst, dass das Blut in Strömen über dein Gesicht läuft.«

»So schlimm war´s nun auch wieder nicht.«

Vio zog eine Grimasse. »Meinst du deine Panik oder das Blut?«

»Punkt für dich. Also gut.« Kristin setzte sich aufrechter hin, stellte ihr Glas auf dem Couchtisch ab und drehte sich Vio wieder zu. »Mein Anrufbeantworter hat geblinkt.«

»Aha«, antwortete Vio. »Und? Was ist daran so ungewöhnlich? Meiner blinkt auch ständig«, fragte sie, als Kristin nicht weitersprach.

»Es gibt nur eine Handvoll, die diese Nummer kennen. Meine Familie, du und ...«, sie schluckte. »Robert«, fügte sie mit einem Kloß im Hals hinzu.

»Oha«, sagte Vio und lehnte sich zurück. »Da ich weiß, dass ich es nicht war, kann es nur deine Familie oder Robert sein.« Sie riss die Augen auf und stöhnte. »Robert. Was wollte er?«

»Hör es dir selber an.« Kristin stand mit zittrigen Beinen vom Sofa auf und ging zum Anrufbeantworter. Ein weiteres Mal füllte seine Stimme den Raum. Sie hielt sich an der Kommode mit einer Hand fest, aus Angst, dass die Beine ihr versagten und starrte wie hypnotisiert den Anrufbeantworter an.

»Dieser Mistkerl!«, schrie Vio und war vor Empörung aufgesprungen.

Kristin zuckte bei Vios Ausbruch so heftig

zusammen, dass sie beinahe in die Hose gemacht hätte. »Mensch, was schreist du denn so?«, schrie Kristin zurück.

»Unglaublich!« Vio ging um den Couchtisch herum und wanderte im Zimmer auf und ab. »Ich glaub es nicht.«

»Was glaubst du nicht?«

»Dieser Mistkerl.« Vio schüttelte unentwegt den Kopf.

»Du wiederholst dich.« Kristin ging auf Vio zu und hielt sie an den Armen fest. »Kannst du mal stehen bleiben und meine Fragen beantworten? Warum schreist du und was glaubst du nicht?«

Vio blickte sie mit zornigem Blick an. »Sag mir, dass du vernünftig genug bist und nicht mal ansatzweise auf die Idee kommst, zu ihm zurückzugehen.«

Kristin schluckte. Sie wollte darauf keine Antwort geben. »Verdammt noch mal, Vio, gib mir endlich eine Antwort«, fauchte sie stattdessen und stemmte die Hände in die Hüfte.

»Ich hab ihn und Tamara getroffen. Und ich sags mal knapp, die Stimmung zwischen den beiden war ...«

»Wo hast du sie getroffen?« Kristins Verwunderung war kaum zu überhören.

»In diesem neuen Luxusresort in Österreich.«

Jetzt war Kristin noch verwirrter. »Warum Luxusresort? Du warst doch bei deinem Vater.«

»Mein Vater hat eine neue Frau, die ebenfalls Witwe ist und mit ihr ist er gleich mal über Weihnachten in die Dominikanische Republik geflogen.«

»Ach schön für ihn. Das freut mich.«

»Mich auch.«

»Willst du mir auch verraten, mit wem du anstatt deines Vaters dann Weihnachten verbracht hast?«, fragte Kristin verschwörerisch.

Vio wandte sich ab und griff nach ihrem Weinglas.

»Wirst du eben gerade rot?«, fragte Kristin verdattert.

Vio nahm einen großen Schluck. »Vielleicht ein kleines bisschen«, gab sie leise zu und legte den Kopf schief.

»Viola Marcella Bachmann. Ich will alles über diesen Typ wissen, der dir die Röte ins Gesicht zaubert. Ich glaube, das habe ich noch nie an dir gesehen.«

»Da gibt es nicht viel zu erzählen. Er kam eines Tages ins Kunstgenuss und kaufte mein wertvollstes Kunststück und ab da kam er regelmäßig. Er bemühte sich sehr um mich. Über ein Jahr.«

»Das ist doch nicht dieser Kerl in Anzug, der an dem Tag da war, als ich noch halbbetrunken zum Brunch mit dir verabredet war, oder?«

Vio nickte und wurde dunkelrot. »Doch.«

»Ich kanns nicht glauben, du bist ja total verliebt.«

»Ja, und es ist schön und furchtbar zugleich. Ich bin nicht der klassische Beziehungstyp ... und wenn ich seh, wie das bei dir geendet hat ...«

»Wer sagt, dass es geendet hat?«, platzte Kristin heraus und schlug sich augenblicklich die Hand auf dem Mund.

Schweigen.

Das Lachen wich langsam aus Vios Gesicht und blankes Entsetzen machte sich breit. »Kristin, das ist jetzt nicht dein Ernst, oder? Nach all dem, was er dir angetan hat.«

»Er hat mich ja nicht freiwillig verlassen. Er wurde gezwungen«, erklärte sie schwach. Was tat sie hier? Sie entfachte einen Streit mit ihrer besten Freundin, obwohl sie selbst nicht einmal wusste, wie sie auf Roberts Liebesbekenntnis reagieren sollte.

Erneutes Schweigen.

»Weil ihn sein Job wichtiger war als du.«

Kristin starrte Vio entsetzt an. »Wow, das tat weh.«

»Weil es die Wahrheit ist, Kristin. Du kannst es nicht schön reden. Er hat dich nur wegen seines Jobs verlassen.«

»Der ihm jetzt nicht mehr so wichtig ist. Du hast doch eben gehört, was er auf dem Anrufbeantworter gesprochen hatte.«

»Das glaubst du doch nicht wirklich, oder?«

»Warum sollte er lügen?«

»Also gut.« Vio holte tief Luft. »Sie hielten

Händchen und knutschten stürmisch. Und das in der Öffentlichkeit und vor den Kindern. Die sexuelle Spannung zwischen den beiden war nicht zu übersehen«, stieß sie zwischen zusammengebissenen Zähnen hervor.

Kristin machte eine wegwerfende Handbewegung. »Das glaube ich nicht«, antwortete sie und setzte sich entgeistert auf die Couch, wo sie den Kopf in die Hände stützte. Vio musste sich getäuscht haben. »Vielleicht war es ja wieder ein Doppelgänger von Robert?«, fragte sie hoffnungsvoll und ihre Augen flehten Vio an, das zu bestätigen.

Vio schüttelte bedauernd den Kopf. »Nein, er war es wirklich. Ich hörte, wie sie in Robert nannte.«

Warum sollte er lügen? Solch ein Verhalten hatte er nie gezeigt. Er hatte ihr in der Ehe vielleicht hin und wieder mal etwas verschwiegen, aber belogen? Nein, das hatte er nie. Das hätte sie bemerkt. Kristin war sich sicher. Wenn er sagte, dass er sie wirklich liebte, dann konnte sie ihm das auch glauben.

Vio ging vor Kristin auf die Knie. »Ok. Mal angenommen ...«, sie hob die Hand. »Robert kommt tatsächlich zu dir zurück, ungeachtet dessen, was ich beobachtet hab, glaubst du, dass er dir deinen größten Wunsch erfüllen wird? Er hat ja schon zwei Kinder.«

Kristin war starr vor Verärgerung. Sie konnte nicht glauben, dass ihre beste Freundin so ruppig war. Sie war empört und gekränkt und hätte sie am liebsten rausgeworfen. Eigentlich hatte sie überhaupt keine Kraft mehr, sich rechtfertigen zu müssen, warum sie versuchte, ihre Ehe wieder eine Chance zu geben.

Wie in aller Welt war sie nur in diese Situation geraten? Bevor sie die Wohnung betrat, hatte sie ihre Zukunft glasklar vor Augen. Sie war glücklich und voller Zuversicht, dass von nun an alles gut werden würde.

Ihr Magen rebellierte. Sie sprang auf und schaffte es rechtzeitig zur Toilette. Vio war ihr hinterhergestürmt. Liebevoll strich sie ihr mit der einen Hand über den Rücken, mit der anderen machte sie das, wofür es beste Freundinnen überhaupt gab: Sie hielt ihr die Haare zurück.

Kristin hustete und hustete und die Tränen rannen unaufhörlich über ihre Wangen. Als sie fertig war, reichte Vio ihr genügend Toilettenpapier, um sich das Gesicht sauber zu machen.

Kristin blickte Vio gerührt an. Vio. Ihre beste Freundin Vio. Was und wo wäre sie, wenn es sie nicht gäbe? Sie war so liebenswert zu ihr, dass Kristin gar nicht wusste, was sie sagen sollte.

Sie griff nach Vios Hand. »Danke, dass du meine beste Freundin bist«, lächelte sie.

Vio grinste zurück. »Dito«, erwiderte sie und sah Kristin mit feucht glänzenden Augen an.

Kristin wachte durch das Vibrieren ihres Handys wie gerädert in ihrem Bett auf. Vio war noch bis weit nach Mitternacht geblieben. Ausgiebig hatte sie ihr von Henry erzählt. Wie er sie in ihrem Hotelzimmer verwöhnte und dass er genauso experimentierfreudig war wie sie. Dass er charmant und zuvorkommend sei, ihr jeden Wunsch von den Augen ablas und auch erfüllte. Ja er sei reich, bestätigte Vio ihr bei Kristins Nachfrage, aber im gleichen Atemzug erklärte sie, dass sie nicht auf seinen gutgefüllten Geldbeutel angewiesen sei. Sie hätte die Suite zur Hälfte selbst bezahlt. Dass sie ihn liebte, weil er sich nicht verstellte und sie so nahm, wie sie eben war, chaotisch und wahrheitsliebend. Sie hatten darüber gelacht. Und nachdem sich Kristins Magen wieder beruhigt hatte, öffneten sie eine zweite Flasche Wein.

Die nun schuld an ihren Kopfschmerzen war. Sie wälzte sich im Bett hin und her, doch keine Liegeposition verbesserte den Schmerz.

Der Schmerz kam aus dem tiefsten ihres Inneren.

Sie war neidisch auf Vios Verliebtsein und dass Henry diese Liebe erwiderte.

Sie hasste sich dafür.

Aber sie konnte beim besten Willen diese Gefühle

nicht abstellen. Sie wollte so gerne einen warmen Körper neben sich spüren, wenn sie wach wurde. Ein Hallo Schatz hören, wenn sie nach Hause kam. Und Sex. Oh Mann was vermisste sie plötzlich den Sex.

Kristin seufzte.

Vios Vorschwärmen über ausgiebigen Sex hatte in Kristin den wahren Grund offenbart. Sie wollte mit Robert zusammen sein, weil der Sex mit ihm einfach phänomenal war. Seine Vorgehensweise war so gut gewesen. Zuerst leckte er sie ausführlich, bis sie nahezu schon kam. Dann biss er ihr in die Brustwarzen, was sie stets aufbäumen ließ. Als Nächstes nahm sie seinen Schwanz, der heiß und steif in ihrer Hand lag, in den Mund, saugte und lutschte. Danach setzte sie sich auf ihn, ritt ihn langsam, dann immer schneller, dabei rieb er ihre Perle so lange, bis sie gleichzeitig durch das Tor des Höhepunkts stürmten.

Die Erinnerung daran ließ Kristins Körper vibrieren. Am liebsten hätte sie jetzt selbst Hand angelegt, um die aufkommende Lust zu befriedigen. Aber ihr Kopf tat unsäglich weh. Sie musste aufstehen und eine Tablette einwerfen, sonst würde sie den ganzen Tag davon geplagt sein.

Sie schob die Bettdecke zur Seite und setzte sich auf. Alles drehte sich. Sie stöhnte und ließ sich vorsichtig zurück ins weiche Kopfkissen sinken.

Verdammt, was war die letzte Flasche nur für ein

Billigfusel gewesen, den sie da getrunken hatten?

Sie legte einen Arm auf ihre Stirn und starrte die Decke an. Wie geht es jetzt weiter? Sollte sie warten, bis Robert sich wieder meldete oder selbst die Initiative ergreifen? Himmel, sie konnte es gar nicht abwarten, ihn zu spüren. Am liebsten würde sie ihn sofort zurückrufen.

Glaubst du, dass er dir deinen größten Wunsch erfüllt, hörte sie Vios gestrige Frage im Kopf. Kristin schnappte sich das Kissen von der anderen Seite des Bettes, drückte es sich auf das Gesicht und schrie, so laut sie konnte. Mit den Füßen schlug sie auf die Matratze ein. Voller Wut und außer Atem warf sie das Kissen durch die Luft, ungeachtet wo es landen würde. »Liebe«, brüllte sie. »Ich will doch einfach nur geliebt werden. Und eine eigene Familie.«

Und deshalb entschied sie sich für Robert.

Ihr Handy auf dem Nachttisch vibrierte ein weiteres Mal und erinnerte Kristin daran, dass sie dadurch erst geweckt wurde. Sie griff danach und blickte auf zwei neu eingegangenen Mitteilungen. Valentin. Oh no, fuhr es ihr durch den Kopf, den habe ich ja total vergessen. Sie klickte eine der Nachrichten an und öffnete den Chat.

> Guten Morgen
> Wie war dein Weihnachtsfest?

> Ich hoffe, unser Treffen heute
> Abend steht noch :))
> LG Valentin

Ach Valentin. Hättest du nicht ein paar Monate früher auftauchen können? Dann wäre der Anruf von Robert nicht von Bedeutung gewesen.

Sie müsste sich nicht entscheiden.

Was sollte sie ihm nun zurückschreiben? Dass sie es sich anders überlegt hatte? Dass sie sich kein Kind mit ihm vorstellen konnte? Nein, das geht nicht. Sie wollte ihn nicht verletzen und lügen schon gleich gar nicht. Konnte sie ihm schreiben, dass sie einen zweiten Versuch mit ihrem Ex wagen wollte?

Sie drehte sich auf die andere Seite und legte das Handy auf dem Bett ab.

Er würde es wahrscheinlich verstehen. Nachdem er ihr erzählt hatte, wie gerne er mit seinem Partner zusammengeblieben wäre.

Eine andere Frage drängte sich ihr auf. Wie lange sollte sie darauf warten, bis Robert sich wieder meldete? Wie würde sie damit umgehen, wenn er sich doch nicht mehr meldete?

Kristin drehte sich unruhig wieder auf die andere Seite.

Dieses Ganze was ist, was wäre, ging ihr so dermaßen auf den Geist. Sie hasste es, nicht zu wissen, wie sie dran war oder was sie tun sollte. Aufgewühlt über dieses Gefühl, schwang sie ihre Beine aus dem Bett, hielt den Kopf mit beiden Händen fest und stapfte ins Badezimmer. Dort holte sie eine Tablette aus dem Schrank, und schluckte sie mit einem Schluck Wasser aus dem Wasserhahn.

Ihr Blick fiel auf ihr Spiegelbild und sie war schockiert über sich selbst. Dunkle Ringe unter den Augen, die Haare standen elektrisiert ab und das Gesicht weiß wie die Wand.

Sie musste sich irgendwie aus diesem Desaster befreien. Ihre Gedanken wieder ordnen und endlich entscheiden, was sie wirklich wollte. Und nicht, heute Robert morgen Valentin.

Sie watschelte barfuß in die Küche, schaltete die Kaffeemaschine an und holte aus dem Küchenschrank eine Tasse. Zufällig griff sie zu einer, die Vio ihr einst zum Geburtstag geschenkt hatte. *Wenn doch nur alles so einfach wäre, wie fett werden*, stand mit pinker Schrift auf dem schwarzen Becher drauf. Kristin lachte auf. Selbst abwesend schaffte es Vio, sie aus dem Tief zu holen.

Während Kristin darauf wartete, dass der Kaffee durchlief, entschied sie, Valentin die Wahrheit zu sagen. Er sollte wissen, woran er war.

Sie drückte sich von der Küchenzeile weg und nahm das Handy, dass auf der Kochinsel lag und öffnete den Chat von Valentin.

»Zuletzt online 08:40 Uhr«, las sie laut. Sie tippte auf das Zeichen mit dem Mikrofon und hielt es gedrückt. »Guten Morgen Valentin. Weihnachten war super. Deins auch? Tja, das Treffen heute Abend ... Mein Ex ist wieder aufgetaucht und möchte mich zurückhaben, aber wir können uns auch gerne rein freundschaftlich treffen, wenn du möchtest. Ich würde mich sehr freuen.«

Ihr Finger verharrte auf dem Mikrofon. Und hielt ihn so fest gedrückt, dass ihr Fingernagel weiß wurde. Das kannst du unmöglich abschicken, du wirst wohl in der Lage sein, und es ihm persönlich sagen, schalt sie sich selbst.

Sie schob den gedrückten Button nach links in den Papierkorb und schrieb:

> Guten Morgen
> Stressig und schön wie immer.
> Wie war deins?
> Natürlich steht es noch.
> Zugleich muss ich mit dir noch
> über etwas anderes sprechen.
> Bis dann

Kristin drückte auf abschicken, nahm ihre volle Kaffeetasse und setzte sich im Schneidersitz vor das große Panoramafenster. Es hatte nachts zu schneien begonnen und die voluminöse Dachterrasse lag unter einer dicken Schicht reinweißen Schnees. Wie immer in den letzten Jahren, schaffte er es nicht rechtzeitig zu Weihnachten, dachte sie und legte den Kopf in den Nacken, um den einzelnen Schneeflocken zuzusehen, wie sie glitzernd vom Himmeln segelten. Früher hatte sie immer die Zunge herausgestreckt und die kalten Flocken damit aufgefangen. Dann hatte sich ihr Bruder von hinten angeschlichen und ihr einen Schneeball in den Kragen gesteckt. Eiskalt war das, aber sie gab sich nicht geschlagen. Es war der Start einer ausgiebigen Schneeballschlacht, bis ihre Mutter sie ins Haus rief. Dort warteten frische Anziehsachen, die am Küchenofen gewärmt wurden und heißer Kakao mit einem Teller voll Plätzchen auf dem Tisch.

Sie lächelte bei dieser Erinnerung und trank einen Schluck vom Kaffee.

> Kann heute früher in München sein.
> Passt dir auch 18 Uhr?
> LG

Kristin bestätigte mit Daumen hoch, legte das Handy wieder zur Seite und sah den Schneeflocken weiter zu, wie sie fielen. Es hatte etwas Beruhigendes an sich. Ihr Herzschlag hatte sich entschleunigt und ihr Kopfschmerz war verschwunden. So könnte sie ewig sitzen bleiben. Diese Ruhe. Keine schweren Gedanken. Nur liebevolle Erinnerungen an eine unbeschwerte Kindheit. Man müsste ewig Kind bleiben, seufzte sie. So unbeschwert und frei.

> Freue mich sehr, dich wieder zu sehen.
> Bis später

Ihr Herz machte einen Hüpfer und die ganze Unbeschwertheit war dahin.

Kristin wartete seit fünfundzwanzig Minuten in angespannter Haltung in einer Nische des Kunstgenuss und beobachtete das Kommen und Gehen der Gäste. Bei jedem Gast, der das Kunstgenuss betrat, hielt sie automatisch die Luft an. Eineinhalb Jahre waren seit ihrem ersten Aufeinandertreffen vergangen. So eine lange Zeit. Niemals hätte sie gedacht, dass sie sich auf diese Weise wiedersehen würden.

Vio hatte sich heute rar gemacht. Zumindest konnte Kristin sie in ihrer sitzenden Position nirgends sehen. Sie vermutete, dass sie mit Henry zusammen die Zeit verbrachte, was sie ihr von Herzen gönnte. Niemand anderes hatte es mehr verdient als Vio. Das ganze Drama um ihre Mutter und ihre Schwester hatten ihr schwer zugesetzt. Der Umstand, dass ihr Vater eine neue Frau an seiner Seite hatte, ging auch nicht spurlos an ihr vorüber. Kristin hatte es sich nicht anmerken lassen, dass sie den traurigen und alleingelassenen Blick in ihren Augen bemerkt hatte, als sie davon erzählte.

Vielleicht bekam sie durch Henry endlich etwas Ruhe und Heimat in ihr Leben und sah nicht mehr so getrieben aus. Sie wünschte es ihr so sehr.

»Hey«, sagte Valentin und blickte sie freudestrahlend an.

Kristin platzten beinahe die Augäpfel aus dem Höhlen vor Schreck. Ganz in Gedanken hatte sie nicht mitbekommen, dass Valentin an ihren Tisch getreten war. Sie stand ruckartig auf, so dass der Tisch sich verschob und der Tee aus der Tasse überschwappte. »Hey«, krächzte sie und räusperte sich. »Setz dich doch.«

Doch Valentin machte keine Anzeichen sich zu setzen. Zu Kristins Überraschung beugte er sich zu ihr herab und drückte sie fest an sich. Kristin zog scharf die Luft ein und der herbe Geruch seines Aftershave drang tief in ihre Lungen. Gänsehaut und ein wohliges Gefühl machte sich in ihr breit. Seine Arme hielten sie fest umschlungen, nicht zu lange und nicht zu kurz. Genau in der Dosis, dass Kristin ein Gefühl von Behagen verspürte.

Vertraut.

Am liebsten hätte sie ihn nie wieder losgelassen.

Und nicht nur wegen des Vibrierens zwischen ihren Schenkeln.

Sein Oberkörper war ordentlich an den ihren gepresst und sie konnte seinen schnellen Herzschlag spüren.

Ah, er war auch aufgeregt, stellte sie erleichtert fest.

Schweren Herzens löste sie die Umarmung und setzte sich zurück auf den Loungesessel. Mit zittrigen

Fingern nahm sie eine Serviette aus dem Halter und wischte den übergeschwappten Tee auf. Aus dem Seitenwinkel beobachtete sie, wie Valentin sich ihr gegenüber setzte und die Unterarme auf dem Tisch ablegte.

Nachdem kein einziges Tröpfchen mehr zu sehen war, gab sie sich ihrem Schicksal hin und hob den Blick. Er blickte sie mit seinen azurblauen Augen lächelnd an und Kristin schmolz dahin. Sie vergaß alles um sich um sich. »Hey«, wiederholte sie, weil ihr nichts Besseres einfiel.

»Hey. Da sind wir nun«, antwortete er und grinste. »Entschuldige meine Verspätung, aber der Scheidungsanwalt wurde im Gericht aufgehalten, somit verschob sich auch mein Termin nach hinten.«

»Ich hoffe, ihr habt keine Schlammschlacht?«

»Jein. Sie hat sogar schon einen Neuen. Und jetzt fordert sie auch noch Unterhalt. Aber damit kommt sie nicht durch. Wir hatten einen Ehevertrag.«

»Sie?«

Er blickte sie verwirrt an. »Äh, ja«, er stockte und fuhr sich nervös durch sein kurzes blondes Haar. »Silas. Ich habe ihn immer Si genannt. S und i«, erklärte er.

Kristin nickte.

»Mir fällt es immer noch schwer, zu akzeptieren, dass die Ehe nicht gehalten hatte. Auch wenn mein Verstand sagt, dass es besser war, sich zu trennen.

Unsere einstigen Vorstellungen von der Zukunft haben sich verändert. Sie ...« Er schluckte. »Silas wollte weiterhin Party machen und Reisen. Für mich war diese Zeit vorbei. Ich wollte Kinder. Eine Familie. Ein Nachhausekommen-Gefühl.« Er schluckte. »Entschuldige, ich wollte dir nicht vorjammern.«

»Schon in Ordnung. Ich weiß, wie du dich fühlst. Als Robert mich verließ, dachte ich, meine Welt bricht zusammen. Nichts machte mehr Sinn. Ich empfand eine tiefe Leere in mir.«

»Wie bist du damit zurechtgekommen?!«

»Ehrliche Antwort?«

Er nickte.

»Gar nicht. Ich fand keinen anderen Mann attraktiv. Instinktiv verglich ich jeden mit Robert und kein einziger erfüllte meine Erwartungen. Bis letztes Jahr. Da begegnete ich einen absoluten Traummann. Der leider unerreichbar für mich sein wird.«

»Ach ja.« Er zog die Augenbrauen nach oben. »Warum unerreichbar?«

»Er ist schwul«, erklärte sie kleinlaut und wandte den Blick schüchtern von ihm ab.

»Das ist schlecht, wenn er für das andere Team spielt.«

Kristin blickte überrascht und verwirrt auf. Valentin hatte den Wink mit dem Zaunpfahl anscheinend nicht verstanden. »Ja. Und nun meldete sich auch noch mein Ex, ob er wieder zurückkommen darf«, gab sie zerknirscht zu.

»Verstehe. Und nun sitzt du hier und weißt nicht, wie du mir sagen sollst, dass du es dir anders überlegt hast«, murmelte er, beugte sich vor und nahm ihre Hände in seine.

Kristin legte den Kopf zur Seite und blickte ihn lange an. Es tat gut, in dieses liebevolle Gesicht zu blicken, während in ihr ein heftiger Tornado der Gefühle tobte.

Geduldig und mit einem Lächeln saß er da und wartete auf ihre Antwort.

Er war so ein toller Mann.

Falls Vio wirklich richtig lag und Robert keine weiteren Kinder wollte, konnte sie doch eins mit Valentin bekommen, drängte sich ihr der Gedanke auf.

Aber konnte das funktionieren? Wäre es nicht unfair, Valentin warm zu halten, bis sie eine Antwort von Robert erhielt?

Kristin schüttelte den Kopf. Valentin durfte man nicht unachtsam beiseiteschieben.

Das konnte sie ihm nicht antun.

Das konnte sie sich selbst nicht antun. So eine Pracht von Mann läuft einem nicht zweimal über den Weg. Auch wenn er schwul war.

Ihr fielen die vielen geschiedenen Paare mit Kindern ein, die ebenfalls neue Partner hatten. Selbst die bekamen es hin, oder? Patchworkfamily und so.

Warum darauf warten, was Robert wollte? Es war ihr Leben. Sie entschied, wann und mit wem sie ein

Kind bekam. Valentin war ein ausgezeichneter Kandidat und noch dazu mit sehr guten Genen ausgestattet. Es wäre zumindest ein Versuch wert, bekräftige sie gedanklich ihren Entschluss.

Vor Freude hätte sie beinahe in die Hände geklatscht. Beherrschte sich aber noch einmal rechtzeitig. »Wer weiß, ob das mit Robert überhaupt noch mal was wird«, winkte sie ab. »Ich denke, wir sollten ernsthaft darüber sprechen, wie wir uns unsere Zukunft vorstellen.«

»Ach Kristin.« Valentin stieß die Luft aus. »Bist du dir wirklich sicher? Dein angespannter Körper sagt etwas anderes.«

»Weil ich viel gegrübelt habe, seit mein Ex anrief. Es war nicht leicht, eine Entscheidung zu treffen, aber jetzt bin ich mir absolut sicher.« Sie bestärkte ihre Worte mit einem Nicken.

»Möchtest du nicht lieber mehr Zeit zum Nachdenken, bevor wir hier über etwas sprechen, was dann doch nicht geschehen wird.« Dabei sah er so unglücklich aus, als hätte er Angst, sie könnte dem Ganzen jetzt schon ein Ende setzen.

Kristin biss sich auf die Oberlippe und überlegte, was sie antworten sollte. Ihr erschien der Zeitpunkt nicht gerade geeignet, um über die Noch-Liebe zu ihrem Ex zu sprechen. Aber sie wollte auch nicht, dass Valentin das Gefühl hatte, wieder ausrangiert zu werden. »Robert nahm sich heraus, aus der Ehe zu schleichen, weil sein Job ihm wichtiger war, und jetzt schleicht er sich wieder ein. Ungeachtet wie ich mich fühlte und fühle. Ich gebe offen zu, ja ich liebe ihn noch sehr.« Sie hielt kurz inne, um die richtigen Worte zu wählen. »Aber ich passe mich ihm nicht mehr an, er hat mich so zu nehmen, wie ich nun bin. Und wenn er damit nicht klar kommt, dass wir beide ein Kind bekommen, dann ...« Ja was dann? Sie ließ den Satz in der Luft hängen, weil ihr selbst keine Antwort dazu einfiel. Warf sie ihn dann aus ihrem Leben? Sie wusste es nicht. Ihr war nur klar, so lange Robert sich nicht meldete, konnte sie sich diesbezüglich auch keine Zukunftspläne mit ihm ausmalen. Aber was sie jetzt tun konnte, war, mit diesem wunderbaren Mann, der vor ihr saß, über den gemeinsamen Kinderwunschweg zu plaudern. Denn das würde sie sich bestimmt nicht mehr ausreden lassen.

»Ich habe Bedenken, dass du es dir wieder anders überlegen könntest und ...«

»Das wird nicht passieren«, unterbrach sie ihn. »Ich gebe dir mein Wort«, versprach sie mit Nachdruck.

»Ok.«

Kristin meinte, ein klein wenig Skepsis in seiner Stimme gehört zu haben. Das durfte nicht sein. Sie würde ihm beweisen, dass sie sich mit Herz und Seele dazu entschieden hatte und auch dabei blieb. Aber nicht heute. Heute wollte sie ihn nur kennenlernen.

Und seinen Anblick genießen. »Hast du Geschwister?«, fragte sie deshalb unbeschwert, um die Anspannung am Tisch aufzulockern.

Valentin nickte und streckte drei Finger in die Höhe. »Drei jüngere Schwestern. Die Älteste ist verheiratet und mit dem vierten Kind schwanger. Die Mittlere heiratet im Sommer und die Jüngste lebt zusammen mit ihrem Freund in der Schweiz.«

»Wow, da gehts bei euch bestimmt mächtig ab, oder?«

Valentin lachte. »Du hättest dabei sein müssen, als wir noch Kinder waren. Mensch haben sich die Mädels gezofft und ich immer mittendrin. Ständig wurde ich wegen irgendetwas als Richter hinzugezogen und wenn ich falsch geurteilt habe, hat man mich mit Ignorieren und Verpetzen bestraft«, antwortete er und seine Augen waren gefüllt von Erinnerungen. »Hast du Geschwister?«

»Ich habe einen großen Bruder, aber bei uns war es nicht annähernd so dramatisch wie bei euch.« Kristin lachte. »Mein Bruder hat mich geärgert, wo er nur konnte, aber sobald jemand anderes ankam, beschützte er mich.« Sie wollte gar nicht wissen, wie er reagieren wird, wenn er erfährt, dass Robert wieder Kontakt zu ihr aufgenommen hatte. Nur zu gut war ihr der Ausraster in Erinnerung, als Tobias Robert nach seinem feigen Abgang nicht zur Rechenschaft ziehen konnte.

»Aus diesem Grund gibt es große Brüder. Ich habe meine Schwestern auch immer beschützt und tue es auch heute noch, soweit es mir gelingt. Frag aber bitte nicht meine drei Schwager.« Er grinste verschmitzt, was seine Augen noch mehr zum Leuchten brachte.

Kristin versperrte mit einem imaginären Schlüssel den Mund und grinste zurück.

»Ein Junge und ein Mädchen. Das wäre wundervoll«, bemerkte er, mehr zu sich selbst als zu Kristin.

Die Bedienung kam und nahm Valentins Bestellung auf. Gleichzeitig nutzten sie den Moment, seine unbedachten laut ausgesprochenen Gedanken wirken zu lassen.

»Du möchtest zwei?«, fragte Kristin nach einer Weile.

Er lächelte verlegen.

»Beide von mir?«, hakte sie überrascht nach.

Schweigend dachte er einen Augenblick nach, ehe er nickte und sie mit glänzenden Augen anblickte. »Ok, ich will ganz offen zu dir sein, Kristin. Eigentlich wollte ich immer eine Großfamilie. So eine, wie ich hatte. Aber wenn du nur eins möchtest, dann ist das völlig in Ordnung.« Er beugte sich vor und sah ihr fest in die Augen. »Ich bin glücklich über jedes Kind, das ich mit dir bekommen darf.«

Kristin stieß den angehaltenen Atem aus. »Vier Kinder? Wow! Ähm ...« Sie stockte. »Ich werde in ein paar Jahren vierzig. Keine Ahnung, ob das noch klappen würde.«

»Mach dir darüber bitte jetzt keine Gedanken. Es ist nur ein Wunschtraum von mir.«

Kristin blickte ihn nachdenklich an. »Habt ihr ... also du und Silas ... darüber geredet wie ihr Kinder bekommt?«, fragte sie leise und berührte Valentins auf den Tisch abgelegten Unterarm.

Er sah weg und fixierte den Serviettenhalter auf den Tisch. Dann schüttelte er stumm und mit gequältem Gesichtsausdruck den Kopf.

»Es tut mir leid. Ich wollte dir nicht ...«

Er legte seine Hand auf die ihre, die immer noch auf seinem Unterarm lag. »Bitte nicht, Kristin. Du musst dich nicht entschuldigen. Eigentlich ist alles ganz anders ... Ich bin nicht ...« Er brach ab, als die Bedienung sein Getränk am Tisch abstellte und wieder verschwand.

Kristin blickte ihn abwartend an, doch Valentin machte nicht den Eindruck, als wolle er seinen Satz vollenden. Vielmehr saß er ihr mit versteinerter Miene gegenüber und mied ihren Blick. Etwas quälte ihn. Sie wusste nicht, ob es an der gescheiterten Ehe lag oder ob ein anderer Grund schuld daran war, dass er sich so benahm. »Wenn du über etwas reden willst ...«

Mit traurigen Augen sah er Kristin an. »Ich kann nicht. Es tut mir leid.«

»Schon gut. Du musst nicht. Aber falls du es dir anders überlegst, bin ich jederzeit bereit, dir zuzuhören.«

Valentin schüttelte entschieden den Kopf. »Danke, das ist sehr lieb von dir, aber es geht schon.« Er räusperte sich. »Manches muss einfach ungesagt bleiben, um Menschen, die man gern hat, nicht zu verlieren«, fügte er mit überzeugter Stimme hinzu.

Kristin konnte sich keinen Reim darüber machen, was Valentin damit sagen wollte. Am liebsten hätte sie nachgehakt. Doch sie wollte nicht aufdringlich erscheinen. So beließ sie es dabei und vergaß es letztendlich.

Wechselbad der Gefühle

Kristins Wohnung, Schwabing

»Gute Nacht, Barbara.« Kristin winkte ihrer Kollegin nach und sperrte die Eingangstür der Physiotherapie ab. Dann stampfte sie durch den grauen Schneematsch in Richtung ihrer Wohnung.

Gott sei Dank Wochenende, dachte sie. Eine anstrengende Woche lag hinter ihr. So viele Patienten wie in dieser Woche hatte sie in ihrer ganzen Laufbahn als Physiotherapeutin noch nie behandelt. Da kam es genau richtig, dass sie morgen mit Valentin eine Verabredung in der Erdinger Therme vereinbart hatte. Gleich in der Früh wollte er sie abholen, damit sie den ganzen Tag nutzen konnten. Sie freute sich schon die ganze Woche darauf, ihn endlich wieder zu sehen.

Nur diesmal wird er nackt sein, fiel es ihr wie Schuppen vor die Augen.

Leckomio!

Sie blieb vor Überrumpelung abrupt stehen.

Heiliger Strohsack, er wird nackt sein!

Nervös nestelte sie an ihrer Mütze herum, zog sie tiefer ins Gesicht, um die plötzlich aufgetretene Gesichtsröte zu verbergen.

Gut, seine Badehose verdeckt die aufregenden Details, aber ... Puh, ihr war auf einmal so heiß ... sie

175

öffnete geschwind den Reißverschluss ihrer Winterjacke und wedelte mit den beiden Seitenteilen. Trotz der Minusgrade spürte sie keine Abkühlung, weil die Hitze aus ihrem Körper herausschoss wie eine Fontäne Lava.

Halleluja!

Kristin, reiß dich zusammen, ermahnte sie sich selbst. Du kannst morgen nicht so eine Show abziehen, du musst dich im Griff haben. Was glaubst du, was er von dir denkt, wenn du ständig auf seinen gutgebauten Körper starrst. Und er wird gutgebaut sein, da war sie sich sicher. Seine weißen Hemden, die er meist bei den Mittagstreffen anhatte, verrieten so einiges.

Sie atmete tief durch und zog den Reißverschluss trotz der Hitzewallung wieder zu.

Fünf Wochen waren seit dem ersten Treffen im Kunstgenuss vergangen und von da an haben sie sich mindestens zweimal die Woche getroffen, je nachdem wie es Valentins Terminkalender zugelassen hatte. Meistens waren es die Wochenenden, außer er konnte berufliche Termine in München so legen, dass sie sich zum Mittagessen oder Abendessen trafen. Und bei jedem Treffen lief ihr Zeitmanagement aus dem Ruder, dachte sie und musste schmunzeln. Zu den Mittagstreffen stellten sie tatsächlich einen Wecker, damit sie pünktlich wieder bei der Arbeit erschienen.

Sie waren sich sehr vertraut geworden und Kristin

vergaß meistens, dass er schwul war. Erst wenn sie wieder allein in ihren vier Wänden war und das Treffen Revue passieren ließ, erinnerte sie sich schmerzhaft daran, dass die Umarmungen, die Bussis auf die Wangen und das Arm in Arm durch die Gegend schlendern, kein Ausdruck einer Liebesbeziehung war. Dennoch genoss sie es intensiv. Es waren die Momente, in denen sie so tun konnte, als wäre sie nicht Single, sondern eine Frau, die von einem Mann mit viel Sex-Appeal umgarnt wurde. Die Blicke anderer Frauen bestätigten ihr, wie beneidenswert sie war.

Wenn die alle wüssten. Kristen musste grinsen.

Sie wusste selbst, dass das auf Dauer mit Valentin nicht gesund war, aber sie fühlte sich endlich mal wieder gemocht und gebraucht. Jemand, der ihr mindestens einmal am Tag schrieb, ob es ihr gut gehe oder was sie heute noch vorhabe. Ein Jemand, der nicht ihre Mutter oder Vio war.

Ihr war auch klar, dass spätestens ab dem Zeitpunkt, wenn das Kind da war, sich der Fokus der Nachrichten auf das Kind beschränken wird.

Doch bis dahin wollte sie das Gefühl genießen.

Von Robert hatte sie seit seinem ominösen Anruf nichts mehr gehört. Was auch gut so war.

Denn mit jedem Tag, der nach seinem Anruf verstrichen war, hatte sich ihr Blick mehr und mehr geklärt. Ja, Vio hatte völlig recht gehabt. Es wäre Wahnsinn, sich mit ihm noch einmal einzulassen.

Robert hatte sie auf vernichtende Weise verlassen. Er würde es wieder tun. Da war sie sich absolut sicher.

Jeden einzelnen Abend vor dem Bett gehen, dankte sie dem Himmel, dass er nicht angerufen oder vor ihrer Tür gestanden hatte. Sein Auftauchen würde ihr einiges an Energie kosten und der Kinderwunschweg mit Valentin würde sich nach hinten verschieben. Was sie auf gar keinen Fall wollte.

Valentin und sie waren sich beim letzten Treffen einig geworden, dass sie schon sehr bald einen Termin für das Erstgespräch vereinbaren wollten. Eigentlich würden sie am liebsten sofort loslegen. Doch die Vernunft sagte ihnen, dass es noch ein bisschen zu früh sei. Sie vereinbarten deshalb einen ganzen Tag zu verbringen. Zwölf Stunden miteinander ausharren, das war der Plan. Wegen der Nähe zu München entschieden sie sich für die Erdinger Therme.

Wahnsinn. Sie konnte es nicht glauben, dass es bald ernst wurde. All die Gespräche und das Ausmalen, wie sie den Kinderwunsch verwirklichen konnte, hatte dann ein Ende. Ab da begann das Hoffen und Bangen und letztendlich war sie Mutter.

Kristin schritt die vereiste Auffahrt ihres Wohnhauses vorsichtig hinauf, als sie eine dunkel angezogene Person an der Hauswand angelehnt sah. Jeglicher soeben noch fröhliche Gedanke wich einem mulmigen Gefühl. Ihre Schritte, die wegen der Glätte schon sehr langsam waren, wurden noch vorsichtiger und kleiner.

Wer stand abends um acht unnötig in der Kälte herum, fragte sie sich und schüttelte den Kopf. Und warum schaltete nicht endlich dieser verdammte Bewegungsmelder ein? Ihr Körper fing trotz der Kälte wieder zu schwitzen an, nur diesmal nicht aus Erregtheit. Der Atem kam stoßweise und vor ihr bildete sich eine dichte weiße Dampfwolke. Woher kam diese plötzliche Angst? Sie wohnte nun schon so lange in der Stadt und sie konnte sich nicht erinnern, jemals solch eine Angst verspürt zu haben.

Der Angstschweiß rann ihr nun den Rücken hinunter. Sie heftete ihren Blick stur gerade auf die Haustür und griff in der Jackentasche nach ihrem Schlüssel. Sie hielt ihn so zwischen ihren Finger, dass ihr ein schnelles Aufsperren gelang, oder aber, um sich damit eventuell verteidigen zu können, fuhr es ihr geschockt durch den Kopf.

Nur noch geschätzte zehn Schritte bis zur Tür.

Kristin hielt den Atem an und vergrößerte ihre Schritte.

Der Bewegungsmelder ging an und im selben Augenblick stellte sich die dunkle Person ihr in den Weg. Kristin blieb vor Schreck stehen, die plötzliche Helligkeit machte sie blind. Sie konnte das Gesicht des Unbekannten nicht erkennen. Instinktiv holte sie mit dem Schlüssel in der Hand aus und schlug zu.

»Kristin! Verdammt, hör auf! Was soll denn das?«, schrie der Fremde sie an und wehrte ihren Angriff gekonnt ab. Er umschloss mit der einen Hand ihr Handgelenk, mit der anderen entriss er ihr den Schlüssel.

Keuchend stieß sie den Atem aus. Das Adrenalin schoss unaufhörlich durch ihre Adern. Nur langsam drang die Stimme des Fremden durch den Rausch der Panik in sie hinein.

Robert.

Es ist Robert, versuchte sie sich zu beruhigen und atmete tief ein und aus. Der Panik wich Wut. »Wie konntest du mich so erschrecken?«, schrie sie und schlug mit ihrer freien Hand auf ihn ein.

Er packte sie an den Schultern und schüttelte sie. »Hör auf mich zu schlagen. Es tut mir wirklich leid, das war nicht meine Absicht. Ich dachte, du hättest mich durch den Schein der Straßenlampe erkannt.«

»Du bist dunkel angezogen und hast dich an eine der dunkelsten Stelle gestellt. Da konnte man nicht viel erkennen«, antwortete sie anklagend und bissig.

»Ich hätte etwas sagen sollen.«

»Ja, hättest du.« Sie klaute sich ihre Hausschlüssel zurück und schritt an ihm vorbei, während tausend Fragen durch ihr Gehirn jagten. Was machte er verdammt noch mal hier? Was war mit Tamara und den Kindern? Hatte er sie verlassen? Machte er Ernst und kam zu ihr zurück? Konnte sie ihm trauen?

»Kristin, warte.«

Sie drehte sich zu ihm herum. »Was?«, blökte sie

ihn an. Ihre Wut hatte sich nicht gelegt.

»Es tut mir wirklich leid«, beteuerte er erneut und blickte zerknirscht drein.

Sie nickte zur Anerkennung und führte ihren Weg zur Haustür fort, als er ihr ein weiteres Mal hinterherrief. »Willst du gar nicht wissen, weshalb ich hier auf dich gewartet habe?«

Kristin stöhnte und blieb stehen. Nein, schrie es innerlich in ihr. Sie wollte heute nicht mit ihm reden. Sie wollte nie mehr mit ihm reden. Ihr traten Tränen aus Erschöpfung und Hilflosigkeit in die Augen. Sie wollte sich nur auf die Couch lümmeln, das Sushi, das noch im Kühlschrank stand, verschlingen und warten, dass es endlich morgen wurde.

Sie musste ihn loswerden und durfte keine Schwäche zeigen, geschweige denn schwach werden. Also blinzelte sie ergebend die Tränen weg und drehte sich ein weiteres Mal zu Robert um. »Was willst du hier?«

»Ich habe es getan«, frohlockte er und lächelte. »Ich habe Tamara verlassen.«

»Und die Kinder?«

»Ist das alles, was dir dazu einfällt?« Sein Lächeln erlosch.

Kristin blickte ihn mit traurigen Augen an.

»Vielleicht hast du es auch nicht ganz verstanden«, fuhr er fort, als sie ihm keine Antwort gab. »Ich komme zu dir zurück, Kristin. Alles wird wieder so wie früher, das verspreche ich dir und diesmal werde ich dich nicht mehr betrügen.«

Kristin traute ihren Ohren kaum. »Unsere Zeit ist vorbei. Schließ damit ab. Vergiss mich. Mach den Platz in deinem Herzen frei. Ich werde nicht zurückkommen. Das waren damals deine Worte auf den Marienplatz«, schleuderte sie ihm entgegen. »Dann sprichst du aus heiterem Himmel auf meinen Anrufbeantworter und was passiert dann? Nichts!«

»Ich liebe dich, Kristin und ich weiß, dass ich dich verletzt habe. Verzeih mir. Ich mach es wieder gut.«

»Hör auf, Robert. Ich möchte das nicht. Geh heim zu deiner Frau und den Kindern. Sie brauchen dich dringender als ich.« Sie holte Luft. »Ich bin es leid, darauf zu warten, dass du zurückkommst. Es war eine kämpferische Zeit und nun bin ich da, wo ich mich endlich wieder wohlfühle. Hier ist kein Platz mehr für dich.« Das Letzte war nur noch ein Flüstern. Zum dritten Mal drehte sie sich um, ging zur Eingangstür und steckte den Schlüssel in das Schloss, als sie seine Hand auf ihrer Schulter spürte.

»Tamara hat mich aus dem Haus geworfen«, flüsterte er verzweifelt. »Sie hat mir jeglichen Kontakt zu den Kindern untersagt.«

»Hast du sie auch betrogen?«, entfuhr es ihr.

»Ja«, gab er zerknirscht zu. »Mit dir.«

Kristin fuhr herum. »Spinnst du jetzt völlig?«

»Ich hatte heiße Träume und dabei stöhnte ich immerzu deinen Namen. Ich glaubte Tamara nicht, als sie mir das an den Kopf warf. Daraufhin filmte sie mich beim Schlafen.« Er blickte zu Boden und ließ die Schultern hängen.

Kristin hasste sich in diesem Moment, als sie die Tür aufzog und sagte: »Komm mit rauf. Ich mach uns einen Gin Tonic.«

Sein Gesicht erhellte sich freudestrahlend. »Warte einen Moment«, bat er und verschwand kurz in der Dunkelheit.

Kristin runzelte die Stirn und ihr Blick schoss zu der schwarzen Tasche in seiner Hand, als er zurückkam. »Du wirst hier nicht übernachten, dass das von vornherein klar ist«, fauchte sie mit gereizter Stimme.

Er schüttelte den Kopf. »Ich kann sie ja schlecht hier draußen stehen lassen.«

Kristin beobachtete ihn, während sie gierig an ihrem Strohhalm zog. Vermutlich war es keine gute Idee, den Gin Tonic auf leeren Magen zu trinken, aber anders konnte sie mit der gegebenen Situation nicht umgehen. Robert dagegen wanderte seelenruhig durch jedes einzelne Zimmer und hatte bisher nur ein einziges Mal an seinem Glas genippt.

Nicht gut, wie sich der Abend entwickelt hatte. Kristin stand abrupt vom Sofa auf, stellte das fast leere Glas in der Küche ab und holte aus dem Kühlschrank das Sushi heraus. »Wenn du was essen möchtest, dann musst du den Lieferservice anrufen. Ich hab hier nur ein bisschen Sushi und trockene Nudeln«, schrie sie ihm zu und schob sich einen Avocado Maki in den Mund.

»Danke, aber ich habe keinen Hunger«, erklärte er und trat an die Küche heran. »Gefällt mir, was du aus der Wohnung gemacht hast. Sie wirkt dadurch hell und geräumig.«

»Sie war auch vorher schon geräumig. Deine Möbel haben nur sehr viel Platz eingenommen.« So wie du, dachte Kristin und atmete tief durch. Sie war immer noch gereizt, mehr auf sich selbst als auf ihn. Wie konnte sie nur so blöd sein und ihn mit hochnehmen? Sie schüttelte erneut den Kopf und schob sich einen Lachsmaki in den Mund.

Er nickte und blickte sie stumm an.

»Was willst du wirklich?«, fragte sie mit vollem Mund. In seiner Gegenwart pfiff sie auf Manieren. Sie wollte einfach nur, dass er ging. »Nein, warte. Sag, was du zu sagen hast und dann verschwindest du am besten wie ...«

»Dich. Ich will dich«, unterbrach er sie und nahm sie stürmisch in den Arm. »Und zu Anfangs eine Schublade im Schlafzimmer«, flüsterte er ihr ins Ohr.

Kristin entriss sich seiner Umarmung und fing lauthals zu lachen an. »Du bist komplett irre geworden.« Sie packte die Plastikbox mit dem Sushi und ging, immer noch schallend lachend, zur Couch. Dort setzte sie sich im Schneidersitz darauf und stellte die Box auf dem rechten Oberschenkel ab.

Robert kam auf sie zu, ging vor ihr auf die Knie und nahm ihre Hand in seine. »Ich liebe dich von ganzen Herzen, Kristin.« Er blickte ihr tief in die Augen. »Ich kann sehen, dass es dir nicht anders geht. Deine Liebe zu mir ist genauso stark. Wir waren ein tolles Paar und können es wieder werden. Ich schwöre dir, ich werde den Ausrutscher mit Tamara wieder gutmachen.« Er unterstrich seine Worte mit seinem Dackelblick, der sie einst immer schwach werden ließ.

Mit Mühe schluckte sie die California Roll hinunter, die sie zuvor noch genüsslich gekaut hatte.

»Was ist heute los mit dir? Du bist so still«, fragte Valentin und setzte den Blinker, um von der Autobahn abzufahren.

»Nichts«, presste sie hervor.

»Du blickst seit Beginn der Fahrt gedankenverloren aus dem Fenster und zupfst an deiner Nagelhaut herum. Ein Nichts sieht anders aus. Hab ich etwas gesagt oder getan?«

»Nein«, sagte sie kurz angebunden und blickte stur weiter aus der Seitenscheibe hinaus. Sie spürte seinen enttäuschten Blick und fühlte sich schrecklich damit, aber sie konnte ihn einfach nicht ansehen. Ihr schlechtes Gewissen ihm gegenüber war zu groß. Wie sollte sie ihm erklären, dass sie heute früh halbnackt in den Armen ihres Exmannes aufgewacht war? Sie stöhnte bei der Erinnerung und rieb sich die Augen, um das Bild aus dem Kopf zu verbannen. Was ihr misslich gelang.

»Ist dir schlecht? Soll ich anhalten?«, fragte Valentin besorgt und verlangsamte seinen Wagen.

Sie schüttelte den Kopf. »Nein«, presste sie erneut zwischen den Lippen hervor. »Bitte fahr weiter.« Durch seinen besorgten Ton fühlte sie sich noch schlechter als zuvor.

»Möchtest du mir nicht einfach sagen, was los ist? Vielleicht geht es dir dann besser«, ermunterte er sie. »Ich werde dir schon nicht den Kopf abreißen, falls es mich betrifft«, fügte er leicht scherzend hinzu.

Kristin seufzte und lehnte den Kopf auf der Kopfstütze ab. Sie atmete tief ein und hielt die Luft an. »Robert hat heute Nacht bei mir übernachtet«, platzte sie mit angehaltenen Atem heraus. Sie schloss die Augen und am liebsten hätte sie auch die Ohren zugehalten. Sie wollte seine Enttäuschung weder sehen noch hören.

Valentin gab einen kläglichen Ton von sich und es verging eine ganze Weile, ehe er im fürsorglichen Ton fragte: »Wie geht's dir damit?«

Kristin öffnete vor Erstaunen die Augen. Sie hatte eher damit gerechnet, dass er ihr Sätze an den Kopf warf, in der Art `Du willst kein Kind mehr mit mir´ und `So viel Zeit investiert. Für nichts´.

Stattdessen ist er besorgt um ihre Gefühle.

Obwohl sie ihn unfassbar enttäuscht haben musste, kümmert er sich um deine Gefühle, schrie es in ihr. Das hatte sie nicht verdient. Sie musste diejenige sein, die seine nicht ausgesprochenen Fragen beantwortete. Dass er sich keine Sorgen zu machen brauchte. Dass sie weiterhin mit ihm den Weg gehen wollte.

Doch das konnte sie nicht. Roberts gestrige Liebeserklärung hatte sie mit einem Schlag aus dem

Konzept gebracht.

Wieder stellte sie sich die gleichen Fragen.

War es ein Fehler, von Valentin ein Kind zu bekommen? Sollte sie abwarten, wie es mit Robert weiter ging? Jetzt, da sie wusste, dass er es ernst mit ihr meinte. Bestimmt würden sie bald über die Zukunft sprechen. Dann konnte sie ihm von ihrem grenzenlosen Wunsch nach einem Kind erzählen und hoffen, dass auch er weitere Kinder möchte.

Kristin hasste sich dafür, dass sie schon wieder an der gleichen Stelle wie vor ein paar Wochen stand. Und wieder war es Valentin, der in der Luft hing, weil sie sich nicht entscheiden konnte.

Er hatte sie extra noch davor gewarnt.

Aber sie war so verunsichert. Was ist richtig und was ist falsch? Wie soll sie nur erkennen, welcher Weg am Ende der Richtige sein wird?

Sie mochte Valentin sehr gerne. Ja sie liebte ihn sogar von ganzem Herzen. Und sie wollte ihn nicht verlieren, aber Robert war halt Robert. Hetero, zeugungsfähig auf natürlichen Weg und einst ihre große Liebe.

Sie drehte sich im Kreis. Und das musste eindeutig aufhören. Sie musste sich entscheiden. Und zwar jetzt.

Unruhig rutschte sie auf dem Beifahrersitz hin und her und ihre Augen wurden feucht. Sie wollte Valentin auf keinen Fall verlieren, weswegen sie ihm auch keine billige Ausrede auftischen wollte. »Es tut mir leid, dass ...« Sie schluckte. »Dass wir dieses Gespräch erneut führen müssen. Aber ich dachte ...« Sie schluckte abermals. »Ich dachte wirklich, ich bin stark genug, Robert nicht mein Leben bestimmen zu lassen. Und das war ich. Bis er vor mir auf die Knie fiel und mich mit seinem unwiderstehlichen Blick eine Liebeserklärung machte.«

Geduldig hörte Valentin ihr zu und schwieg. Offenbar war er inzwischen so entmutigt, dass ihm nichts mehr zu sagen einfiel. Doch dann sagte er: »Ich hab mich so auf diesen Tag gefreut«, und seine Stimme triefte vor Verletztheit.

»Ich mich auch«, schluchzte sie laut auf und fing nun bitterlich zu weinen an. »Es tut mir leid, dass ich dir das antue. In mir herrscht ein völliges Gefühlsdurcheinander. Vielleicht wäre alles anders, wenn du nicht ...« Schwul wärst, dachte sie den Satz zu Ende.

Ruckartig wandte er sich ihr zu und starrte sie mit einem intensiven Blick an, den Kristin wieder einmal nicht zu deuten wusste. Ein hektisches Hupen ließ beide auf die Fahrbahn blicken und Valentin konnte gerade noch rechtzeitig das Lenkrad wieder auf die Spur lenken, bevor der Lastwagen an ihnen vorbeirauschte.

»Das war knapp«, stellte sie fest und lachte nervös auf.

Eine Weile herrschte Schweigen im Wageninneren, ehe Valentin vorsichtig fragte: »Sollen wir unseren

Kinderwunschweg auf Eis legen?«

Sein ernster, nüchterner Ton ließ ihre Tränen erneut fließen und den Körper erzittern. Sie könnte sich ohrfeigen. Wie konnte sie ihm das nur antun.

Er hatte etwas Besseres verdient.

Eine Frau, die ihre Gefühle im Griff hat. Eine, die verdammt noch mal weiß, was sie will. »Du hast etwas Besseres verdient als mich. Vielleicht solltest du dir doch jemanden ...«, sprach sie laut aus.

Er legte seine warme Hand auf ihre eiskalten im Schoß gefalteten Hände. »Nein. Ich möchte niemand anderen«, raunte er mit fester Stimme. »Ich mache dir einen Vorschlag. Wir fahren jetzt zur Therme, lassen im Auto alle Sorgen und Bedenken. Schalten völlig ab. Sind unbeschwert und haben Spaß. Danach gebe ich dir den Raum und die Zeit, die du brauchst, um deinen Weg zu finden.«

»Und wenn ich mich am Ende für Robert entscheide? Dann wartest du umsonst. Bis dahin könntest du womöglich schon jemanden Neues gefunden haben und vielleicht schon bald Vater sein.«

»Kristin, ich kann mir den Weg nur mit dir vorstellen. Ich gebe zu, dass es nicht leicht werden wird, zu akzeptieren, dass du mit Robert ... aber ...« Er sah sie einen kurzen Moment gequält an. »Aber ich wünsche mir für dich, dass du glücklich wirst, egal mit wem.« Er stockte. »Nein, das stimmt so nicht ganz. Am liebsten wäre es mit mir ...«, sagte er und lächelte verschmitzt.

Womit hab ich dich nur verdient. Du bist so ein guter Mensch, dachte sie, sprach es aber nicht aus. Stattdessen beließ sie es bei einem schlichten »Danke.« Sie beugte sich vor und drückte ihm einen Kuss auf die Wange. Und wieder traf sie sein intensiver Blick, den sie wie zuvor nicht zu deuten wusste.

»Ganz ...« Er räusperte sich. »Ganz egal, was kommt ... ich werde immer dein Freund bleiben.«

»Ich werde dich nicht mehr los?«, fragte sie und grinste.

»Nope«, pflichtete er ihr bei und grinste zurück.

Eine halbe Stunde später stand Kristin, im schwarzen Neckholder-Bikini, etwas abseits der Umkleidetür und wartete darauf, dass Valentin herauskam.

Trotz der Geschehnisse der letzten zwölf Stunden versetzte sie es in atemloser Spannung, ihn gleich in seiner ganzen nackten Männlichkeit zu sehen.

Die Tür ging auf und da stand er. Seine rechte Hand hielt die Badetasche festumklammert, während die linke die Tür hielt und er sich nach ihr umsah. Sein Bizeps trat deutlich hervor und die angespannten Bauchmuskeln konnte man trotz des leichten Bäuchleins erkennen. Die Brust glänzte nass und die Haare, die vom Nabel abwärts in der Badehose verschwanden ... Kristin wandte ihren Blick von seiner Körpermitte ab, um nicht völligst den Verstand zu verlieren.

Ich glaube, in die Sauna zu gehen wäre keine gute Idee, dachte sie und winkte ihm zu. Als er sie sah, konnte Kristin erkennen, dass auch er seinen Blick über ihren Körper gleiten ließ. Was sie noch erregter machte. Sie nestelte an ihrem Träger herum, nur um irgendetwas zu tun.

»Sorry, dass du warten musstest«, entschuldigte er sich. »Aber alle Duschen waren besetzt.«

»Kein Problem. Willst du erst eine Runde schwimmen oder direkt zu den Rutschen?«

»Erstmal schwimmen würde ich sagen.«

Sie suchten sich zwei Liegen aus, warfen ihre Taschen darauf und begaben sich zum Wellenbad.

Zwei Stunden später wagten sie sich in den Strömungskanal. Kristins Kraft war jedoch nach der ersten Runde am Ende. Das Wellenbad und die vielen Treppen zu den Rutschen hoch haben ihr einiges an Kraft abverlangt. Sie hätte nicht gedacht, dass ihre Kondition so schlecht war und wenn sie jetzt nicht sofort aus dem Strömungskanal trieb, würde sie untergehen, da war sie sich sicher.

Sie steuerte auf den Ausgang zu, der nur noch wenige Meter von ihr entfernt lag.

Wie aus dem Nichts tauchte plötzlich ein Grüppchen mit älteren Damen auf, die die Hälfte der Öffnung versperrten. In Kristin brach Panik aus. Sie musste den Kurs ändern, sonst krachte sie mitten hinein. Doch ihr fehlte die Kraft. »Valentin«, schrie sie mit letzter Energie und schluckte Wasser.

»Hab dich.« Valentin packte sie am Arm und zog sie zu sich heran. Sie klammerte sich an ihn wie ein kleines Äffchen. Die Arme um seinen Hals und die Beine um seine Hüfte geschwungen, während er sie mit einem Arm festhielt.

Trotz großer Anstrengung gelang es Valentin schließlich, nach einer weiteren Runde, sie beide heil hinaus zu manövrieren.

Kristin atmete erleichtert aus. »Danke«, hauchte sie dankbar, während sie immer noch wie ein Äffchen an ihm hing. Auch Valentin machte keine Anstalten sie loszulassen. Im Gegenteil, nun hielt er sie mit beiden Armen fest an sich gedrückt.

Die Minuten verstrichen.

Keiner löste die Umarmung, bis ein rüpelhaftes Schubsen sie schließlich auseinanderriss.

Kristin meinte etwas am Oberschenkel gespürt zu haben, als sie beim Auseinanderreißen Valentins Badehose strich.

Das keinen Sinn ergab.

Skeptisch blickte sie sich nach einem Grund um und sah einen Mann neben dem Becken stehen, der zu ihnen herüber grinste. Sie blickte zu Valentin, der den Mann ebenso ansah. Und zurück grinste.

Ach so war das, dachte sie und war zugleich enttäuscht. »Gefällt dir der Mann?«, fragte sie frech.

Valentin sah sie verwirrt an. »Was? Wer?«

»Na, der Kerl da, am Beckenrand.« Sie deutete auf die Stelle, wo vorhin der Mann noch stand, von dem aber nun nichts mehr zu sehen war. Wo war er hin? Hatte sie sich ihn nur eingebildet? Sie ließ ihren Blick durch die Gegend schweifen und fand ihn letztlich in einer Umarmung mit einer Frau. Er küsste sie innig auf den Mund.

Nun war Kristin völlig durcheinander. Oder einfach zu ausgelaugt, um klar denken zu können. Womöglich hatte sie sich die harte Stelle auch nur eingebildet. Oh Mann, sie brauchte dringend etwas zu trinken und etwas zu essen wäre auch nicht schlecht. Ihr Magen hatte seit dem Sushi am Abend zuvor nichts mehr bekommen. »Wollen wir einen Burger essen gehen?«

Er nickte. »Soll ich dir bis zur Treppe helfen oder kannst du alleine schwimmen?«, fragte er besorgt und reichte ihr die Hand.

Kristin war kurz davor sein Angebot anzunehmen, doch so schwach wie vorhin wollte sie sich dann doch nicht mehr zeigen. »Nein, ich denke, das schaffe ich.« Ganz kurz meinte sie, Enttäuschung in seinen Augen aufflackern zu sehen. Oder hatte sie sich wieder getäuscht? Kristin traute ihrer Wahrnehmung nicht mehr. Was war nur mit ihr los? Es muss wirklich an der Unterzuckerung liegen, anders konnte sie sich diese Einbildungen einfach nicht mehr erklären.

Das Restaurant war voll besetzt und ihnen blieb nur ein Platz an der Theke. Sie bestellten beide einen Cocktail und Burger mit Pommes. Das trotz der Menge an Bestellungen recht zügig serviert wurde.

»Hast du schon mal selbstgemachte Pommes gegessen?«, fragte Valentin, während er eins in den Mund schob.

»Nein, hab ich noch nicht. Warum?«

»Weil die am besten schmecken«, meinte er und zwinkerte ihr zu. »Ist zumindest meine Meinung.«

»Und wo kann man die essen?«, fragte Kristin interessiert. »Wo ich immer hingehe, gibts nur die tiefgekühlte Sorte.«

Er schmunzelte. »Marke Eigenbau. Mein Hobby ist das Kochen«, antwortete er und trank einen Schluck von seinem Cocktail. »Immer wenn ich zu Hause bin, experimentiere ich in der Küche. Schon als Kleinkind faszinierte es mich, wie meine Oma, schwitzend die Pfannen und Töpfe schwang, um die ganze Familie zu versorgen. Bei acht Mäulern aus drei Generationen hatte sie eine Menge zum Zubereiten. Als ich älter wurde, kochte ich des Öfteren mit ihr und lernte viel dabei. Nicht nur wie man kochte, sondern auch, dass das Essen Leib und Seele zusammenhält. Nachdem sie stark an Demenz erkrankte und in ein Pflegeheim musste, verlor ich die Lust, selbst zu kochen.« Er nahm noch einen Schluck vom Cocktail und fügte hinzu: »Durch meine vielen Reisen war ich genötigt, oft in Restaurants und Hotels zu essen, und irgendwann hing mir das Ganze zum Hals heraus. Ich vermisste es die Zutaten selbst zu verarbeiten und zu wissen, wo sie herkamen. Seitdem koche ich wieder, so oft es geht, selbst.«

»Wow.« Kristin blickte ihn erstaunt an. »Warum hast du das nicht früher erwähnt? Dann hätten wir uns die Restaurantbesuche sparen können.«

»Weil es mir lieber war, uns auf neutralem Boden kennenzulernen. Aber in Zukunft können wir uns gerne bei dir treffen.«

Kristin horchte erstaunt auf. »Warum nur bei mir? Was steht gegen ein Treffen in deiner Wohnung? Ich würde gern mal sehen, wie du wohnst. Bestimmt megastylisch. Ihr Schwulen habt doch ein Händchen dafür.«

»Ähem«, räusperte er sich laut. »Äh ... na ja ... das geht nicht.« Er rutschte sichtlich nervös auf dem Hocker hin und her.

»Aus welchen Grund nicht?«

»Ja, weil da ...« Er räusperte sich erneut. »Noch Unordnung herrscht, seitdem Auszug von ... ihm.«

Misstrauisch blickte Kristin ihn an. Er log. Das sah man ihm eindeutig an. »Valentin, warum belügst du mich?«, fragte sie ihn deshalb geradeheraus.

Er wandte gequält den Blick von ihr ab und ließ die Schultern hängen. Kristin konnte erkennen, dass er mit sich rang. Abwartend saß sie neben ihm und ließ ihm Zeit, um seiner inneren Zerrissenheit Herr zu werden.

»Ich muss dir etwas gestehen ...«, fing er nach einer langen Pause an.

»Entschuldigung darf ich da mal her?« Eine Frau quetschte sich zwischen Valentin und Kristin. »Bedienung! Hallo! Ich hätte gerne ein Glas Cola«, rief sie laut und schnippte mit den Fingern.

Kristin und Valentin blickten sich kopfschüttelnd an.

Nachdem die Frau mit ihrer Cola verschwand, hakte Kristin bei Valentin nach: »Du wolltest mir etwas gestehen?«

Er schüttelte den Kopf. »Nicht weiter wichtig«, meinte er und wedelte abwehrend die Hand.

Kristin stellte sich vor ihn hin, nahm sein Gesicht in beide Hände und blickte ihm ernsthaft in die Augen. »Was es auch ist, Valentin, ich halte es aus. Was ich nicht aushalte, sind Lügen. Also tu uns beiden den Gefallen und sei ehrlich. Alles andere würde unsere Freundschaft zerstören.«

Er legte seine Arme um ihre Hüfte und Kristin lief ein Schauer der Erregung über den Rücken. Sein Blick wanderte auf ihre Lippen und für einen Moment sah es so aus, als würde er sie küssen wollen. Es kam ihr wie eine Ewigkeit vor, in der er sie nur anblickte, ohne ein Wort zu sagen. Neugierig und sehnsüchtig wartete sie darauf, dass er endlich etwas sagte oder tat. Vergebens. Er blickte sie nach wie vor intensiv an, während er sichtbar seinen inneren Kampf kämpfte.

Es musste etwas sehr Großes sein, vermutete Kristin. So hin und her gerissen hatte sie ihn noch nie erlebt. »Du musst es mir heute nicht sagen«, beteuerte sie und gab sich Mühe, ihre Stimme locker klingen zu lassen, obwohl sie wusste, dass ihre Neugier deutlich zu hören war.

Valentin schüttelte den Kopf. »Nein, ich habe schon viel zu lange gewartet.« Sein Adamsapfel hüpfte auf und ab. »Ich bin nicht ...« Er verzog das Gesicht. »Ich bin ... wohnungslos ... Lebe hauptsächlich in meinem Auto oder Hotel«, erklärte er und wurde mit jedem Wort leiser. Er wandte den Blick von ihr ab und presste die Lippen aufeinander.

Kristin legte beruhigend ihre Hand auf seine Schulter, die steinhart vor Anspannung war. »Valentin, ich ...«

»Nicht!«, rief er wütend und schob ihre Hand von seiner Schulter. Sein Blick war immer noch abgewandt.

Hilflos und entgeistert starrte sie ihn an. »Auf wen oder was bist du plötzlich so wütend?«

»Auf mich«, flüsterte er.

»Kann ich dir ...«

»Nein!«, unterbrach er sie.

»Was ist mit deiner Familie? Kann sie dir nicht helfen?« So schnell wollte Kristin nicht aufgeben.

»Nein, sie wissen von nichts! Nichts von all dem hier!«, brüllte er und machte zur Unterstreichung seiner Worte mit dem Arm Kreisbewegungen in der Luft. »Und jetzt lass uns bitte über etwas anderes sprechen.«

Kristin wich zurück. Sie hatte nicht mal ansatzweise bemerkt, in welcher Notlage er sich befand. Geschweige denn geahnt, welche Wut er mit sich herumtrug. Sie musste ihn irgendwie auffangen und besänftigen, sonst konnten sie gleich nach Hause fahren. »Warum bist du nicht Koch geworden?«, fragte sie unverfänglich.

Valentin stöhnte. »Es war von vornherein bestimmt, dass ich das Geschäft ...« Er unterbrach sich selbst und trank seinen Cocktail leer. »Für eine Ausbildung zum Koch hatte die Leidenschaft nicht ausgereicht«, antwortete er stattdessen.

Verwirrt blickte Kristin ihn an. Was war nur los mit ihm? Egal, was sie sagte, er reagierte gereizt, ja, sogar aggressiv darauf und ständig unterbrach er sich. Sie versuchte es erneut. »Was hast du eigentlich gelernt, um Vertreter in der Bestattungsbranche zu werden?«, fragte sie sachte.

»Steinmetz«, antwortete er kurzangebunden und fuhr sich fahrig durch die feuchten Haare.

»So geht das nicht, Valentin«, entfuhr es Kristin laut. Langsam wurde sie sauer über sein merkwürdiges Verhalten. »Entweder du sagst mir jetzt, was wirklich los ist oder du reißt dich zusammen. Alles andere hat keinen Zweck. Da können wir auch gleich nach Hause fahren.«

Er nickte. »Du hast recht. Es tut mir leid.«

»Entschuldigung angenommen. Aber sag Valentin, wie schlimm steht es finanziell wirklich um dich? Wenn du dir nicht mal eine Wohnung leisten kannst.« Kristin dachte dabei an ihren Kinderwunsch. Würden all die Kosten auf ihren Schultern liegen, wenn sie sich für ein Kind mit Valentin entschied?

»Ich nage nicht am Hungertod, falls du das befürchtest. Ich finde nur keine Richtige«, unterbrach er ihre Gedanken. »Der Grund, warum mir die Wut hochkommt ...«

»Lass es gut sein für heute, Valentin. Es reicht mir, zu wissen, ob du in finanziellen Schwierigkeiten steckst oder nicht.«

»Nein, stecke ich nicht.« Er lächelte ihr zu und reichte ihr seine Hand. »Bist du bereit für die nächste Runde rutschen?«

Kristin lachte auf. »Klar bin topfit.«

Vio sah sie neugierig an. »Hast du nun mit Robert geschlafen oder nicht?«

»Was machst du mit mir, wenn ich ja sage?«

»Du kennst meine Antwort«, brummelte Vio und kniff die Augen zusammen.

Kristin fing zu grinsen an. »Du kannst dich wieder abregen«, kicherte sie und zwinkerte ihr zu. »Ich hab nicht mit ihm geschlafen. Obwohl ich beinahe schwach geworden wäre.«

»Krist-in!«, kreischte Vio.

»Was denn? Wie würdest du reagieren, wenn dein Exmann, für den du noch Gefühle hast, seine Morgenlatte an deinen Po drückt, hm?«

Vio lachte aus voller Brust.

»Ha ha, lach du nur. Ich finde die Situation einfach nur furchtbar.« Sie biss sich auf die Lippe. »Was soll ich nur tun, Vio?«

Vio betrachtete sie nachdenklich. »Du solltest deine Gefühle zu ihm endgültig ignorieren. Denk an die Zukunft. Er wird dir nicht guttun«, entgegnete sie mit einem bitteren Lächeln und schlang die Arme um sie.

»Das habe ich ja. Bis er seine tränenreiche Liebeserklärung auspackte. Sie hat mich völlig überfordert. Da hab ich so viel Gin Tonic in mich hineingeschüttet, wie ich nur konnte. Sonst wär es ja gar nicht so weit gekommen, dass wir in einem Bett schlafen. Noch dazu in Unterwäsche.« Sie grub den Kopf in Vios Schultern und weinte. »Alles wäre so schön gelaufen, wenn er nicht aufgetaucht wäre«, schniefte sie und ließ Vio los.

»Hast du ihn dann in der Früh aus dem Bett geworfen, als dir klar wurde, wer da neben dir schläft?«

Kristin schüttelte den Kopf. »Nein, dazu kam es nicht mehr. Mein Handy klingelte und machte das Chaos noch schlimmer.«

»Lass mich raten. Der Klassiker. Deine Mutter rief an.«

»Nein, es war Valentin. Er wartete im Auto vor dem Haus.«

Vio zog die Luft scharf ein. »Warum das denn?«

»Weil wir für die Erdinger Therme verabredet waren. Darauf hatte ich mich die ganze Woche gefreut und wegen Robert völlig vergessen.«

»Was hast du gemacht?«

»Ich bin dran gegangen, hab vor Schreck nur gesagt, dass ich in fünf Minuten unten bin. Hab mich in Windeseile angezogen und alles nötige in die Badetasche geworfen. Mit hochrotem Kopf setzte ich mich dann zu ihm ins Auto.«

»Was hast du mit Robert gemacht?«

202

»Der lag noch schlafend im Bett, als ich aus der Wohnung gestürmt bin.«

Vio schüttelte den Kopf. »Sowas passt ja so gar nicht zu dir.« Sie lachte.

»Hör endlich auf zu lachen«, befahl Kristin ernst und musste dann doch grinsen. Zu komisch hörte sich die Story an.

»Was hast du Valentin erzählt?«

»Die Wahrheit. Das Robert bei mir geschlafen hatte.«

»Wie war seine Reaktion?«

»Fürsorglich. Er machte sich Sorgen um mich.« Kristin rieb sich die Stirn »Und da war noch etwas. Augenblicke, in denen ich dachte, dass er mich gleich küssen würde. Aber was mir auch vorher schon öfters auffiel, dass er ins Stottern gerät, sobald er etwas aus seinem Leben erzählt. Gerade wenn es um seine Homosexualität geht.«

»Denkst du, er ist gar nicht schwul?«

»Es würde einiges erklären.« Kristin dachte nach. »Nein, das trau ich ihm nicht zu. So dreist belügen würde er mich nicht.« Sie schüttelte den Kopf und hob die Schultern. »Vielleicht interpretiere ich da auch zu viel hinein, weil ich mir zu sehr wünschte, er wäre nicht schwul.«

Vio nickte. »Kann schon sein.«

»Valentin sagte, dass er mir alle Zeit der Welt gibt, um mich zu entscheiden. Aber ich weiß nicht, wie ich da eine Entscheidung treffen soll. Liebe ich Robert so sehr, dass ich ein Leben ohne eigene Kinder leben könnte? Kann ich beides haben, die Liebe von Robert und das Kind von Valentin? Was passiert mit Valentin, wenn Robert mir beides schenkt?«

Vio legte den Kopf schief. »Und wo hält er sich jetzt auf, der gute Robert?«

»Er schrieb, dass er bei einem Freund Unterschlupf gefunden hat.« Kristin trank einen Schluck von ihrem alkoholfreien Pink Tonic Cocktail.

»Und das glaubst du ihm?« Vio schaute sie herausfordernd an.

Kristin blickte verunsichert zurück. »Bis eben noch, ja. Warum sollte ich nicht?«

»Du bist so gutgläubig.« Vio stöhnte auf. »Weil das einfach nicht normal war, was er mit dir abgezogen hatte!« Sie schüttelte wütend den Kopf. »Ich sags dir, der lügt, sobald er den Mund aufmacht. Nicht zuletzt kennst du nur seine Version von der Trennung mit Tamara.«

Kristin kaute auf ihrer Unterlippe. In diesem Punkt musste sie Vio recht geben. Sie kannte nur seine Sichtweise.

Obwohl sie immer dachte, sie seien Seelenverwandte, hatte sie es nicht kommen sehen und ihm niemals zugetraut, dass er sie verlassen würde und dabei solch eine Nummer abzog.

»Du solltest sie anrufen.«

Kristin sah Vio geistesabwesend an. »Wen?«

»Tamara. Du solltest sie anrufen und fragen, ob an seiner Story etwas Wahres dran war.«

»Niemals! Ich ruf doch diese Bitch nicht an!«

»Krist-in«, stieß Vio lachend hervor. »Solch ein Wort aus deinem Munde.«

»Ist doch wahr. Zuerst spannt sie mir meinen Mann aus und kriegt dann auch noch meine Kinder.«

»Seine Worte, vergiss das nicht.« Vio seufzte. »Ich denke, du solltest ihr danken.« Sie hob abwehrend die Arme, als Kristin ihren Mund aufriss, um zu protestieren. »Flipp jetzt nicht gleich aus. Ich weiß nicht wie Robert in eurer Ehe war, schließlich lernte ich dich erst nach der Trennung richtig kennen. Aber eins weiß ich, die Frau, die ich damals kennenlernte, hat mit der Frau, die mir heute gegenüber sitzt nichts mehr zu tun. Du warst zurückhaltend und ein ... sorry für die Aussprache ... ein Anhängsel. Jetzt bist du selbstbewusst und, sieh dich an, strahlend schön.« Sie legte den Kopf schief. »Bis auf die Augenringe«, fügte sie leicht scherzend hinzu.

Kristin war perplex. »Ich danke dir für deine Offenheit.« Sie schluckte. »Aber wie genau meinst du das?«

»Nun ja, deine Schönheit war wohl schon immer da, aber von Robert eingeschränkt. Er war das Oberhaupt in eurer Beziehung. Er der große Arzt und du, das kleine Frauchen, an seiner Seite. Mich hat es ja gewundert, dass er es zugelassen hat, dass du arbeitest. So arrogant, wie er war.«

»Und das kannst du beurteilen, obwohl wir uns erst später kennengelernt hatten.«

»Nein, das kann ich beurteilen, weil ich euch ein paar Mal beobachten konnte.«

»Ach ja und wo?«

Vio stöhnte. »Müssen wir das jetzt besprechen? Ich möchte nicht mit dir streiten.«

Kristin verschränkte ihre Arme und schaute Vio herausfordernd an. »Du hast damit angefangen. Ich möchte das jetzt genau wissen. Außerdem ist das nicht streiten, sondern diskutieren.«

»Ok, wie du willst.« Vio holte Luft. »Ich hab euch mal bedient, als ihr im Kunstgenuss zum Abendessen wart. Du wolltest das Überraschungsgericht ausprobieren, das wir täglich den Gästen anbieten, aber Robert empfahl, oder soll ich besser sagen, befahl dir, den gemischten Salat zu nehmen. Du hast nur genickt.« Sie schüttelte verständnislos den Kopf. »Einige Abende später stand ich wartend am Aufzug, als ihr zur Haustür hereinspaziertet. Er hatte einen barschen Ton drauf und ich konnte noch hören, als er sagte, dass du dich täuschen musstest, dass er keine halbe Stunde verschwunden war, und deine Andeutung abartig sei. Im Aufzug ignorierte er dich, als du dich für deine Anspielung entschuldigen wolltest.«

Kristin wurde heiß und kalt.

Es war der schicksalhafte Geburtstag von Roberts Chefarzt. Bereits mit dem Streit wegen der Eröffnung des Kunstgenusses hatte der Abend düster gestartet. Aber die flippige Nachbarin war so ganz das Gegenteil von Roberts Freunden und sie löste eine unverhoffte Neugierde bei Kristin aus. Sie wollte sie unbedingt kennenlernen. Seit der Hochzeit mit Robert hatte sich ihr alter Freundeskreis aufgelöst und Roberts Freunde wurde automatisch die ihren. Doch sie hatte es vermisst, eigene selbstausgewählte Freunde zu haben. Deswegen wollte sie unbedingt auf Vios Party, um Spaß zu haben und neue Leute kennen zu lernen. Außerdem hasste sie mittlerweile diese langweiligen Abende, an denen es nur um Medizin und Angeberei ging.

Nachdem er ihr gedroht hatte, sie zu verlassen, wenn sie nicht mitging, hatte sie nachgegeben und den roten Jumpsuit gegen ein dunkelblaues Midikleid mit Schlitz getauscht.

Seine Gereiztheit stand zu diesem Zeitpunkt so hoch, dass er sogar an ihrem Körper etwas zum Herrummeckern hatte. Sie sei nicht schick genug für die Gesellschaft. Ihre Haare seien strähnig und ihre Haut sei zu fahl. Ein paar Kilos hätte sie auch zu viel auf den Hüften.

Kristins Herz schmerzte bei dieser Erinnerung.

Nachdem er ihr noch andere Sachen an den Kopf

warf, räumte er anschließend ihren gesamten Kleiderschrank aus, um etwas Passendes zu finden. Letztlich schmiss er ihr entnervt ein langes schwarzes One-Shoulder-Abendkleid mit weißen Stickereien vor die Füße. Kristin fand es zu overdressed, zog sich dennoch kommentarlos zum dritten Mal um. Still und ohne Freude folgte sie ihm auf den Geburtstag, der wie vorhergesehen, spießig und nicht enden wollend ablief. Spät am Abend nutzte sie die Gelegenheit und verschwand zum Durchatmen auf die Terrasse, als Robert sich intensiv mit seinen Kollegen unterhielt. Bei ihrer Rückkehr konnte sie ihn nirgends entdecken und bei Nachfrage bekam sie nur Kopfschütteln und Schulterzucken als Antwort. Immer wieder hatte sie nervös auf ihre Armbanduhr gesehen, deshalb war sie sich auch so sicher, dass er eine halbe Stunde unauffindbar war.

Nachdem sie jeden Winkel des Saals abgesucht hatte, fixierte sie die Saaltür und bei jedem Öffnen erwartete sie, dass er hereinkam.

Sie konnte sich noch an den eiskalten Schauer erinnern, der ihr über den Rücken rann, als zuerst Tamara durch die Tür trat und drei Augenzwinkern später, Robert.

Kristin trank einen großen Schluck und blickte Vio mit feuchten Augen an. »Ja, du hast recht. Er hat mich ignoriert. Bis zum nächsten Tag.« Sie trank noch einen Schluck, um das trockene Gefühl im Mund loszuwerden. »Es war das erste Mal in unserer Beziehung, dass ich ihn zur Rede gestellt habe. Und das letzte Mal.«

Vio zog scharf die Luft ein. »Hat er dich geschlagen?«

Kristin hob abwehrend die Arme. »Nein. Aber er hat mir klar gemacht, was er mit mir anstellen würde, wenn das noch einmal vorkommen sollte.«

»Inwiefern?«

»Er wollte mich beruflich und persönlich zerstören.«

Vio stellte vor Aufregung ihr Glas auf dem Stehtisch ab. »Ah ... wusst ich´s doch«, rief sie und fuchtelte mit ihren Händen wild um sich. »Du musst unbedingt Tamara anrufen!«

»Sag mir einen Grund, warum ich sie anrufen soll!« Kristin legte die Stirn in Falten. »Warum bist du plötzlich so aufgeregt?«

Vio legte ihre Hände auf den Tisch ab und beugte sich verschwörerisch zu Kristin vor. »Weil seine Kreativität nicht gerade einen Pokal verdient.« Sie legte den Kopf schief. »Hat er dir auf dem Marienplatz nicht erzählt, dass sein Schwiegervater ihn damals bedrohte, beruflich zu zerstören? Und jetzt erzählst du mir, dass Robert das bereits vor der Scheidung mit dir abgezogen hatte. Das stinkt doch zum Himmel. Jetzt bin ich mir zu Hundertprozent sicher, dass er lügt«, rief Vio aufgebracht.

In Kristins Kopf drehte sich alles. Um nicht ins Wanken zu geraten, hielt sie sich mit beiden Händen am Tisch fest. »Das kann nicht sein. Das glaub ich nicht«, flüsterte sie ungläubig.

Vio strich ihr über den Arm. »Ruf Tamara an«, beschwor sie ihre Freundin.

»Warum hatte er sich nicht so getrennt, wie alle anderen es auch tun? Warum taucht er jetzt auf?«, fragte Kristin und ihre Stimme begann vor Wut zu zittern.

Vio hob die Schultern. »Er ist ein Feigling, der den großen Auftritt liebt«, gab sie knapp zurück, »und Tamara wurde ihm zu langweilig.«

Ungläubig zog Kristin ihr Handy aus der Handtasche. Um Wahrheit heischend tippte sie den Namen der Privatklinik in die Suchmaschine ein, klickte dann auf den Button Über uns. Eine Millisekunde verging und ihr blickte ein über das ganze Gesicht strahlender Robert, Arm in Arm mit Tamara und den Kindern, entgegen.

Eingehend musterte Kristin das Bild. »So gelangweilt sieht er gar nicht aus.« Sie scrollte nach unten und las laut vor: »Die Privatklinik Falkenberger steht seit 1975 für individuelle Medizin mit gehobenem Hotelkomfort. In offener Atmosphäre können sie sich unseren spezialistischen Ärzten und Therapeuten anvertrauen, ihrem Körper etwas Gutes tun und zugleich die beste Lage in Sylt genießen. Ihre

Familie Robert Falkenberger.« Sie schluckte.

Vio nahm ihr das Handy aus der Hand und sah sich das Bild genauer an. »Künstliches Gelache, wenn du mich fragst.«

»Er hat ihren Namen angenommen. Das erklärt, warum ich ihn nie im Internet gefunden habe. Ich Depp lauf immer noch mit seinem Namen herum«, sagte sie mehr zu sich selbst als zu Vio.

»Na ja, Schubert ist doch nicht übel«, erwiderte Vio ruhig und gab ihr das Handy zurück.

»Nein, aber die nun dazugehörige Geschichte.«

»Heißt das, du wirst Robert endlich abschießen, ohne vorher noch mit Tamara geredet zu haben?«

Kristin überlegte. »Doch anrufen werde ich sie, auch auf die Gefahr hin, dass sie mich höchstwahrscheinlich anlügen wird.«

»Dann könnte die Wahrheit zwischen den beiden Versionen liegen«, vermutete Vio.

Kristin trank ihren Cocktail aus und zog aus dem Geldbeutel einen Zehneuroschein. »Passt so«, sagte sie zwinkernd und steckte den Geldbeutel zurück in die Tasche. »Ich werde jetzt nach Hause gehen, mir einen Beruhigungstee kochen und Tamara anrufen.«

»Ein Schnaps wär vermutlich besser.«

Kristin lachte. »Danach vielleicht«, winkte sie ab und gab ihr einen Kuss auf die Wange.

Vio küsste zurück und legte ihre Hand auf Kristins Oberarm. »Ruf mich an, wenn du sie erreicht hast.«

Kristin nickte und ging raschen Schrittes zur Tür. Sie wollte schnellstmöglich diesen Anruf hinter sich haben.

Wer weiß, was das Gespräch noch alles zutage fördern wird.

In Gedanken versunken bemerkte sie nicht die Frau, die am Tisch neben der Eingangstür saß. Als sie auf gleicher Höhe waren, stand die Frau abrupt auf, rempelte mit voller Wucht in Kristin hinein, murmelte dabei eine Entschuldigung und schob sich an ihr vorbei. Überrollt von der Situation drehte Kristin sich zu Vio um, ob sie diesen Zusammenstoß beobachtet hatte, aber sie befand sich nicht mehr an ihrem Platz. Kristin rieb sich müde das Gesicht. Auf in den Kampf, dachte sie, schob die Tür auf und vergaß den Vorfall.

Vorerst.

Kristin schritt nachdenklich im Wohnzimmer auf und ab und überlegte, ob das Gespräch mit Tamara unbedingt sein musste. Es war einer dieser Momente, wo man sich selbst fragte, soll ich mir das antun? Muss ich alle Einzelheiten wissen, wenn einem das bisschen, was man weiß, schon weh tat? Was macht es für einen Unterschied, Tamaras Version zu hören?

Robert hatte sie betrogen. So oder so, egal auf welche Weise. Aber war es ihre Aufgabe, Tamara zu erzählen, welcher Schuft Robert war und dass er jetzt wieder bei ihre auftauchte? Vielleicht stimmte ja doch alles, was er erzählt hatte.

Kristin raufte sich die Haare. Es machte sie wahnsinnig. Immer dieses vielleicht und warum.

Nein, sie musste es einfach wissen. Auch um endlich Klarheit in ihren Kopf zu bringen und eine Entscheidung treffen zu können.

Nervös suchte sie in der Anrufliste nach Tamaras Handynummer. Wie gut, dass Tamara sie damals wegen der zurückgeschickten Möbel angerufen hatte.

Herzklopfend legte sie den zittrigen Zeigefinger auf den grünen Hörer.

Was, wenn Robert ans Telefon ging, schoss es ihr durch den Kopf. Dann hast du deine Antwort, beantwortete sie sich die Frage selbst.

Kristin atmete tief durch, presste die Augen zusammen und drückte auf Anrufen. Sogleich erklang die Durchwahl und das schweißtreibende Tuten begann. Kristin zählte stumm das Tuten mit. Bis ein barsches »Was willst du, Kristin«, das Tuten unterbrach. Tamara hatte ihre Nummer abgespeichert, fiel ihr seltsamerweise als Erstes ein. Nur mit Mühe konnte sie ein nervöses Auflachen unterdrücken. Sie räusperte sich und holte tief Luft, als auf der anderen Seite der Leitung ein weiteres unfreundliches »Nun sag schon«, erklang.

»Hallo Tamara«, presste Kristin hervor und stieß den angehaltenen Atem aus. »Ich ruf an, weil ich dich etwas fragen wollte.«

Kristin konnte förmlich sehen, wie Tamara ihre Augen verdrehte, dem ein spöttisches Schnaufen folgte. Sie holte erneut Luft und lief im Wohnzimmer auf und ab. »Robert war bei mir. Er sagte, du hast ihn rausgeworfen und er möchte mich zurückhaben. Ich dachte, du solltest das wissen«, sprudelte es aus ihr heraus.

Ein bitterer Schrei erklang, sodass Kristin gezwungen war, das Telefon eine Armlänge vom Ohr wegzuhalten. Dann wurde aufgelegt. Verdattert blickte Kristin das stumme Telefon an. Sie hatte mit viel gerechnet, aber nicht das Tamara auflegen würde.

Kopfschüttelnd legte sie das Telefon auf dem

Wohnzimmertisch ab, ging zur Küche und holte sich aus dem Schrank eine Packung Schokoplätzchen. Sie brauchte dringend Zucker, um ihre Nerven zu beruhigen. Sie nahm die Tasse mit dem erkalteten Tee vom Küchentresen und ging mit beidem auf die Couch. Im Schneidersitz packte sie die Kekse aus und stopfte sich gleich zwei in den Mund.

Unglaublich. Ihr ging das gar nicht ein, dass Tamara einfach aufgelegt hatte. Das musste sie unbedingt Vio schreiben. Sie beugte sich vor, schnappte sich ihr Handy, als es im selben Moment zu klingeln anfing.

Vio. Kristin lächelte und drückte auf annehmen. »Das nenn ich Gedankenübertragung. Ich wollte dir gerade ...«

»Ich hab die Überreste deines Geldbeutels in der Toilette vom Kunstgenuss gefunden«, unterbrach Vio sie aufgeregt.

»Hä?«, fragte Kristin verwirrt. Nur langsam drangen die Worte von Vio in ihr Gehirn ein. »Das kann nicht sein. Ich hab ihn, nachdem ich bei dir meinen Cocktail bezahlt habe, wieder in meine Handtasche gesteckt.« Sie sprang vom Sofa auf, sodass die Kekse ungeachtet durch die Luft flogen. Mit zittrigen Beinen lief sie in den Flur zu ihrer Handtasche und schüttete den Inhalt auf den Boden aus. Alles war vorhanden, nur der große gelbe Geldbeutel, den ihre Mutter ihr einst zum Geburtstag geschenkt hatte, war nicht dabei. »Er ist nicht da, Vio. Verdammt, wie kommt mein Geldbeutel in ...« Kristin schloss die Augen. Der Zusammenstoß mit der fremden Frau fiel ihr wieder ein. War es möglich, dass diese Millisekunden des Zusammenstoßes gereicht haben, um ihn herauszuziehen? Hatte sie es der Frau leicht gemacht, weil sie den Reißverschluss der Tasche nicht zugezogen hatte? »Was ist noch übrig?«, fragte sie niedergeschlagen.

»Du hast Glück im Unglück, Ausweis und Führerschein sind noch da. Sie haben nur das Bargeld und die Bankkarte mitgenommen.«

Kristin wischte sie die Tränen von den Wangen. »Wenigstens muss ich keine neuen Ausweise beantragen. Und das Bargeld war nicht viel, vielleicht fünfzig Euro.« Sie packte mit der linken Hand energielos die Sachen wieder in die Tasche ein, während sie mit der rechten Hand das Telefon ans Ohr presste. »Warum musste mir das jetzt auch noch passieren?«, schluchzte sie und stand schwermütig auf.

»Ach Süße«, flüsterte Vio mitfühlend. »Soll ich später bei dir vorbei kommen?«

Kristin schüttelte den Kopf, bis ihr einfiel, dass Vio sie ja gar nicht sehen konnte. »Nein, brauchst du nicht. Ich lass jetzt gleich die Karte sperren und dann geh ich ins Bett. Für heute reicht es mir.«

»Tu das. Ich bring dir dann die Überreste morgen

216

vorbei. Oh Mann, das tut mir jetzt echt leid.«

»Ach du kannst doch nichts dafür.« Kristin setzte sich auf die Couch, zog den Laptop auf ihren Schoß und suchte im Internet nach der Notfallnummer für Bankkartensperrung.

»Aber ich fühl mich verantwortlich. Ist ja meine Location. Vielleicht sollte ich die Anzahl der Security erhöhen und noch mehr Kameras aufhängen.«

»Das würde einen guten Dieb vermutlich auch nicht abschrecken. Ich hätte gleich nach dem Zusammenstoß nachsehen sollen. War ja schon sehr spooky, dass sie genau in diesem Moment aufstand, als ich auf ihrer Höhe war.«

»Weißt du noch, wie sie ausgesehen hatte? Vielleicht finden wir sie auf einer der Kameras, die in der Nähe der Toilette hängen.«

»Nein, es ging alles viel zu schnell.«

»Mist. Du kannst jederzeit die Videos anschauen, vielleicht kommt dir ja doch was bekannt vor.«

»Danke.«

»Keine Ursache. Ah, da fällt mir gerade ein, hast du Tamara noch erreicht?«

»Ja, aber als ich ihr den Grund meines Anrufs erklärte, schrie sie wie eine Furie und legte auf.«

»Oha. Da hast du sie aber kalt erwischt. Wirst du es nochmal probieren?«

»Heute nicht mehr. Das war mir zu viel Aufregung für einen Tag.«

»Halte mich auf den Laufenden.«

»Mach ich.« Kristin legte auf und wählte die gefundene Notfallnummer.

Danach stand sie auf, ging zum großen Panoramafenster ihres Wohnzimmers und sah in die Nacht hinaus.

Sie konnte es nicht glauben, sie war Opfer eines Diebstahls geworden. In den über fünfzehn Jahren, die sie in München lebte, war ihr dergleichen weder passiert, noch kannte sie jemanden, dem es zugestoßen war.

Sie hatte sich immer sicher gefühlt.

Ihr fiel die Angst wieder ein, die sie hatte, als Robert im Dunkeln vor ihrer Haustür stand. Wie der kalte Schweiß ihr den Rücken hinunter gelaufen war.

Und nun dieser Überfall.

War nun der Moment gekommen, in dem sie über einen Wegzug aus München nachdenken sollte?

Sie dachte an die Anfangszeit in München zurück. Wie sie mit zwanzig Jahren ihre erste eigene Wohnung in der Großstadt bezog. Gebeutelt von Liebeskummer und Heimweh kämpfte sie sich Tag für Tag hindurch. Nach einigen Wochen des Weinens stand sie vor ihrem ersten Scheideweg. Entweder sie zog zurück zu ihren Eltern aufs Land oder sie musste etwas Gravierendes ändern. Sie entschied sich dafür, München noch eine Chance zu geben. Außerdem wollte sie sich nicht die Blöße geben und wie ein

Angsthase zurück zu den Eltern kriechen. Sie nahm einen Nebenjob als Kellnerin an und umging so die stillen Abende in ihrer Wohnung. In kürzester Zeit lernte sie viele neue Menschen kennen und ihr Freundeskreis wuchs und wuchs. Liebeskummer und Heimweh gehörten bald der Vergangenheit an und sie war zu ihrem alten Ich zurückgekehrt. Unabhängig, glücklich und beliebt.

Bis Robert in ihr Leben trat.

Ab da veränderte sich ihr Leben ein weiteres Mal.

Sie gab ihren Kellnerinnenjob auf, um da zu sein, wenn er keinen Dienst hatte. Verkürzte sogar die Arbeitszeiten in der Physiopraxis.

Ja, sie passte ihr Leben auf seines an.

Und diese Welt war so ganz anders als die ihre. Sie besuchten Lokale, in denen keine Party stattfand, sondern gediegen gegessen und sich leise unterhalten wurde. Statt Kino mit Popcorn gab es Theater mit Champagner. H&M und New Yorker wichen der Maximilianstraße und anderen noblen Boutiquen. Es faszinierte sie, diese andere Seite von München kennenzulernen.

Und dann zog Vio gegenüber ein. Es erinnerte Kristin daran, wie sehr sie diese Zeit vermisste. Sie hätte gerne beides miteinander verbunden. Doch Robert war zu sehr bestrebt, den Weg nach oben in die High Society zu gehen, als dass er sich mit Künstlern, Idealisten und Otto-Normalverbrauchern abgab.

Dann war er plötzlich weg und ließ sie sitzen in einer Welt, in der sich alles drehte. Wo sich nichts mehr an seinem Platz befand. Nur die vertrauten Wege, Ecken und Winkeln Münchens gaben ihr den nötigen Halt, um nicht völlig den Verstand zu verlieren.

Eine plötzliche Hitze überkam sie und sie schob die Schiebetür auf. Eiskalte Februarluft wehte ihr entgegen und drang sofort durch den dünnen Schlafanzug hindurch. Doch sie war zu sehr in Gedanken, als dass sie es spürte.

Sie lief zum Balkongeländer und ließ ihren Blick über das laternenerleuchtete Schwabing gleiten.

Ihr Bild von München hatte sich verändert. Die Sicherheit und die Vertrautheit hatten sich in Angst und Befremdung verwandelt.

Eine ganze Weile stand sie da, den Kopf voll mit unbeantworteten Fragen, während die Kälte immer mehr in sie drang und schließlich ging sie zurück in die Wohnung.

Es wurde Zeit, Entscheidungen zu treffen.

»Du kannst doch nicht einfach von heut auf morgen kündigen«, jammerte Erika, ihre Chefin, theatralisch am Esstisch und biss in eine Nussschnecke.

»Bis jetzt ist es ja nur ein Gedanke.« Kristin schüttete etwas Milch in ihren Kaffee und stellte die Packung zurück in den Kühlschrank. Sie wollte ihrer Chefin auf keinen Fall den wahren Grund sagen. Angst, Befremdung und dass ihr die Arbeit in dieser Praxis schon lange keinen Spaß mehr machte. Ihre Theatralik würde sich überschlagen. Sie würde ihr Sätze entgegenwerfen, dass sie sich nicht so anstellen sollte, dass bei ihr auch nicht alles Golden war, als sie die Praxis aufbaute.

Ihr Verhältnis war nie gut. Erika war dominant, herablassend und hielt sich für was Besseres. Bereits beim Vorstellungsgespräch vor dreizehn Jahren hatte die Chemie zwischen ihnen beiden nicht gepasst, aber den Lohn den Erika zahlte, war unschlagbar. Sogar das Trinkgeld war enorm. Was daher kam, dass ausschließlich Patienten aus der Münchner High Society behandelt wurden. Von Arzt zu Anwälten, von Millionären zu Unternehmern. Doch wer meinte, von Erika höchstpersönlich behandelt zu werden, wurde enttäuscht. Erika glänzte nur durch Anwesenheit und gescheitem Dahergerede. Denn Erika hatte keine Ausbildung. Die Praxis wurde vor zwanzig Jahren von ihrem Vater finanziert, der ihr als Bauunternehmer sämtliche Türen geöffnet und Rechnungen bezahlt hatte. Das wiederum erfuhr Kristin eines Tages von einem Patienten, der schon sehr lange mit Erikas Familie befreundet war.

»Warum erzählst du's mir überhaupt, wenn du dir noch gar nicht sicher bist?«

Kristin stöhnte innerlich. Ja, das fragte sie sich gerade auch. Seit Robert sie verlassen hatte, war ihr Fell nicht mehr so dick. Erikas dummes Geschwätz perlte nicht mehr so leicht von ihr ab. »Ich dachte, du solltest Bescheid wissen, dass ich darüber nachdenke. Ich möchte nicht, dass du aus allen Wolken fällst, wenn ich dir die Kündigung in die Hand drücke.« Was sie auch fast getan hätte, wenn sie Robert nicht auf dem Marienplatz getroffen und dadurch das Vorstellungsgespräch vergessen hätte.

Erika stand vom Tisch auf und stellte den leeren Teller in die Spüle. »Dann nimm Urlaub. Hast eh noch den vom letzten Jahr übrig.«

»Ja ich weiß, aber was machen wir mit meinen Patienten. Ich kann doch nicht eine Ewigkeit verschwinden.«

»Es ist jedenfalls besser, als wenn du mir kündigst«, antwortete sie ernst.

Kristin rührte nachdenklich in ihren Kaffee, als ihr

Handy in der hinteren Hosentasche zu vibrieren anfing. Sie zog es heraus und sah eine ihr unbekannte Nummer.

»Hallo?«, fragte sie misstrauisch.

»Hey Kristin, hier ist Tamara«, meldete sie sich schüchtern auf der anderen Leitung. »Hast du Zeit? Können wir reden?«

Kristin hätte vor Überraschung beinahe die Kaffeetasse fallen lassen. Schnell stellte sie diese auf der Küchenzeile ab. »Natürlich«, krächzte sie, deutete ihrer Chefin, die gerade die Augen verdrehte, dass der Anruf wichtig sei, und ging in ein leeres Behandlungszimmer. »Was möchtest du mir sagen?«

»Als du letztens angerufen hast ... Da ...«, stammelte Tamara. »Da hast du doch gelogen, oder?«

Tamaras flehender Ton entging Kristin nicht. Zum ersten Mal gestand sie sich ein, dass Vio recht hatte. Tamara war ebenso ein Opfer von Robert, wie sie selbst.

»Es tut mir leid, Tamara.« Kristin atmete tief durch. »Es war nicht richtig, dass ich ohne Vorwarnung damit herausgesprudelt bin, aber ich hatte die Befürchtung, dass du sofort auflegst. Meine beste Freundin hatte die Vermutung, dass Robert zweigleisig fahren könnte, und da dachte ich mir, ich klär das mit dir selbst.«

»Zweigleisig?«, fragte sie in unbegreiflichen Ton.

Kristin holte Luft. »Heute bist du mit ihm

verheiratet und mit mir will er eine Affäre«, erklärte sie langsam. »Damals war es genau anders herum. Ich war seine Ehefrau und du hast keine Gelegenheit ausgelassen, ihn zu verführen.«

»Pah! Von wegen Ehefrau!«, schrie Tamara ungehalten ins Telefon und legte auf.

Kristin blickte verdutzt das stumme Telefon an. Was bitte, war das denn jetzt? Bevor sie sich einen Reim darauf machen konnte, klingelte das Handy in ihrer Hand erneut.

»Tamara?«

»Robert hat mich vor dir gewarnt und ich blöde Kuh rufe dich auch noch zurück«, knurrte sie und legte abermals auf.

Jetzt war Kristin noch ratloser als zuvor. Sie runzelte die Stirn.

Gewarnt? Warum sollte Robert das tun? Was hatte er Tamara erzählt?

Nach Antwort heischend wählte Kristin die Nummer, mit der Tamara sie gerade eben anrief. Es läutete einmal, dann wurde sie aus der Leitung geworfen.

Vor Wut hätte sie das Telefon am liebsten in die nächste Ecke geschmettert. Aber eigentlich ärgerte sie sich mehr über sich selbst. Sie hätte Tamara niemals anrufen sollen. Und dass sie den Anruf von vorhin auch noch angenommen hatte, machte sie noch wütender. Sie hätte alles auf sich beruhen und sich in niemandes Beziehung einmischen sollen. Was ginge ihr das an, welche Lügen Robert Tamara auftischte. Soll sie doch glauben, was sie will. Sie massierte sich den Nacken. Kopfschmerzen zogen auf, was wohl an der Grübelei lag. Sie machte sich wieder einmal zu viele Gedanken. Es war so ermüdend.

Du musst damit aufhören!, schrie sie sich stumm an. Unverzüglich! Hör auf dein Bauchgefühl, deinen Verstand und deine Menschenkenntnis. Verbanne Robert aus Kopf und Herz. Egal, was er Tamara über dich erzählt hatte, es liegt sicher auf der Hand, es kann nicht die Wahrheit gewesen sein.

Sie holte aus der Kommodenschublade das Fläschchen mit dem Pfefferminzöl und betupfte sich die Schläfen und den Nacken. Möge das Öl schnellstmöglich ihre Kopfschmerzen niederzwingen, betete sie. Dann fiel ihr Blick zur Wanduhr. Erschrocken stellte sie fest, dass seit fünf Minuten ein Patient auf sie wartete. Schleunigst schob sie ihr Handy zurück in die hintere Hosentasche und öffnete die Tür, als im selben Augenblick ihre Chefin eintreten wollte.

»Ach, du bist ja schon fertig mit Telefonieren«, brummte sie. »Jetzt hat Barbara deinen Patienten übernommen, weil ihrer zum Glück abgesagt hatte«, ergänzte Erika genervt und verschwand in ihrem Büro.

Kristin atmete erleichtert aus und ging in die

Küche, um ihren kalten Kaffee auszutrinken. »Immer muss man hinter dieser Frau aufräumen«, murmelte sie vor sich her und räumte ihre leere Kaffeetasse sowie den Teller aus der Spüle in die Spülmaschine. Mit einem Lappen wischte sie die Brösel vom Tisch und kehrte diejenigen, die unter den Tisch gefallen waren, mit einem Besen zusammen. Zufrieden mit dem Ergebnis, ging sie zum Empfang und sah auf den Terminplaner nach, wann ihr nächster Patient eintraf. Verglichen mit der Uhr am Bildschirm, blieben ihr noch zwanzig Minuten Zeit. Doch bevor sie darüber nachdenken konnte, was sie mit der freien Zeit anfangen konnte, klingelte ihr Handy ein weiteres Mal. Erneut war es Tamara.

Kristin überlegte und wägte ab, ob es sinnvoll wäre, dran zu gehen. Wer weiß, was Tamara ihr diesmal an den Kopf werfen würde? Nein, darauf hatte sie jetzt keine Lust mehr. Sie ignorierte das Läuten, stellte es auf stumm und legte das Handy mit dem Bildschirm nach unten neben den PC. Doch Tamara gab nicht auf. Geschlagene fünf Minuten brummte es auf dem Schreibtisch.

Kristin holte tief Luft, um Tamara anständig die Meinung zu geigen, doch soweit kam es nicht. Sobald sie auf Abheben drückte, legte Tamara sofort los:

»Sag mir einen Grund, warum ich dir glauben soll?«, stieß Tamara wütend und tränenerstickt hervor.

»Flirtet er mit anderen Frauen und speist dich damit ab, dass du dir das alles nur einbildest?«

Stille.

Kristin hörte nur Keuchen auf der anderen Seite der Leitung. »Tamara?«

Weiterhin keine Antwort.

»Tamara, was immer er dir erzählt hat ...«, versuchte Kristin es erneut.

»Du seist eine gute Freundin, die ihm den Gefallen tat, sich als seine Frau auszugeben. All seine Kollegen seien verheiratet gewesen und er wollte nicht als Junggeselle auffallen. Das sagte er mir damals.«

Kristin stöhnte und schüttelte fassungslos den Kopf. Sein Lügennetz war größer, als sie sich jemals vorzustellen gewagt hatte. »Wir waren zehn Jahre verheiratet. Dieser Mistkerl.« Sie schluckte. »Aber eins versteh ich nicht. Weshalb reagierst du so gehässig gegen mich, wenn ich nur die gute Freundin war?«

Tamara schluchzte. »Du hättest ihn auffliegen lassen und am Ende sogar gestalkt, nachdem er dir gesagt hatte, dass er deine Dienste nicht mehr brauche, weil er mich jetzt hatte. Deswegen mussten wir München verlassen. Zum Glück bot ihm mein Vater eine Stelle als stellvertreter Leiter in seiner Klinik an«, stieß sie zwischen den Schluchzern hervor. »Auch wenn ich nicht zurück auf Föhr wollte, so tat ich Robert den Gefallen. War ich doch schwanger und mein Kind sollte nicht ohne Vater groß werden. Auch wenn es hieß, dass meine Träume in weite Ferne rückten.« Ihr Schluchzen wurde noch lauter.

Entsetzt über Tamaras Worte musste sich Kristin erst mal setzen. »Er hat dir gesagt, ich habe ihn gestalkt?« Ihr Herz pochte bis zum Hals. Die Wut auf Robert stieg ins Unermessliche. Wie dumm und blind war sie nur gewesen? Kristin schüttelte erneut fassungslos den Kopf. Wie kann es sein, dass man zehn Jahre mit jemanden zusammen war, und ihn kein bisschen zu kennen schien? »Wow, das muss ich jetzt erst mal sacken lassen.« Sie stand auf und wanderte im Empfangsraum hin und her. »Also, um eins richtigzustellen, ich habe ihn nicht auffliegen lassen. Er hatte mich im wahrsten Sinne des Wortes über Nacht verlassen. Es gab nicht einmal eine Vorahnung, dass wir vor einer Scheidung standen. Wir hatten Probleme, ja, aber so, wie viele andere Eheleute eben auch«, entgegnete Kristin, während sie weiter auf und ab lief.

Tamara putzte geräuschvoll die Nase. »Entschuldige«, presste sie hervor und schnäuzte erneut. »Wenn ich all das gewusst hätte ... Ich hätte mich niemals auf sein Flirten eingelassen.«

»Er war wohl immer ein guter Lügner und wird es auch bleiben.« Kristin hielt kurz inne. »Ich geh davon aus, dass du ihn nicht rausgeworfen hast, so wie er behauptet?«

»Nein, aber ich denke ... nein ich weiß, es ist an der Zeit, diesen Schritt zu gehen.« Sie räusperte sich. »Für die Kinder wird der Abschied nicht schwerfallen. Er hatte nie wirklich Interesse an ihnen. Und meine Liebe zu ihm ist schon lange verschwunden. Die Klinik war ihm immer wichtiger als wir.« Sie räusperte sich ein weiteres Mal. »Nun kann ich Sylt endlich verlassen und meine Träume verwirklichen«, verkündete sie freudig.

Kristin lächelte. »Es freut mich, dass du etwas Positives aus dem Ganzen herausziehst. Darf ich fragen, was deine Träume sind?«

»Ich liebe Kaffee und Kunst. Mein Traum wäre es, ein Café zu eröffnen, in dem ich Künstlern einen Showroom biete und den Gästen Kaffees aus verschiedenen Ländern anbieten kann.«

»Das ist ja toll. Meiner besten Freundin gehört das Kunstgenuss in Schwabing. Kennst du das?«

»Leider nur von Hörensagen. Selber war ich noch nie da. Robert hat sich immer geweigert, dort hinzugehen«, gab Tamara kläglich zu.

Kristin schnaubte. »Dann wird es Zeit, dass du es kennenlernst und Vio gleich mit.«

»Sehr gerne, Kristin.« Sie lachte. »Wer hätte gedacht, dass wir zwei uns einmal verabreden.«

Kristin lachte mit. »Zwei verhasste Exfrauen, die sich anfreunden. Das wird legendär.«

»Was für ein schöner Tag. Ob Ostern oder Weihnachten. Mit Kindern feiert es sich viel schöner.« Kristin stellte das Tablett mit den leeren Gläsern auf den Küchentresen ab und steckte die Hände in die Hosentaschen.

»Ja das Leuchten der Kinderaugen ist unbezahlbar«, stimmte Anne ihr zu, während sie das Geschirr in die Spülmaschine stellte. »Wie geht es dir? Wir hatten seit langem keinen ruhigen Moment mehr, um uns zu unterhalten.«

»Ganz gut soweit«, schwindelte sie und brachte ein gequältes Lächeln zustande.

Anne hob den Kopf und blickte sie nachdenklich an. »Dein Gesicht sagt mir etwas anderes. Hast du Probleme?«

»Eins? Ich würd sagen, gleich mehrere«, antwortete sie mit einem leisen Seufzer.

»Ach Schätzchen.« Ihre Mutter kam auf sie zu und drückte sie fest an sich. »Ist es die Sache mit dem Baby kriegen?«

Kristin nickte. »Hauptsächlich, ja.«

Ihre Mutter drückte sie noch einmal fest und ließ sie dann abrupt los. »Setzen wir uns doch ins Wohnzimmer. Komm.« Sie packte Kristins Hand und zog sie hinter sich her.

»Was ist mit euch beiden los?«, fragte ihr Vater erstaunt, der ihnen im Flur entgegenkam.

»Frauengespräche, Heinz. Wir wollen nicht gestört werden.«

Heinz blickte sie kopfschüttelnd hinterher und verschwand die Kellertreppe hinunter.

Kristin setzte sich auf die Couch, während Anne die Wohnzimmertür schloss und zum schweren Eichenholzschrank ging. Sie klappte eine Lade nach unten auf und zum Vorschein kam eine stolz gefüllte Hausbar. »Was möchtest du? Ich hab Sherry, Cognac, Whiskey, Rum, Wodka und .... warte, ah wir haben auch Gin da. Den magst du doch.«
Sie schüttelte den Kopf. »Ich muss noch fahren.«

»Du kannst doch hier übernachten. Morgen ist Feiertag«, schlug Anne vor. »Du darfst auch ausschlafen«, scherzte sie zwinkernd.

Kristin legte den Kopf zur Seite. »Hast du einen Rosé da?«

»Warte.« Ihre Mutter hob jede Weinflasche einzeln hoch, um die Etiketten lesen zu können und verneinte.

»Dann nehm ich einen Weißwein.«

»Den nehm ich auch.« Sie nahm aus dem Vitrinenschrank zwei Weingläser und stellte sie auf der Lade ab.

Während ihre Mutter die Gläser einschenkte, blickte sich Kristin im Wohnzimmer um. Jeder einzelne Winkel erweckte Erinnerungen an ihre Kindheit. Ob es der Couchtisch war, auf dem sie zu viert Mensch ärgere dich nicht gespielt haben oder die Orgel, auf der ihr der Vater das Spielen gelernt hatte.

»Hier«, sagte ihre Mutter und reichte ihr das Weinglas.

»Danke.« Kristin nippte daran. Für ihren Geschmack war er ein klein wenig zu warm, ließ sich aber nichts anmerken. »Funktioniert sie noch?«, fragte sie stattdessen und deutete auf die Orgel.

»Ich denke schon. Möchtest du spielen?«

»Nein. Ich weiß gar nicht, ob ich das noch kann.«

»Sowas verlernt man bestimmt nicht. Ist vermutlich wie Fahrradfahren.«

Kristin hob die Schultern und senkte den Blick. »Kann schon sein.«

»Hör mal Schätzchen, wenn du nicht reden willst, ist das ok.« Sie stockte. »Aber ich mach mir Sorgen um dich, du siehst abgemagert aus«, fügte sie bedrückt hinzu.

»Die letzten Monate waren nicht einfach.«

Anne nickte verständnisvoll und legte ihre Hand auf Kristins Unterarm.

Kristin blickte in ihre grauen klugen Augen. »Lange oder kurze Form der Geschichte?«

»Wie immer die lange«, erwiderte sie augenzwinkernd.

»Das kann aber dauern.«

»Ich habe heute nichts mehr vor.«

Kristin holte tief Luft. »Ok«, brachte sie nur heraus, dann trank sie einen großen Schluck. Sogleich wurde ihr warm und die Schultermuskeln fingen an, sich zu entspannen. »Ich hatte einen tollen Co-Partner kennengelernt, schwul, aber zum Dahinschmelzen gutaussehend und fürsorglich. Wir verstanden uns auf Anhieb und alles deutete darauf hin, dass wir den Kinderwunschweg gemeinsam gehen würden. Dann stand Robert vor meiner Tür.«

Ihre Mutter stöhnte. »Was wollte er?«

»Er machte mir eine Liebeserklärung.«

»Warum mit einem Mal? Hatte er dir nach dem zufälligen Treffen auf dem Marienplatz nicht gesagt, dass dieses Kapitel für ihn abgeschlossen sei?«

Kristin nickte. »Ja und dann sei ihm klar geworden, dass er mich noch liebte. An diesem Abend blieb er über Nacht und ich habe ...«

»Hast du mit ihm geschlafen?«, unterbrach ihre Mutter sie aufgeregt und schlug sich sogleich die Hand vor den Mund. »Oh, entschuldige, das geht mich gar nichts an.«

Kristin rutschte unwohl auf der Couch hin und her. »Nein.«

Anne stieß geräuschvoll den Atem aus. »Gott sei Dank.«

Verdutzt schaute Kristin sie an. »Woher kommt der Sinneswandel? Du hast mich doch immer ermuntert, um ihn zu kämpfen. Nachzuforschen, wo er sich versteckt hält.«

Anne hob den rechten Zeigefinger. »Anfangs. Aber dann sah ich, wie du dich verändert hast. Du wurdest, trotz deines Liebeskummers wieder offener für alles.« Sie schluckte. »Zugänglicher«, fügte sie leise hinzu.

Kristin war baff. »Wow.« Mehr konnte sie dazu nicht sagen. Wieder einmal erklärte ihr jemand, wie Robert aus ihr einen anderen Menschen gemacht hatte.

»Es tut mir leid, Schätzchen, ich ...«

»Schon gut, Mama, du hast ja recht. Vio hat mir das auch schon um die Ohren geworfen«, brachte sie mit größter Anstrengung heraus, während ihre Wangen vor Scham glühten.

»Wichtig ist doch, dass du wieder Du selbst bist, hm?«, antwortete sie und strich ihr über die heiße Wange. »Erzähl weiter.«

Kristin trank noch einen Schluck, um das trockene Gefühl im Mund loszuwerden, und fing dann an, die Geschehnisse der letzten Wochen zu erzählen. Als sie endete, war die Sonne untergegangen und im Wohnzimmer herrschte Dunkelheit.

Und Schweigen.

Arm in Arm saßen die beiden Frauen auf der Couch, nur das leise Schluchzen von Kristin durchbrach die Stille.

»Ach Schätzchen, was für ein Desaster«, sagte

Anne und strich ihr liebevoll über den Rücken. »Möchtest du meine Meinung dazu?«

Kristin nickte und schnäuzte sich geräuschvoll.

»Hau Robert das nächste Mal eine runter, sobald er wieder an deiner Tür klingelt«, rief sie aufgebracht und trank ihr Glas leer.

So zornig hatte sie ihre Mutter noch nie erlebt. Und Gewalt gehörte eigentlich nicht zu ihrem Wesen. Es musste an der emotionalen Mutterliebe liegen. Ein kleines Lächeln schlich sich über Kristins Gesicht.

»Valentin dagegen ...«, fuhr Anne unbeirrt fort. »Wenn du dich in seiner Gegenwart wohlfühlst, Kristin, dann geh mit ihm diesen Weg. Eine gutgehende Beziehung besteht nicht nur aus Sex. Es ist so viel mehr, das dazugehört. Freundschaft, Vertrauen, sich gegenseitig Wertschätzen. Und das habt ihr, soweit ich es in deiner Erzählung verstanden habe.«

Kristin nickte. »Aber ich kann doch nicht lebenslang enthaltsam bleiben«, klagte sie und schüttelte den Kopf.

»Das sagt ja auch keiner. Du und Valentin, ihr führt zwei unterschiedliche Leben. Nur der gemeinsame Wunsch, nach einem Kind hat euch zusammen geführt und wird euch ein Leben lang verbinden. Das heißt aber nicht, dass ihr beide kein eigenes Liebesleben haben könnt. Ich kann mir vorstellen, dass Valentin auch irgendwann wieder einen Partner haben möchte.

Kämst du damit klar?«, fragte sie, neigte den Kopf zur Seite und hielt kurz inne. »Rede mit Valentin. Frage ihn, wie er seine Zukunft sieht. Reden ist das A und O, egal, in welcher Beziehung man sich befindet, Schatz.«

»Wir reden viel und das Tolle ist, es passt einfach zwischen uns. Wir sind uns in vielen Ansichten einig. Ach, alles wäre viel einfacher, wenn er nicht auf Männer stünde.«

»Dann hättest du ihn womöglich gar nicht kennengelernt. Zumindest nicht auf diesen Weg. So schwer es auch sein mag, Schatz, aber lös dich von der Vorstellung, dass ihr ein Paar werdet. Konzentrier dich auf die Freundschaft, die euch verbindet. Sonst entsteht eines Tages ein Frust, der alles, was ihr aufgebaut habt, zerstört.« Sie hielt kurz inne. »Oder du entscheidest dich doch für eine Samenbank. So wärst du an niemanden gebunden.«

Kristin schüttelte den Kopf, bemerkte aber, dass ihre Mutter in der Dunkelheit es nicht sehen konnte, weshalb sie aufstand und das Deckenlicht anschaltete. Beide Frauen waren im ersten Moment geblendet, nur langsam gewöhnten sich ihre Augen an die Helligkeit. »Weißt du, mein größter Wunsch wäre, meinem Kind auch so eine gute Mutter zu sein wie du es für mich bist«, schniefte sie und blinzelte die erneut aufkommenden Tränen weg. Ihre Mutter sah sie mit ebenfalls blinzelnden Augen an, ob es von der abrupten Helligkeit noch war oder ob ihr auch die Tränen kamen, konnte Kristin nicht erkennen, worauf sie fortfuhr: »Ich hatte eine wunderbare Kindheit. Ihr habt mich beschützt und so viel für das Leben mitgegeben. Und auch jetzt, wenn ich immer wieder hierher zurückkehre, fühlt es sich an, wie eine warme Decke um meine Schultern. Alles ist voll von Erinnerungen und ich fühle mich ...« Kristin stockte. »Geborgen. Das ist das, was ich meinem Kind auch bieten möchte.«

Ihre Mutter stellte das Weinglas auf dem Couchtisch ab und nahm Kristin fest in den Arm. »Du bist eine wunderbare junge Frau und ich bin mir sicher, du wirst auch eine wunderbare Mutter. Ich bin unendlich stolz auf dich. Du wirst den richtigen Weg für dich finden, da bin ich sicher«, schniefte sie.

Donnerstag 04. April
12:15 Uhr
Running Sushi, Olympiapark München

Schwer atmend und verschwitzt stand Kristin vor dem Running Sushi am Rande des Olympiaparks. Ein Blick auf die Armbanduhr bestätigte ihr, was sie befürchtet hatte. Zwanzig Minuten zu spät.

Sie keuchte. So war das alles nicht geplant. In ihrer Vorstellung gestern Abend war sie als Erste im Restaurant. Während sie am eiswürfelkalten Mineralwasser nippen würde, hätte sie auf sein Eintreffen gewartet. Sie wäre emotional sortiert gewesen und die bedeutungsvollen Wörter lägen sicher auf ihrer Zunge.

Jetzt stand sie hier draußen, völlig durcheinander und beunruhigt, dass nun alles Weitere auch schief lief. Verdammt. Kann nicht einmal was nach Plan laufen? Musste ausgerechnet heute ein Patient zu spät kommen? Zu allem Pech fuhr dann auch noch die U-Bahn gerade ab, als sie die Treppe hinunter lief und so musste sie auf die Nächste warten. Das letzte Stück des Weges war sie förmlich gerannt, um nicht noch später anzukommen.

Sie schluckte. Aua. Ihr Hals brannte höllisch. Vermutlich von der kalten Luft, die sie während des Laufens eingeatmet hatte. Hoffentlich waren das keine Anzeichen für eine Erkältung. Das konnte sie jetzt gar nicht gebrauchen. Sie hatte sehr viel vor in nächster Zeit. Zumindest, wenn es ab jetzt nach Plan lief. Sie seufzte. Wahnsinn, sie konnte es nicht glauben, welche Zukunft ihr bevorstand, wenn dieses Gespräch vorüber war.

Wie greifbar nun alles werden würde.

Unglaublich, dass nunmehr zwei Jahre vergangen waren, als Doktor Stein ihr die Möglichkeit aufgezeigt hatte, ihren Kinderwunsch mit einer Samenspende zu verwirklichen.

Und in zwei Monaten stand ihr siebenundreißigster Geburtstag an. Vielleicht trägt sie da ja schon ein kleines Mini Me im Bauch und der Zettel am Spiegel hatte seinen Sinn erfüllt und er konnte schließlich und endlich abgerissen werden. Herrje, diese Vorstellung machte sie ganz hibbelig. Sie würde am liebsten sofort loslegen. Aber erstmal mussten klare Verhältnisse geschaffen werden. Und das ging nur, wenn sie ihren Hintern in dieses Restaurant schwang.

Konzentrier dich, Kristin, befahl sie sich selbst. Erinnere dich an die vergangenen vier Tage.

Sie atmete tief durch.

Das Gespräch mit ihrer Mutter hatte sie nochmals zum Nachdenken gebracht. Obwohl sie die Samenbank anfangs abgelehnt hatte, wurde es nach dem ganzen Desaster mit Robert und Valentin wieder attraktiver.

Deswegen blieb sie statt der einen Nacht spontan

vier Tage zu Besuch bei ihren Eltern. Am Ostermontag schickte sie ihrer Chefin nur eine kurze Nachricht, dass sie Urlaub machte. Nach deren Ok schaltete sie das Handy ganz aus.

Ab diesem Moment ließ das dauerhafte Druckgefühl auf den Schultern nach. Erst da wurde ihr klar, wie sehr sie unter Strom gestanden hatte und wie bitternötig es war, endlich Ruhe in ihr Leben einkehren zu lassen.

Es war schlichtweg zu viel in den letzten Jahren geschehen. Roberts nächtliches Verschwinden, die Scheidung, ihr Kinderwunsch, die innere Uhr, Roberts plötzliche Rückkehr, seine Lügen, Valentin, die Samenbank.

In den stundenlangen Spaziergängen durch die alte Heimat widmete sie sich nur ihrer selbst. Sie ließ jeden Gedanken, jedes Gespräch, jede Meinung und jedes Gefühl Revue passieren und wartete ab, was es in ihr auslöste.

Am Ende hatte sie sich selbst überrascht.

Jegliche Anspannungen waren verschwunden, sobald sie sich ihre Zukunft mit diesem einem Weg vorstellte. Keine Angst war zu spüren gewesen. Nur Glücksgefühle, die sich in ihrem Bauch breitgemacht hatten.

Und noch heute anhielten.

Doch eines bereitet ihr große Angst. Etwas, das sie nicht steuern konnte und erst beim heutigen Gespräch erfahren würde. Sie hoffte so sehr, dass der Fall der Fälle nicht eintrat.

Plan B gab es nicht.

Sie räusperte sich erneut. Das Schlucken tat noch mehr weh, aber sie wollte sich davon jetzt nicht aus dem Konzept bringen lassen.

Geh jetzt hinein und sag ihm, wie du dir deine Zukunft vorstellst. Lass deine Stimme so fest wie möglich klingen, damit jeglicher Zweifel seinerseits im Keim erstickt wird, befahl sie sich im Stillen erneut.

Es wird schon alles gut werden.

Sie strich sich die verwehten Haare aus dem Gesicht und atmete noch einmal tief durch. Mit zittrigen Beinen schritt sie zur Eingangstür und drückte sie nach innen auf. An einem Pult, das direkt neben der Tür stand, wartete bereits eine lächelnde Frau mit asiatischen Aussehen. »Guten Tag. Haben sie reserviert?«

»Hallo. Ja habe ich«, stieß Kristin zwischen zwei Atemstößen hervor. Ihr Atem hatte sich vor Aufregung wieder beschleunigt.

»Auf welchen Namen?«

»Schubert.«

Die Frau, die gut einen Kopf kleiner als Kristin war, nickte und deutete mit dem Arm auf den ersten Tisch vor dem Laufband. Kristin folgte ihrer Deutung mit den Augen und sah ihn mit dem Rücken zu ihr sitzen.

»Danke«, presste sie hervor und ging mit schlottrigen Beinen auf ihn zu.

Selbst von hinten sah er fantastisch aus.

Konnte sie das jetzt wirklich tun, schoss es ihr durch den Kopf.

Ja schrie es in ihr, bevor sie den Tisch erreichte.

Es war die einzig richtige Entscheidung, mit der sie leben konnte. Und wollte.

Als hätte er ihr Ankommen gespürt, drehte er sich herum und sah sie mit seinem intensiven Blick an. Sein Mund war zu einem Strich zusammengepresst.

Kristin zuckte innerlich zusammen und senkte den Blick. Oh nein, ihre schlimmsten Befürchtungen haben sich bestätigt. Was sollte sie jetzt tun? Schlagartig verließ sie der Mut und sie wäre am liebsten davon gelaufen.

Doch Wegrennen war keine Option.

Noch ist nichts verloren.

So schnell ließ sie sich nicht demotivieren.

Sie streckte den Rücken durch, hob den Kopf und nutzte die letzten Schritte, um sein Gesicht noch eingehender zu betrachten.

Sah sein Gesichtsausdruck vielleicht doch nur nach Anspannung aus? Es wäre zumindest nicht verwunderlich. Schließlich hatte sie ihn nur um ein Treffen gebeten, ohne zu erwähnen, wie sie sich entschieden hatte.

Als sie den Tisch erreichte, stand er auf und nahm sie fest in die Arme. »Ich habe mich sehr über deine gestrige Nachricht gefreut«, offenbarte er und drückte ihr einen Kuss auf beide Wangen.

Eine lange Zeit war vergangen, seit damals, als Robert die Nacht bei ihr verbracht und sie Valentin auf die Warteschleife gestellt hatte.

Doch er war jetzt hier. So wie er es in der Therme versprochen hatte.

Valentin.

Sie lächelte ihn schüchtern an, dann setzte sie sich auf den Stuhl neben ihn.

»Was darf ich ihnen zu trinken bringen?«, fragte die Bedienung, die wie aus dem Nichts erschienen war.

»Ein großes Mineralwasser.« Aber bitte ohne Eis, hätte sie am liebsten hinzugesagt. Die Hitze, die sie sonst in seiner Nähe spürte, war einem Frösteln im Herzen gewichen. So richtig traute sie dem Ganzen noch nicht. Auch wenn er sich freute, sie zu sehen, konnte es immer noch in die andere Richtung laufen. Es war noch möglich, dass er sich gegen ihre Freundschaft und somit gegen das Co-Parenting entschieden hatte.

Obwohl auf dem Laufband ein Leckerbissen nach dem anderen an ihnen vorüberzog, machte keiner Anstalten zuzugreifen.

Und normalerweise lief Kristin allein beim

Anblick eines Lachs-Maki das Wasser im Mund zusammen. Doch heute nicht. Zu sehr lag ihr die ganze Situation auf dem Magen. Er war wie zugeschnürt. Nervös packte sie die Stäbchen aus und legte sie rechts neben sich auf die Tischunterlage.

Valentin drehte dagegen ununterbrochen sein Glas auf dem Tisch, dass es kurz davor war überzuschwappen. Dann holte er tief Luft.

Kristin blickte ihn abwartend an.

Doch anstatt etwas zu sagen, trank er einen Schluck und stellte das Glas zurück auf den Tisch.

Kristin erkannte, dass sie das erste Wort ergreifen musste. Schließlich hatte sie Valentin um ein Treffen gebeten. Der Zug, das klärende Gespräch zu beginnen, lag ganz klar bei ihr.

Sie hielt den Atem an, um ihren Pulsschlag zu verlangsamen.

Wie sollte sie nur anfangen?

»Valentin, ich ...«

Er hob den Blick und sah ihr fest in die Augen. Was sie noch nervöser werden ließ.

Sie schluckte. »Ich ... Der Grund, warum wir uns treffen ... Ich ...«

»Ihr Wasser.«

Kristin erschrak und hätte der Bedienung beinahe das Glas Wasser aus der Hand geschlagen, als diese wieder still und leise neben ihr erschien. Erst als die Bedienung außer Hörweite war, fuhr sie fort. »Ich habe viel nachgedacht und ich muss dir sagen ...« Sie räusperte sich und nahm einen Schluck Wasser, dass ihr eiskalt den Rachen hinunterlief und ihn noch wunder machte. »Ich möchte mit dir ... wirklich nur mit dir ... den Weg des Co-Parenting gehen.« Sie stöhnte auf. Mann, Mann, Mann Kristin, reiß dich zusammen! Du wolltest nicht stottern. Sie holte tief Luft, um die nötige Kraft herzustellen. »Alles, was geschehen war, ist Vergangenheit. Zusammen mit dir möchte ich in ...« Sie machte eine bedeutungsvolle Pause. »... möchte ich in unsere neue Zukunft starten. Und ich schwöre dir, es wird keinen Moment des Zögerns und Zauderns mehr geben.«

Ein Lächeln breitete sich auf seinem Gesicht aus. Zuerst nur verhalten der Mund, doch als seine Augen zu leuchten begannen, war Kristin klar, dass alle Angst umsonst gewesen war. Noch bevor Valentin etwas sagte, wusste sie, dass er keinen Rückzieher machen würde. Dass er sein Wort gehalten und gewartet hatte, bis sie sich mit ihrer Entscheidung sicher war.

Es waren keine dummen Floskeln gewesen. Kristin atmete erleichterte aus. Es zeigte ihr, dass sie sich auf das, was er sagte, verlassen konnte. Eigentlich hatte sie nicht vorgehabt, ihn auf Probe zu stellen. Doch da es nun mal so gekommen war, nahm sie dieses Ergebnis sehr gerne an. Mit Valentin wird sie immer jemanden an der Seite haben, der zu dem steht, was er sagt und verspricht.

»Oh verdammt, Kristin, für einen Moment dachte ich, du lässt mich fallen.« Er riss sie an sich und drückte sie fest. »Ich bin so froh, dass du dich für uns entschieden hast«, flüsterte er ihr ins Ohr.

Ein Schauer lief Kristins Rücken hinunter und sie musste sich beherrschen ihn nicht einfach auf den Mund zu küssen. Vorsichtig löste sie sich von seiner Umarmung, aus Panik es doch zu tun. Ja, sie war noch weit entfernt davon, Valentin als den schwulen Mann anzusehen, der er war. Dennoch hatte sie sich für ihn entschieden, weil er das verkörperte, was für sie einer vollkommenen Familie am Nächsten lag.

Robert flog nach dem Gespräch mit Tamara vollends raus. Da spielte es auch keine Rolle, wie ihre Gefühle noch auf ihn reagierten oder wie tief der sexuelle Aspekt lag.

Der kluge Schachzug ihrer Mutter, die Samenbank noch einmal ins Spiel zu bringen, hatte alles ins Rollen gebracht. Da dessen Vorzüge wirklich sehr schwer wogen. Zum einen gäbe es keinen Stress mit dem leiblichen Vater. Denn es gab ja keinen. Zum anderen hätte es keine einseitige sexuelle Anziehung, die das ganze Vorhaben erschweren würde.

Nachdem Robert außen vor war, musste sie sich nicht mehr zwischen ihm und Valentin, zwischen Liebe und Freundschaft entscheiden. Diese Erkenntnis nahm noch einmal gewaltiges Gewicht von ihren

Schultern.

So kam es, dass in der Waagschale Co-Parenting gegen Single-Mutter lag. Und die Waagschale bewegte sich deutlich auf einer Seite weiter nach unten. Die Aussicht, ein Kind alleine zu versorgen, machte ihr Angst, doch sie wusste, dass sie es schaffen würde.

Aber nicht wollte. Ihr Kind sollte mit einem hingebungsvollen Vater aufwachsen. Die Frage letztens Endes war dann nur noch, ob sie den Weg weiter mit Valentin ging, trotz der Gefühle zu ihm oder ob sie sich auf einen anderen Co-Partner einlassen konnte.

Ihr Bauch und das Herz entschieden einstimmig. Valentin war perfekt und die ganze Anhimmelei bekam sie sicher in den Griff.

»Eine Bedingung hätte ich allerdings«, gestand er und riss sie damit aus ihren Gedanken.

»Ok. Schieß los.«

»Wir sollten mal langsam zu essen anfangen, oder? Sonst ist die Stunde um und wir gehen mit knurrenden Magen raus«, meinte er lachend.

Kristin lachte zurück. »Ja du hast recht.« Sie schnappte sich den ersten Teller mit drei Lachs Maki, der vorbeifuhr, tauchte eins in die Sojasauce und schob es ganz in den Mund. »Wie gehts jetzt mit uns weiter? Sind wir schon so weit, den ersten Versuch zu wagen?«, fragte sie mit vollem Mund, schluckte und schob gleich den nächsten Lachs-Maki hinterher. Ihr Appetit war endlich zurückgekehrt. Weswegen sie sich gleich den nächsten Teller mit warmen Garnelen schnappte.

Valentin lehnte sich zurück und sah sie nachdenklich an, ehe er aufzählte: »Zwischen uns ist alles geklärt. Wir verstehen uns super. Ja, ich denke, wir sollten keine Zeit mehr verlieren.«

Kristin nickte begeistert. »Die Praxis meiner Frauenärztin hat sich auf Kinderwunschbehandlungen spezialisiert. Wenn es dir recht ist, würde ich als Erstes dort einen Termin vereinbaren. Die Vertrauensbasis stimmt. Ich fühle mich dort wohl«, erklärte sie, als sie die letzte Garnele hinuntergeschluckt hatte.

Valentin nickte. »Wo immer du möchtest. Du musst dich wohlfühlen. Mein Anteil ist zu klein, um dir da reinzureden.«

»Wir machen das zusammen Valentin. Ich will nicht alles alleine entscheiden.«

»So war das auch nicht gemeint. Ich denke nur, dass du öfters in der Praxis behandelt werden musst als ich.« Er griff mit dem Stäbchen nach einem Nigri mit Thunfisch und hielt auf halber Höhe inne. »Meinen Anteil könnte ich auch in einer öffentlichen Toilette erledigen«, scherzte er und zwinkerte ihr zu.

»Igitt. So weit kommts noch«, kicherte sie und knuffte ihn in die Seite. »Eins müssen wir unbedingt noch besprechen, bevor wir den ersten Schritt tun«, fuhr sie mit ernstem Gesichtsausdruck fort. »Wollen wir uns von einem Anwalt beraten lassen und unter Umständen einen Vertrag abschließen?«

»Wenn du dich damit wohler fühlst, gerne Kristin. Von meiner Seite aus bräuchten wir es nicht. Ich vertraue dir«, erklärte er ebenso ernst.

»Gut, dann lassen wir das. Ich dachte nur, wir sollten zumindest einmal darüber geredet haben.«

Valentin nickte und schob sich das Nigri in den Mund.

Kristin tat so, als würde sie auf etwas Bestimmtes auf dem Laufband warten. Aber eigentlich schielte sie zu ihm hinüber. Es lag ihr etwas auf der Seele, dass sie ihn unbedingt fragen wollte. Aber nicht wusste, wie. Sie wollte ihn auf gar keinen Fall verärgern.

Um Zeit zu gewinnen, nahm sie den nächstbesten Teller vom Band und schob sich das Inside-Out-Rolls in den Mund. Während sie kaute, überlegte sie, wie sie die Frage am besten formulierte. »Valentin?«

»Hm?«

Kristin nahm einen Schluck vom Wasser, das mittlerweile nicht mehr kalt war und den Hals auch nicht mehr hinunter brannte. »Valentin«, fing sie erneut an und versuchte, möglichst taktvoll zu sein. »War deine Wohnungssuche mittlerweile erfolgreich?«, fragte sie und hätte sich im selben Augenblick Ohrfeigen können. So viel zum Thema taktvoll.

Sie legte die Stäbchen zur Seite und wappnete sich innerlich auf den bevorstehenden Wutanfall.

Doch der blieb aus. Valentin hatte seine Stäbchen ebenfalls zur Seite gelegt und die Augen geschlossen. Sein Atem ging schnell, das konnte sie an der Bewegung seines Brustkorbs erkennen. Verflixt. Er war richtig sauer. Vermutlich versuchte er gerade, seine Worte mit Bedacht zu wählen. Bleibt zu hoffen, dass ihm das besser gelang als ihr, dachte sie und hielt den Atem an.

Er drehte ihr den Kopf zu und öffnete die Augen. Und was sie darin las, konnte sie nicht glauben. Es lag keine Spur von Wut darin, sondern eine Entschlossenheit, die für Kristin keinen Sinn ergab. Zu was hat er sich entschlossen, fragte sie sich.

»Ich denke, es wird an der Zeit ...«, begann er und fuhr sich durch sein Haar. »Dass ich dir sage ... dass ich dir erneut etwas gestehen muss ...« Er senkte verschämt den Blick und flüsterte: »Anstatt eine Lüge richtigzustellen, habe ich dich erneut belogen.«

Kristin fiel förmlich die Kinnlade herunter. »Inwiefern?« Wut kochte in ihr hoch.

Er nestelte lange an seiner Armbanduhr, ehe er den Blick wieder hob. Die einstige Entschlossenheit war verschwunden. »In der Sache, dass ich wohnungslos bin«, flüsterte er.

Kristin verschränkte die Arme vor der Brust und wartete schweigend.

Er legte eine Hand auf ihren Arm. »Es tut mir leid, Kristin. Es war nicht meine Absicht, dich zu belügen. Als du in der Therme bemerkt hast, dass ich dich belüge, habe ich mir irgendetwas einfallen lassen, nur um nicht die Wahrheit sagen zu müssen. Sie ist viel schlimmer und ich habe Angst, dich nun vollends zu verlieren, wenn ich es laut ausspreche.«

»Muss ja schlimmer sein, wenn du mich gleich zweimal belügst«, brummte sie sarkastisch und war immer noch wütend.

»Ich bin ...« Valentin schluckte und holte tief Luft. »Ich bin vermögend. Sehr sogar. Sie ...« Er schluckte erneut. »Silas hat mich nur deswegen geheiratet. Als ich dann sesshaft und nicht mehr ständig die ganze Welt bereisen wollte, wurde ich einfach durch einen anderen Millionär ausgetauscht. Bitte versteh. Du warst noch so hin und her gerissen zwischen deinem Ex und mir. Hätte ich das mit meinem Vermögen gesagt und du dich für mich entschieden, dann wüsste ich nicht ...«

»Ob ich mich für dich oder das Geld entschieden hätte«, vollendete Kristin den Satz für ihn. Sie verstand ihn.

Er grinste sie schief an.

»Darf ich fragen, woher du das Vermögen hast?«

»Ein Erbe von meinem Großvater«, meinte er und schnitt eine Grimasse.

»Warum tust du dir die Arbeit als Vertreter dann

an?«, fragte Kristin erstaunt.

Er hob die Schultern. »Gehört zum Erbe dazu«, quetschte er zwischen den Zähnen hervor.

»Ah verstehe. Deswegen konntest du auch keine Ausbildung zum Koch machen, oder?«

Valentin nickte »Ja.«

Kristin warf einen Blick auf ihre Armbanduhr und wäre vor Schreck beinahe aufgesprungen. »Oh no! In zehn Minuten kommt mein nächster Patient. Das schaff ich nicht rechtzeitig.«

»Ich kann dich fahren. Mein Auto steht gleich in der nächsten Seitenstraße.«

»Das wäre lieb von dir.«

Valentin hob den Arm und winkte der Bedienung zu. »Zahlen bitte.« Dann holte er aus der hinteren Hosentasche seinen Geldbeutel, zog einen Fünfziger heraus und legte ihn auf den Tisch.

»Ich kann selbst ...«

»Ja ich weiß«, unterbrach er sie. »Lass dich einladen. Nur weil du jetzt weißt, dass ich ein bisschen mehr Geld auf dem Konto habe, musst du dich nicht gleich so fühlen, als würdest du dich aushalten lassen.«

»Danke«, sagte sie zerknirscht. »Das nächste Mal treffen wir uns bei mir. Dann besorg ich die Lebensmittel und du kochst. Deal?«

»Deal.«

Sie standen lachend vom Tisch auf.

Kristin stand in der Küche und bereitete für den morgigen Geburtstag ihrer Mutter deren Lieblingstorte, eine Schwarzwälder Kirsch vor, als es an der Wohnungstür klingelte. Sie wischte sich die sahneverschmierten Hände an einem Küchentuch ab und eilte zur Tür, wo sie einen Blick durch den Spion warf, doch vor Schreck sprang sie einen Satz zurück.

Robert.

Sie stöhnte auf. Die ganze Hoffnung, dass sich diese Angelegenheit durch die Aussprache mit Tamara von selbst gelöst hatte, flog dahin.

Vielleicht ging er wieder, wenn sie einfach so tat, als wäre sie nicht zu Hause. Reflexartig entfernte sie sich einen weiteren Schritt von der Tür.

Es war, als hätte er ihre Gedanken gelesen. »Kristin mach auf, ich weiß, dass du da bist«, brüllte er und fing nun an unaufhörlich zu klingeln und mit der Faust an die Tür zu hämmern.

Verflucht nochmal. Sie schloss die Augen und zählte gedanklich bis fünf, um ihrer inneren Unruhe Herr zu werden. Was auch kommen mag, sie durfte ihn auf keinen Fall in die Wohnung lassen, beschwor sie sich. Dann öffnete sie die Tür einen spaltbreit und fragte im aggressiven Ton: »Was willst du?«

»Ich will mich bei dir entschuldigen.« Er hatte den Kopf demutsvoll schief gelegt.

»Wofür?« Ihr Geduldsfaden war nun zum Zerreißen gespannt. Sie war kurz davor, die Tür wieder zu schließen. Hau ihm eine runter, wenn er das nächste Mal vor deiner Tür steht, hörte sie die Stimme ihrer Mutter im Kopf sagen. Ja, das würde richtig gut tun, aber eigentlich wollte sie nur, dass er wieder ging. »Sag, was du zu sagen hast und dann verschwinde.«

»Nicht hier vor der Tür. Lass mich bitte herein«, bettelte er.

Sie sah ihn stumm an, dann schloss sie die Tür.

Woraufhin er mit Klingeln und Hämmern fortfuhr. »Mach wieder auf, Kristin«, brüllte er und nach einer Weile fügte er hinzu: »Bitte.«

Du darfst ihn nicht hereinlassen. Sei stark.

Es war ein Mantra, das sie immer wieder vor sich hinsprach, während sie im Flur auf und abschritt.

Es wird in einer Katastrophe enden, wenn du ihn hereinlässt.

Andererseits ...

Sie blieb stehen.

Wenn er heute unverrichteter Dinge abzog, war die Wahrscheinlichkeit ziemlich hoch, dass er morgen wieder vor ihrer Tür stand, überlegte sie.

Aber sie wollte das nicht und hätte heulen können. Konnte er nicht einfach verschwinden und sie ein für alle Mal in Ruhe lassen?

Sie schlug die Hände über den Kopf zusammen. Ein Schrei vor Wut lag ihr auf den Lippen, den sie mühsam zurückhielt. Es würde nichts ändern, wenn sie ihn herausschrie. Genauso würde es nichts ändern, wenn sie Robert heute ignorierte.

Durch Ignoranz würde sie ihn nie abschütteln, also warum das Unvermeidliche unnötig hinausschieben? So konnte sie ihm auch gleich sagen, dass er sich jede weitere Liebesmüh sparen konnte. Nur eines musste sie verhindern, er durfte auf gar keinen Fall in die Wohnung. Wer weiß, welches Chaos dann ausbrach. Nur zu gut, erinnerte sie sich an das letzte Mal.

Warum sie trotz aller Mantras, Vorsätze oder weiser Voraussicht die Tür dennoch aufriss und ihn hereinließ, konnte sie sich am Ende des ganzen Desasters, das noch folgte, selbst nicht beantworten.

Vielleicht war es Blindwütigkeit oder Übereifer gewesen, aber kaum hatte sie die Tür geschlossen, packte er sie und umarmte sie heftig und kräftig. Teils aus Überrumpelung, teils aus der Festigkeit seiner Arme, blieb ihr fast die Luft weg. »Zum Teufel Robert lass mich los«, schrie sie ihm ins Ohr, woraufhin er sie losließ und sich das Ohr rieb.

»Eine Umarmung ist kein Grund, dass du mir so ins Ohr schreist.«

»Es gibt aber auch keinen Grund, dass du mich umarmst. Also los, sag was du zu sagen hast.«

Robert blickte sie einen Augenblick an, drehte sich

dann auf den Absatz um und ging ins Wohnzimmer.

Kristin schloss wutschäumend die Augen und atmete tief ein und aus. Sie hätte sich Ohrfeigen können. Es kostete ihr einiges an Kraft, ihre Beine dazu zu bewegen, ihm ins Wohnzimmer zu folgen.

»Deine Mutter hat morgen Geburtstag. Ich habe ihr ein Geschenk mitgebracht.« Er streckte ihr ein kleines eingepacktes Päckchen entgegen.

Erst jetzt fiel Kristin das Geschenk in Roberts Hand auf. Müsste sie raten, würde sie behaupten, dass sich ein Anhänger für das Bettelarmband darin befand, dass er ihrer Mutter einst geschenkt hatte. Wobei das Armband nicht mehr existierte. Ihre Mutter hatte es kurz nach seinem Verschwinden abgelegt.

Da Kristin ihm das Geschenk nicht abnahm, legte er es auf dem Wohnzimmertisch ab. »Du verdienst eine Erklärung«, gab er zerknirscht zu.

»Nein ...«

»Es tut mir leid, dass ich mich seit Februar nicht bei dir gemeldet habe ...«

»Robert, hör auf, es interessiert mich nicht, wo du warst und was du gemacht hast. Ich möchte, dass du weißt, dass wir beide keine gemeinsame Zukunft haben werden«, redete sie dazwischen.

Doch als hätte sie keinen Ton von sich gegeben, fuhr Robert unbeirrt in seiner Entschuldigung fort. »Ich habe versucht, eine Wohnung und einen Job zu finden.« Er schniefte. »Zum Glück hatte ein ehemaliger Kollege Erbarmen mit mir und bot mir sein Gästezimmer an, sonst hätte ich gleich nach der Nacht bei dir auf der Straße schlafen müssen.« Er schniefte erneut, dann wischte er sich über die Augen.

Kristin blieb vor Staunen der Mund offen. Noch nie war ihr sein Schauspieltalent so aufgefallen wie in diesem Moment.

»Ich wollte erst alles haben, bevor ich dir wieder unter die Augen trat, weil ich nicht als Versager dastehen wollte. Dafür liebe ich dich zu sehr Kristin. Die Nacht, die wir im Februar miteinander verbracht haben, war wunderbar. Es hat mir gezeigt, dass du nur das Beste verdienst. Und das bin ich. Ich habe jetzt einen festen Job in der Schweiz. Kannst du dir das vorstellen? Ich verdiene das Doppelte von damals. Wir könnten uns eine Villa kaufen.«

»Stop!«, donnerte Kristin wütend heraus. »Hör auf mit den Lügengeschichten, Robert. Ich weiß Bescheid«, stieß sie hervor.

»Worüber weißt du Bescheid?«, heischte er.

»Ich habe mit Tamara telefoniert. Du bist ein Lügner und Betrüger.« Kristin holte Luft. »Ich bin so froh, dass ich keine Kinder mit dir bekommen habe, sonst würde ich immer an dir kleben. Aber ich bin frei. Ich kann tun und lassen, was ich will. Und jetzt geh«, schrie sie und deutete mit einem Arm zur Wohnungstür.

Robert blickte sie überrascht an. »Jetzt verstehe

ich. Du warst der geheime Tipp vom alten Falkenberger.«

Ehe Kristin nachfragen konnte, von was er redete, änderte sich sein Gesichtsausdruck zu einer gehässigen Grimasse. »Ach da schau her, Madam hat sich mit ihrer Konkurrentin ausgetauscht. Dann hast du endlich dazu gelernt. Aber das ist gut zu wissen. Denn ich habe dich in den letzten Wochen auch beobachtet, meine Liebe. Und was ich da mitbekommen habe. Hohoho«, lachte er hämisch. »Du meinst, dass du mit einer Schwuchtel besser bedient bist als mit mir?«

Kristin wurde blass und ihre Knie zitterten heftig.

»Du fragst dich sicher, woher ich das weiß?« Ohne eine Antwort abzuwarten fuhr er in genüsslichen Ton fort. »Ich habe eine Überwachungsapp auf dein Handy geladen«, gestand er und klatschte in die Hände, so als würde er diese Tat feiern. »In der Nacht im Februar. Ach du hast so selig in deinem Rausch geschlafen, während ich mühelos dein Handy benutzt habe. Tststs, ich muss sagen, Kristin, ich war sehr überrascht, dass du es mir so leicht gemacht und deinen Pin nie geändert hast.«

Kristin starrte ihn ungläubig an. Ihre Knie zitterten mittlerweile so stark, dass sie sich kaum noch auf den Beinen halten konnte. Mit Mühe wich sie ein paar Schritte zurück, bis sie sich an der Wand anlehnen konnte. »Du bist ein abartiges Arschloch!«, brüllte sie ihn an.

Er trat auf sie zu, packte ihr Kinn und hob es an, sodass sie ihn in die Augen sehen musste. »Ich verzeihe dir diesen einen Ausrutscher. Sieh es als ein *wir sind quitt* an. Komm mit mir in die Schweiz und ich mach dir so viele Babys, wie du willst.«

Kristin kniff die Augen zusammen. »Niemals!«, erwiderte sie mit fester Stimme.

Unverhofft ließ er sie los, setzte sich auf die Couch, schlug die Füße übereinander und legte einen Arm auf der Rückenlehne ab. »Gutgläubig und dumm wie Stroh. Aber das warst du ja schon immer. Du hast nichts geahnt«, fuhr er unbeirrt fort. »Manchmal dachte ich mir, jetzt kommt alles raus. Aber nichts! Nada! Du hast einfach nichts gecheckt. Ich konnte dich bedienen wie eine Marionette.« Er lachte lauthals.

»Was redest du da? Ich hab das mit Tamara sehr wohl gecheckt.«

»Das meine ich nicht.«

»Nein? Und was meinst du dann?«

»Ach komm schon Kristin. Enttäusch mich nicht. Du bist doch jetzt so scharfsinnig und noch dazu eine unabhängige Frau. Denk nach. Welches kleine Spielchen durfte ich mit dir spielen, hm?«

Kristin ließ in sekundenschnelle die Ehejahre vor ihrem inneren Auge vorüberziehen, doch es kam ihr nichts Ungewöhnliches vor. Letztlich hob sie ergebend die Arme.

»Ich fasse es nicht, dass du absolut keine Ahnung hast«, rief er und lachte noch lauter.

Kristins Herz raste. Welches abartige Spiel hatte er nur mit ihr getrieben, dass sie es in all den Jahren nicht mal ansatzweise bemerkt hatte? Ihr wurde schlecht.

»Soll ich es dir verraten?«

Sie wollte es nicht wissen, dennoch nickte sie.

Er sprang auf. Seine Augen weit aufgerissen. Der Blick wahnsinnig, als wäre der Teufel in ihn gefahren. Um Haaresbreite hätte sie vor Schreck aufgeschrien. Gerade noch rechtzeitig konnte sie auch diesen Schrei erfolgreich zurückhalten. Sie wollte nicht, dass er sie ein weiteres Mal berührte. Was definitiv passieren würde, hätte sie nur einen Laut von sich gegeben.

Er wanderte von der Couch zum Panoramafenster und blickte hinaus. »Ich habe diesen Ausblick und diese Wohnung immer geliebt. Als ich sie das erste Mal betrat, wusste ich, dass sie perfekt war«, murmelte er verträumt. »Perfekt für die beste Inszenierung meines Lebens.«

Sein Flüstern stellte ihre Haare an den Armen auf. Er führte nichts Gutes im Schilde. Sie musste schnellstmöglich die Wohnung verlassen. Vorsichtig schob sie sich an der Wand entlang zur Tür, die in den Flur ging.

Erster Schritt.

Zweiter Schritt.

Gleich hatte sie die Tür erreicht, motivierte sie sich selbst, während sie Robert nicht aus den Augen ließ.

Einen weiteren Schritt geschafft.

Und noch einer.

Dann spürte sie den Türrahmen im Rücken und schloss vor Erleichterung die Augen, nur für einen kurzen Moment.

Das ihr zum Verhängnis wurde.

Er war auf sie gestürzt, packte ihren Kopf und küsste sie hart auf den Mund. Sie versuchte, den Kopf wegzudrehen. Mit den Händen stemmte sie sich gegen seine Brust. Rammte ihn die Fingernägel in die Backen und zerfetzte ihm die Haut.

Keinerlei Reaktion. Der schraubstockfeste Griff hielt stand. Sie hatte keine Möglichkeit in abzuwehren. Sein kraftvoller Körper presste sie gegen die Kante des Türrahmens. Kristin wimmerte, während Tränen der Angst und des Schmerzes über ihre Wangen liefen.

Er löste den Kuss und sah sie durch seine schief geratene Brille süffisant an. »Du hast keine Chance gegen mich, also hör jetzt genau zu, was ich dir zu erzählen habe. Ok?«

Kristin brachte ein schwaches Nicken zustande.

»Gut.« Er neigte seinen Kopf zu ihrem Ohr und flüsterte: »Es war einmal ein Mann, der dazu bestimmt war, in der oberen Liga mitzuspielen. Das Einzige, was ihm fehlte, war der Zugang. Dazu brauchte er eine Prinzessin, die ihm half, Kontakte zu knüpfen.« Er wischte ihr mit dem Daumen grob die Tränen von der Wange. »Dreimal darfst du raten, wer meine Prinzessin sein durfte.«

»Ich«, wisperte Kristin.

»Genau, meine Liebe Kristin. Du warst die Auserwählte.«

»Warum? Welche nützlichen Beziehungen hatte ich schon zu bieten? Ich war doch nur eine Physiotherapeutin, die nebenbei als Bedienung gearbeitet hatte.«

»Tststs. Du enttäuscht mich schon wieder.«

Sein Speichel flog Kristin mitten ins Gesicht. Wie gern hätte sie jetzt das Gesicht vor Ekel verzogen und abgewischt, aber sie wollte sich so wenig wie möglich bewegen. Ihr ganzer Rücken schmerzte höllisch, sodass ihr das Denken extrem schwerfiel. »Meine Chefin?«

»Schon wärmer. Komm schon, Kristin. Denk schneller, dann lass ich dich auch los«, feuerte er sie an und lachte aus voller Kehle. »Ist das Ansporn genug?«

»Meine Patienten?« Allmählich bekam Kristin eine Ahnung, auf was das Ganze hinauslief.

»Richtig!«, schrie Robert zufrieden.

Er kam ihrem Ohr wieder ganz nah. Sein heißer Atem wirbelte drumherum und Kristin hätte kotzen können, so schlecht wurde ihr dabei.

»Pass gut auf. Ich erzähle dir nur ein einziges Mal, wie unser allererstes Aufeinandertreffen wirklich ablief. Aber ich sollte vielleicht von vorne beginnen, sonst checkst du es wieder nicht.« Er schnaubte und lockerte ein wenig seinen Griff. »Ich war ein mittelmäßiger Zehnklässler, als ein Arzt in unserer Straße das größte Stück Land kaufte und eine Villa darin bauen ließ. Die Autos, die davor parkten, zeugten von noch mehr Geld. Und die Frauen, die das Grundstück verließen, waren kaum an Schönheit zu übertreffen. Den Klatschgeschichten zufolge sollte er sogar eine Yacht und ein Segelflugzeug in seinem Besitz gehabt haben. Er war der Star in unserer Straße. So, wie er, wollte ich auch werden. Reich und bewundert.« Seine Augen fingen zu leuchten an. »Er war mein Ansporn.«

Robert ließ sie unvermittelt los und trat zuerst einen Schritt, dann noch einen von ihr weg, bis er in der Mitte des Raumes stand. Dort breitete er die Arme aus und drehte sich im Kreis. »Ich habe mir viele Tricksereien einfallen lassen müssen, um den Abschluss in Medizin zu schaffen, aber es hat sich gelohnt. Man bot mir direkt danach eine Stelle in einem der größten Krankenhäuser Münchens an.«

Kristin rieb sich den schmerzenden Rücken und beobachtete sein sonderbares Schauspiel, das er in ihrem Wohnzimmer abzog. Nicht ganz sicher, ob es ein guter Zeitpunkt wäre, abzuhauen, blieb sie sicherheitshalber in der Tür stehen, aber sprungbereit, falls sich eine bessere Gelegenheit bot. Doch ehrlicherweise war ihre Neugierde im Moment größer als der Fluchttrieb. Zu gern wüsste sie, welches perverse Spiel er sich hat einfallen lassen.

»Ich hatte die Tür des Reichtums geöffnet und es würde nur noch bergauf gehen. Dachte ich zu diesem Zeitpunkt.« Er fauchte und hörte abrupt mit dem Tanz auf. »Wie dumm ich war. Ich hatte die Rechnung ohne Arschkriecher, Heuchler und Schleimer gemacht.« Sein Gesichtsausdruck veränderte sich zu einer gehässigen Fratze. »Den ersten Dämpfer bekam ich ab, als es um die Wahl eines neuen Stationsarztes ging. Sie zogen eine Frau mir vor, weil sie die Frauenquote in der Führungsriege erhöhen wollten. Leider unterlief dieser Dame ein folgenschwerer Fehler. Sex mit einem Patienten. Ups, wie sowas nur zustande kam?« Er grunzte. »Aber die ganze Organisation war umsonst gewesen. Nach deren Entlassung überging man mich wieder. Sie besetzten die Stelle mit einem neu Eingestellten. Es war sowas von diskriminierend. Ich war so wütend.« Er ging in die Küche zum Kühlschrank, riss dessen Tür auf, blickte einige Sekunden hinein, holte eine angebrochene Weißweinflasche heraus und trank sie mit einen Zug aus.

Perplex über diese Unterbrechung stand Kristin einfach nur da und sah zu als er wie ein kranker Alkoholiker den Wein in sich hineinschüttete.

Mit einem lauten Rülpser stellte Robert die Flasche auf der Anrichte ab. Danach öffnete er einen Küchenschrank nach dem anderen, bis er das Gesuchte gefunden hatte. Mit einem Korkenzieher, den er aus einer der obersten Schublade hervorholte, öffnete er die zweite Flasche Weißwein. »Meine Wut war so unendlich groß, aber bevor ich mir eine neue Trickserei ausdenken konnte, um doch noch Stationsarzt zu werden, sah ich dich. Zusammen mit dem ärztlichen Direktor. Ein neuer Plan nahm in meinem Kopf Gestalt an. Warum Stationsarzt, wenn es auch höher ging. Man musste nur die richtigen Leute kennen und die passenden Knöpfe drücken.« Er trank gierig einen Schluck aus der Flasche und ging dann langsam um die Kochinsel zurück ins Wohnzimmer. »Es war im Grunde ein Kinderspiel, herauszufinden, wer du bist und was du tust. Sogar deine damaligen Freunde waren gesprächig. Du kannst mir später danken, dass ich sie dir vom Hals geschafft habe«, sagte er selbstgefällig und trank einen weiteren Schluck. »Es kostete mich ein paar

Runden Schnaps und sie plauderten all deine Geheimnisse, Ängste und Träume aus. Vor allem dein Traum einer eigenen Familie spielte mir vollends in die Karten. Du suchtest einen Traummann fürs Leben und mit deinen Kontakten in die High Society wurdest du zu meiner Traumfrau.« Er stellte die Flasche am Couchtisch ab und grinste hinterfotzig. »Erinnerst du dich an den Jungen, der dich umgerannt hatte und mich zu deinem Helfer in Not machte? Ja, was soll ich sagen? Ich habe ihn bezahlt und das Geld gerne dafür investiert. Du warst mein persönlicher Goldesel. Mit dir war ich ruckzuck drin in der High Society und der Aufstieg in der Klinik unaufhaltsam. Danke übrigens für deine warmen Worte beim damaligen Direktor.« Er klatschte in die Hände. »Ohne dich hätte ich den Sprung zum stellvertretenden ärztlichen Direktor nicht so schnell geschafft.«

Kristin keuchte. Er war ein Bluthund, dem es egal war, was er mit seinen Spielchen anstellte und ein Geisteskranker noch dazu. Sie musste jetzt schnellstmöglich aus der Wohnung raus. Sie durfte keine Minute länger bleiben.

In atemloser Anspannung setzte sie vorsichtig einen Fuß in die Tür. Robert fest im Blick, der gerade die Weinflasche austrank.

Lauf, Kristin! Jetzt! Dröhnte es in ihrem Kopf und sie lief im Sprint zur Wohnungstür.

Im Rausch des Adrenalins hörte sie dumpf das

Zerschmettern der Flasche.

Nicht umdrehen. Lauf weiter.

Sie streckte die Hand aus und umfing die Kühle des Türgriffs. Erleichterung durchflutete ihren Körper. Sie drückte nach unten und konnte die Tür einen Spalt öffnen, ehe ihr Kopf mit Wucht dagegen knallte.

»Du gehst erst, wenn ich es sage«, brüllte Robert und quetschte sie zwischen die Tür und seinen Körper. Kristin war noch zu benommen, um sich dagegen zu wehren.

Doch eines fiel ihr auf.

Sein Griff war nicht ganz so fest wie zuvor am Türstock. Was vermutlich an dem vielen Wein lag. Sie nutzte den kleinen Freiraum und wischte sich mit der rechten Hand über die schmerzende Stelle an ihrer Stirn. Kein Blut. Das wird nur eine Beule. Was sie auf skurrile Weise beruhigte in Anbetracht der Situation.

Fast hätte sie aufgelacht. Ihr Gehirn war vollends überfordert mit dem Geschehen. Ist es nicht oft so, dass auf Beerdigungen jemand völlig unerwartet etwas lustig findet und am liebsten laut auflachen möchte, weil sein Gehirn mit der Trauer und all den anderen Gefühlen völlig überfordert war?

Wie kommst du jetzt auf den Scheiß, Kristin? Überleg dir lieber, wie du seine Betrunkenheit ausnutzen kannst und endlich aus der Wohnung rauskommst.

»Warum bist du zu mir zurückgekommen? Du

hattest doch alles erreicht. Reichtum, Chefarzt einer Privatklinik, eine wunderschöne Frau. Kinder.«

»Aus Spaß, meine Süße«, säuselte er. »Das Leben und der Sex mit Tamara war mir zu langweilig geworden. Ich wollte mehr Action. Als wir uns am Marienplatz zufälligerweise trafen, wusste ich es nicht sofort. Aber dann träumte ich des Öfteren von dir und da war mir klar, dass du der perfekte Spielpartner sein wirst. Wieder einmal.« Er packte ihr Kinn. »Aber wer konnte schon ahnen, dass du dich mit deiner Erzfeindin verbündest.« Er knurrte. »Wegen dir ist alles verloren, was ich mir mühsam aufgebaut habe. Mein Geld und meinen guten Ruf. Der alte Falkenberger hat meinen Zugang zur Klinik blockiert und die Leitung wieder übernommen. Zusätzlich, als würde das nicht reichen, hatte er seine Kontakte genutzt und mich als Persona non grata erklärt«, brüllte er ungebremst.

»Hast du wirklich gedacht, dass du ungeschoren davon kommst?«, fragte Kristin wagemutig und versuchte, seinen säuerlichen Mundgeruch auszublenden.

»Ja, habe ich.«

Kristin glaubte ihm sofort.

Er packte ihr Kinn noch fester. »Nun, da du jetzt alles weißt, wird es Zeit, dass ich zum eigentlichen Punkt meines Besuches komme. Der alte Herr hat es mit seinen Kontakten nicht geschafft, mich völlig zu zerstören. Ein kleines Dorf in der Schweiz braucht mich als Landarzt. Es ist ein Anfang. Ein kleiner, aber ein Beginn für etwas Neues. Größeres. Dabei wirst du mir mit deinen Connections in der High Society wieder helfen. Verstanden?«

»Ich glaub kaum, dass sie dir noch helfen werden, wenn sie herausbekommen, welche Shows du abgezogen hast.«

»Nicht mir, du Dummerchen. Dir«, flötete er und pendelte ihr Kinn hin und her.

Kristin legte die Stirn in Falten. »Mir?«

»Du wirst ihnen erzählen, dass du in die Schweiz auswanderst. Um Fuß zu fassen, würdest du dich von ihnen wünschen, dass sie dich bei ihren Bekannten empfehlen. Den Rest erledige ich.«

»Den Teufel werde ich tun.«

»Doch meine Liebe, das bist du mir schuldig.«

»Einen Scheiß bin ich dir schuldig«, brüllte sie und rammte mit ungeahnter Kraft ihr Knie in seine Weichteile zwischen den Beinen.

Jaulend sackte er in sich zusammen.

Kristin riss die Tür auf und preschte zu Vios Wohnungstür. »Vio mach auf«, brüllte sie und drückte den Klingelknopf ununterbrochen. »Mach schon Vio, sei bitte zu Hause.« Ängstlich blickte sie sich zu ihrer Wohnung um. Robert war inzwischen auf die Knie gefallen und hielt mit den Händen vor Schmerzen stöhnend seinen Schritt.

»Ja doch, ich komm ja schon, nicht mal baden kann man in Ruhe«, hörte Kristin die gedämpfte Stimme ihrer Freundin durch die Tür, ehe diese sie aufriss. »Was ist denn los?« Die Haare tropfnass und nur ein Badetuch um ihren schmalen Körper gebunden stand Vio fragend in der Tür.

Kristin schob Vio ohne ein Wort zurück in die Wohnung und schlug die Tür zu. Vom Spion aus beobachtete sie, wie Robert mühsam aufstand. »Ich mach dich fertig, Kristin«, brüllte er und taumelte langsam zum Aufzug.

»Wer war das? Und wie siehst du überhaupt aus? Was ist denn mit deiner Stirn schon wieder passiert?«, fragte Vio verwirrt.

Als Robert im Aufzug verschwunden war, drehte Kristin sich zu ihrer Freundin um und fing herzzerreißend zu weinen an. Vio nahm sie in die Arme und führte sie ins Esszimmer.

Mit wenigen Worten erzählte Kristin ihrer besten Freundin, welch krankhaftes Szenario sich eben in ihrer Wohnung abgespielt hatte.

»Du solltest die Polizei einschalten.«

»Und was sagen? Dass mein Ex mich betrogen hatte?« Kristin schüttelte den Kopf. »Nein, es würde nichts bringen. Auch wenn er sagt, dass er mich fertig machen will, glaub ich eher, dass er endgültig seine Sachen packt und sich in die Schweiz absetzt.«

»Mensch Kristin. Du denkst immer noch, dass er

etwas Gutes in sich trägt.« Nun schüttelte Vio den Kopf. »Niemand hätte gedacht, was für ein Hochstapler er war.«

»Ich denke nicht, ich wünsche es mir nur so sehr. Meine Hoffnung liegt darin, dass es, wenn ich es laut ausspreche, auch eintritt.« Sie seufzte. »Ach Vio, ich hatte riesige Angst. Was soll ich nur tun?«

»Erst einmal bleibst du bei mir. Wir gehen nachher ins Kunstgenuss, da kannst du beim Bedienen helfen und kommst kurzzeitig auf andere Gedanken. Heute Nacht schläfst du bei mir und morgen fährst du ja zu deinen Eltern. Dann bist du aus der Schusslinie, falls er nochmals auftauchen sollte. Während deiner Abwesenheit passe ich auf deine Wohnung auf und bei der kleinsten Bewegung rufe ich die Polizei, das schwör ich dir.«

Kristin nickte. »Danke.«

Dienstag 07. Mai
10:15 Uhr
Praxis Doktor Stein, München

»Ich kann nicht glauben, dass heute der Tag X ist, Valentin«, quietschte Kristin fröhlich, während sie den Aufzugsknopf drückte, der sie in die Praxis von Doktor Stein brachte. »Danke noch einmal, dass du mich begleitest.«

Drei Wochen waren seit dem Vorfall mit Robert vergangen. Seitdem hatte sie zum Glück nichts mehr von ihm gehört. Was ihre Angst abgeschwächt hatte, aber dennoch immer noch für einen eiskalten Schauer sorgte, sobald sie an die quälenden Tage zurückdachte.

Ihrer Familie hatte sie das Geschehen am nächsten Tag natürlich nicht verheimlichen können, so aufgelöst wie sie im Elternhaus eintraf. Sie beharrten darauf, jedes kleinste Detail von ihr zu erfahren. Woraufhin sich Fassungslosigkeit und Zorn durch den Tag zogen, der eigentlich ihrer Mutter gehören sollte. Kristin tat es unendlich leid. Unter Tränenströmen hatte sie sich unaufhörlich bei ihrer Mutter für den gecrashten Geburtstag entschuldigt. Diese wollte davon aber nichts hören. Sie nahm Kristin lediglich in die Arme und ließ sie den ganzen Tag nicht mehr los.

Nach der Rückkehr in ihre Wohnung verbrachte sie die darauffolgenden Tage hauptsächlich im Schutz der

272

Praxis oder bei Vio im Kunstgenuss. Die Ablenkung, die sie durch die vielen Menschen hatte, tat ihr unglaublich gut.

Eine Woche später fühlte sie sich emotional und psychisch wieder gefestigt. Spontan hatte sie Valentin angerufen und ihn zu sich zum Essen eingeladen. Zum einen wollte sie testen, ob seine Kochkunst auch wirklich so gut war, wie er geprahlt hatte. Wie zu erwarten wurde sie nicht enttäuscht. Die selbstgemachten Tagliatelle mit Garnelen in einer cremigen Tomaten-Sahne-Soße waren wohl die Besten, die sie je in ihrem Leben gegessen hatte.

Zum anderen wollte sie ihn endlich wiedertreffen, weil sie seine ruhige Art vermisste und sie nie dringender gebraucht hatte.

Sie gab sich an diesem Abend die größte Mühe, so zu sein, wie sie immer war, doch sein feines Gespür konnte sie nicht täuschen. Kaum saßen sie nach dem Essen mit einem Glas Wein auf der Couch, fragte er sie direkt, was seit ihrem letzten Treffen im Running Sushi geschehen sei. Erst hatte sie zögerlich geantwortet, doch Valentin hatte nicht locker gelassen und so hatte sie ihm ungeschönt das Erlebte erzählt. Er hörte ihr bis zum Schluss zu, ohne sie zu unterbrechen. Doch nachdem sie geendet hatte, war er wütend. Nicht nur auf Robert, sondern auch, dass er Kristin nicht helfen konnte. Er entschuldigte sich bei ihr. Es täte ihm leid, dass er ihre Not nicht in den täglichen Mitteilungen, die sie sich geschrieben hatten, herausgelesen hatte. Verdattert darüber hatte sie seine Hände gepackt und ihm mehrfach versichert, dass sie mit Absicht Belangloses geschrieben hatte, um ja keinen Verdacht bei ihm aufkommen zu lassen. Robert sollte kein Gesprächsthema zwischen ihnen beiden mehr sein. Er pflichtete ihr bei, dennoch machte er ihr unmissverständlich klar, dass er niemals mehr ausgeschlossen werden möchte. Sie läge ihm sehr am Herzen und wenn es ihr schlecht gehe, möchte er es wissen. Seufzend hatte sie genickt. Danach hatten sie die Gläser erneut mit Wein aufgefüllt und beschlossen, ab sofort Robert keinen Raum mehr in ihren Gesprächen zu geben. Vielmehr wollten sie nun endlich die ersten Schritte des Kinderwunsches gehen. Roberts herbe Worte, dass sie ein Kind mit einer Schwuchtel wollte, hatte Kristin keineswegs vom Weg abgebracht.

Eher war das Gegenteil eingetreten.

Nun wusste sie es endgültig. Roberts Tat war das letzte Tröpfchen, das jegliches Vertrauen in die Männerwelt zerstört hatte.

Es stand in den Sternen, ob sie jemals wieder in der Lage war, einem Mann vertrauen zu können. Aber das spielte im Moment keine Rolle. Jetzt stand erst einmal ihr ungebrochener Kinderwunsch an erster Stelle.

Wie gut, dass sie Valentin vor der

Vertrauenszerstörung kennengelernt hatte, dachte sie und blickte zu ihm auf.

Er lächelte sie aufmunternd an und strich ihr mit der Hand dem Rücken hinunter.

Einige Tage nach dem selbstgekochten Abendessen in ihrer Wohnung hatten sie ihren ersten Termin bei Doktor Stein. Nach dem Vorgespräch wurde ihnen beiden Blut abgenommen, Kristins Eierstöcke mit dem Ultraschallgerät untersucht und Valentins Spermiogramm erstellt.

Da beide in bester gesundheitlicher Verfassung waren, empfahl Doktor Stein fürs Erste eine Insemination beim nächsten Eisprung.

Als sie ihre Periode bekam, gab sie in der Praxis Bescheid und sie erhielt den nächsten Termin. Bei dem mit Hilfe einer Ultraschalluntersuchung eine geeignete Größe der Follikel festgestellt wurde. Bevor sie die Praxis verließ, überreichte die Sprechstundengehilfin ihr eine eisprungauslösende Spritze für zuhause, die sie zwei Tage später in ihre Bauchdecke spritzte.

Heute, wieder zwei Tage später stand sie nun mit Valentin und zwei geschwollenen Eierstöcken vor dem Aufzug.

Die Wirkung der Spritze war in den letzten Stunden heftig vorangeschritten, sodass Kristin dachte, sie hätte Tennisbälle im Unterleib anstatt der Eierstöcke. Weswegen sie sich, trotz des bewölkten

Himmels, für ein lockeres Kleid ohne Strumpfhose entschieden hatte.

Eine halbe Stunde vor dem Termin hatte Valentin sie mit seinem Auto abgeholt und sie sind gemeinsam zur Praxis gefahren. Er wollte sie unbedingt begleiten. So konnte er zumindest ein bisschen bei der Zeugung dabei sein, erklärte er schmunzelnd, als sie ihm den Termin der Insemination mitgeteilt hatte.

Zuerst wollte sie verneinen, aber er bemerkte ihr Zögern sofort und erklärte, dass er nur im Wartezimmer warten wolle. Doch je näher der Tag kam, desto schlimmer wurde für Kristin die Vorstellung, dass er vor der Tür wartete, während sie seine Spermien gespritzt bekam. Am liebsten hätte sie ihre Zustimmung zurückgenommen. Doch sie wollte in seinem Gesicht keine Enttäuschungen mehr lesen. Zu oft hatte er ihre Unentschlossenheit bereits aushalten müssen. Weshalb sie nichts sagte und hoffte, dass alles nicht so schlimm war, wie ihr Gehirn es sich ausmalte.

Jetzt war sie mehr als dankbar, dass er sich die Zeit nahm und sie begleitete. Sie hätte nicht gedacht, dass sie so aufgeregt sein würde. So ganz alleine möchte sie das doch nicht durchstehen. Zur Not wäre Vio mitgegangen, das hatte sie mehrfach angeboten. Ihre Mutter wäre bestimmt sicher auch mitgekommen, aber dazu hätte Kristin sie erst einweihen müssen. Was sie aber nicht mochte, weil sie ihre Familie mit einem positiven Schwangerschaftstest überraschen wollte. Zeitgleich sollten sie Valentin kennenlernen. So war die Vorstellung in ihrem Kopf. Aber sie wusste ja, wie oft ihre Vorstellung im Kopf nicht mit dem übereinstimmte, was wirklich geschah.

»Wir rocken das«, beteuerte Valentin mit völlig überzeugter Stimme und riss Kristin aus ihren Gedanken.

Der Aufzug kündigte sein Ankommen mit einem Piepen an und öffnete quietschend die Türen. Valentin nahm ihre Hand, zog sie in den Aufzug und ließ erst wieder los, als sie im Wartezimmer ankamen, in dem bereits zwei Frauen und ein Pärchen warteten.

Sie setzten sich auf die letzten zwei freien Plätze und sahen dem geschäftigen Treiben auf dem Flur zu. Doch das hektische Hin und Hergerenne der Arzthelferinnen sowie das Warten und Stillsitzen steigerten Kristins Aufregung ins Unermessliche. Auch wenn Doktor Stein ausführlich den Ablauf der Insemination erklärt hatte, es reichte nicht, um nicht aufgeregt zu sein. Ihre Hände waren nicht mehr feucht, sondern nass. Selbst das Abwischen auf dem Kleid half nichts. In Nullkommanichts waren sie wieder schwitzig. In den Ohren rauschte es und das Herz klopfte ihr bis zum Hals.

»Mach dir nicht so viele Gedanken«, flüsterte Valentin ihr ins Ohr. »Egal, wie es heute laufen wird, wir probieren es auf jeden Fall nochmal.«

Kristin blickte ihn für die lieben Worte dankbar an. Seine ruhige Art entschleunigte ihren Herzschlag. Genau in dem Moment wurde sie aufgerufen. Sie drückte kurz Valentins Hand und folgte dann der Arzthelferin in einen Behandlungsraum, in dem sie sich hinter einem Vorhang unten frei machte.

Als sie wieder hervortrat, kam Doktor Stein durch die Tür. »Hallo Kristin. Wie gehts ihnen? Aufgeregt?«

»Ein bisschen«, gab sie zu und setzte sich auf den Gynäkologenstuhl.

»Entspannen sie sich. Ich verspreche ihnen, es wird keine zehn Minuten dauern«, beteuerte Doktor Stein zwinkernd und trat auf ein Pedal, das die Höhe und Neigung des Stuhls änderte.

Nun lag Kristin mit dem Kopf schräg nach unten und die Füße zeigten nach oben. Von dieser Position aus konnte sie nicht erkennen, was Doktor Stein und die Arzthelferin auf dem Ablagetisch taten. Die Geräusche ließen nur erahnen, dass einiges ausgepackt wurde.

Doktor Stein wandte sich Kristin wieder zu. »Ich werde jetzt diesen Katheter in die Gebärmutter einführen. Es ist absolut schmerzfrei. Sie werden nichts spüren.« Sie hielt den dünnen transparenten Schlauch so, dass Kristin ihn aus ihrer Position sehen konnte. Dann stellte sie sich zwischen Kristins Beine und führte ihn ein. Außer einem Kitzeln spürte sie nichts.

»Und nun spritze ich das Spermium hinein. So und schon fertig«, erklärte Doktor Stein, reichte der Arzthelferin den Schlauch und die Spritze und fuhr den Stuhl zurück in die Ausgangsposition. »Sie können sich wieder anziehen.«

Kristin wusste gar nicht, wie ihr geschah. Kaum hatte Doktor Stein angefangen, da war sie auch schon fertig? Und sie hatte nichts gespürt. Alles ging so schnell. Sie konnte gar nicht darüber nachdenken, wie sie sich fühlte.

Nur das es jetzt kein Zurück mehr gab. Aber das wollte sie auch gar nicht.

»Kann da nichts auslaufen?«

»Nein. Keine Sorge. Alles bleibt da, wo es ist. Zu ihrer Sicherheit können sie gerne eine von den ausliegenden Binden nehmen.«

Kristin zog sich an und legte sich dann doch lieber vorsichtshalber eine Binde in die Unterhose. Dann trat sie hinter dem Vorhang hervor. »Ich kann nicht glauben, dass das so schnell ging.«

Doktor Stein nickte und lächelte. »Ich wünsche ihnen alles Gute, Kristin.«

»Danke.«

»Bist du bereit?«, fragte Kristin aufgeregt und schwenkte mit der Kamera ihres Handys über den umgedrehten Schwangerschaftstest.

»Ja, lass uns nachsehen.« Valentins Stimme klang ruhig, aber Kristin hörte dennoch eine Anspannung heraus.

»Ok. Dann zähl ich mal runter. Drei, zwei, eins.« Kristin drehte den Test um.

Zwei Striche.

»Ach du meine Güte«, Kristin schlug sich die Hand vor dem Mund. Sie konnte es nicht glauben.

Als sie ein paar Tage nach der Insemination eine Schmierblutung hatte und tags darauf einen starken Stich im Unterleib verspürte, dachte sie, das war`s jetzt. Und nun stand sie hier. Mit einen positiven Test in der Hand.

Sie war schwanger.

Mit wackeligen Füßen setzte sie sich auf den Badewannenrand. Ihre Gefühle drohten sie zu überwältigen. Tränen liefen ihr die Wangen herunter und sie legte schützend ihre Hände auf den Unterbauch.

»Kristin? Alles ok?«, fragte Valentin mit gedämpfter Stimme.

Erst jetzt fiel Kristin auf, dass sie das Telefon mit dem Bildschirm nach unten auf dem Waschbeckenrand abgelegt hatte. Sie hob es hoch und blickte Valentin tränenverschleiert an, der ebenfalls mit den Tränen kämpfte.

Stumm blickten sie sich an, bis er das Wort ergriff. »Wir sollten diesen Moment feiern.« Er schluckte vor Ergriffenheit. »Wir treffen uns heute Abend am kleinhesseloher See. Dort, wo wir uns zum ersten Mal begegnet sind. Na, wie findest du das?«

»Wie romantisch von dir«, entfuhr es Kristin und ein Schauer lief ihr den Rücken hinunter. Wären sie ein Paar, würde sie dem Ganzen zustimmen, aber sie versuchte immer noch, die Gefühle zu ihm loszuwerden. »Lass uns lieber ins Kunstgenuss zu Vio gehen. 19 Uhr?«

Valentin sah sie für einen kurzen Moment traurig an, dann änderte sich sein Ausdruck schlagartig und er strahlte wie zuvor, bevor es plötzlich hektisch bei ihm wurde. »Abgemacht. Dann um sieben bei Vio. Freu mich.« Er winkte ihr noch zu, dann beendete er den Anruf.

Ratlos blickte Kristin auf den leeren Bildschirm. Was bitte, war das denn, fragte sie sich. Sie schüttelte den Kopf. Bin gespannt, was seine Erklärung heute Abend dazu sein wird.

Dann fiel ihr Blick auf die Handyuhr. Ihr blieb nur noch eine halbe Stunde Zeit, bis der erster Patient auf der Liege lag. Schnellstens zog sie sich auf den Weg ins Schlafzimmer den Schlafanzug aus. Nackt wie sie war, stellte sie sich seitlich vor den Schrankspiegel und strich zärtlich über den flachen Bauch. »Keine Angst, mein Kleines. Egal, was jetzt kommen mag, ich werde immer für dich da sein und dich beschützen«, schluchzte sie und wischte sich die Tränenbäche aus dem Gesicht.

Kristin lief beschwingt und freudestrahlend den Fußgängerweg zum Kunstgenuss entlang. Aber am liebsten hätte sie getanzt und es in die ganze Welt hinausposaunt. Sie war schwanger! Sie konnte es immer noch nicht richtig glauben. Zum Glück hatte sie heute früh noch schnell ein Foto vom positiven Schwangerschaftstest geschossen. Sonst wär es ihr den ganzen Tag nur wie ein Traum vorgekommen.

Unzählige Male hatte sie die unbeobachteten Momente auf der Arbeit genutzt und das Foto angesehen, dabei die Hand liebevoll und schützend auf den Bauch gelegt. Einmal wäre sie von ihrer Kollegin beinahe erwischt worden. Außerdem hatte Erika gleich bei Arbeitsbeginn gefragt, was passiert sei. Sie hätte ein breites Grinsen und ein Augenleuchten, wie ein Kind an Weihnachten. Zuerst wusste Kristin nicht, was sie antworten sollte. Lügen wollte sie nicht, aber für die Wahrheit war es noch zu früh. Viel zu früh. Sie hatte ja noch nicht einmal die Bestätigung von Doktor Stein.

Glücklicherweise war ihr noch eine geniale Ausrede auf die Schnelle eingefallen. Sie hatte ganz schlicht und einfach erklärt, sie sei verliebt. Was ihr niemand als Lüge ankreiden konnte. Denn es stimmte.

Sie war schockverliebt in ihr ungeborenes Kind. Und das, obwohl sie es noch nicht einmal kannte.

War das normal? Vermutlich schon.

Kristin unterbrach ihre Gedanken, als sie vor dem Kunstgenuss eintraf. Die Menschenmenge und die untypische Lautstärke erstaunte sie. Sehr ungewöhnlich für einen Wochentag. Was war da los? Sie konnte sich nicht erinnern, dass Vio ein größeres Event erwähnt hätte.

Sie drängte sich durch die Schlange stehende protestierende Meute hindurch zur Eingangstür, wo ihr drei Securitys den Eintritt verwehrten. »Tut mir leid. Wegen Überfüllung geschlossen«, brummte einer von ihnen und schob sie von der Tür weg.

Kristin kam aus dem Staunen nicht mehr heraus. Hatte Vio die Anzahl der Securitys doch erhöht? Sie stellte sich etwas abseits, zog das Handy aus der Handtasche und wählte Vios Nummer. Kristin ließ läuten, bis die Sprachbox ansprang. »Vio. Was ist bei euch im Kunstgenuss los? Man lässt mich nicht rein. Kannst du bitte herauskommen, wenn du das abhörst?« Sie legte auf und wählte Valentins Nummer. Auch bei ihm ging nur die Mailbox an. Was hatte das zu bedeuten? War er noch unterwegs oder wartete er bereits drinnen auf sie und bemerkte nur wegen der Musiklautstärke das Klingeln nicht? »Ich warte vor dem Kunstgenuss auf dich.« Sie legte auf und behielt das Handy in der Hand. Dann blickte sie sich suchend um. Wobei sie gar nicht benennen konnte, nach was. Sie fühlte sich unwohl. Beobachtet von den anstehenden Leuten. Wie abgestellt und nicht abgeholt. So hatte sie sich den heutigen Abend nicht vorgestellt. Doch ehe sie in die Enttäuschung versinken konnte, kam Valentin auf sie zu. »Mensch was ist denn hier los? Das sind ja an die hundert Leute, die hier draußen stehen.« Er beugte sich zu ihr herab und gab ihr links und rechts ein Bussi auf die Wange.

»Keine Ahnung. Die lassen mich nicht rein und Vio kann ich nicht erreichen.«

»Gibts keinen Hintereingang, wo wir reinschlüpfen könnten?«

Kristin schüttelte den Kopf. »Nein, leider nicht.«

»Hm ... willst du warten bis Vio herauskommt oder sollen wir wo anders hingehen zum Feiern?«

»Eigentlich wäre es hier perfekt. Vio ist bestimmt so beschäftigt, dass ihr unsere interne kleine Feier und mein ständiges Gegrinse gar nicht auffallen wird«, überlegte sie laut. »Außerdem interessiert es mich sehr, welche Band so einen Ansturm auslöst.«

Valentin nickte. »Warte kurz.« Er ging zu einem der Wartenden, redete kurz mit ihm und kam grinsend zurück. »Du wirst es nicht glauben. Barry Anderson höchstpersönlich gibt sich die Ehre. Er wollte sich wohl nur die Bilder von Vio ansehen, aber durch die Social Media hatte sich seine Anwesenheit wie ein

Lauffeuer herumgesprochen. Daraufhin hatte er sich für ein spontanes Konzert entschieden.«

»Wow das ist ja der Wahnsinn.« Diese Aktion hob das Kunstgenuss in eine ganze andere Ebene. Barry Anderson war der neue Stern in der Musikszene. Jeden Song, den er herausbrachte, stieg sofort in die Top Ten der Musik-Charts ein und hielt sich auch monatelang dort. Soweit Kristin wusste, stammt er aus Irland und hatte vor seiner Musikkarriere als internationaler Fotograf gearbeitet. Seine Bilder waren legendär. Er war erfolgreich auf ganzer Linie und hatte auch dementsprechend Einfluss.

Sie freute sich sehr für ihre Freundin.

»Kristi-in«

Kristin drehte sich um und sah Vio zu sich winkend am Eingang stehen. Sie lief auf sie zu und umarmte sie heftig. »Vio, das ist ja unglaublich.«

»Jaaa, nicht wahr?« Sie strahlte über das ganze Gesicht. »Kommt rein.« Sie packte Kristin bei der Hand und zog sie durch die eng zusammenstehende Menschenmasse zu einem Platz direkt neben der Bühne. Und ehe Kristin sich versah, drückte Vio ihnen ein Glas Sekt in die Hand. »Auf einen der besten Überraschungsmomente meines Lebens.«

Während Vio ihr Glas auf Ex austrank, überlegte Kristin, ob der Sekt dem Baby schaden könnte. Sie konnte sich nicht vorstellen, dass er in diesem Schwangerschaftsstadium große Auswirkungen hatte.

Der Großteil der Schwangeren hatte sicher den einen oder anderen Rausch, weil sie von ihrer Schwangerschaft noch gar nichts wussten, und ihre Babys kamen trotzdem gesund zur Welt. Sicherheitshalber blickte sie zu Valentin, der ihr entspannt zu zwinkerte, und den Rest ihrer Bedenken damit nahm. Sie prostete Vio, die ihr Glas erneut aufgefüllt hatte, zu und trank einen Schluck des Sekts. Der prickelnd ihrer Kehle hinunterlief und nach mehr schrie. Vio hatte den besten der Besten ausgewählt. Doch so gut er auch war, mehr als ein Glas bewilligte sie sich nicht. »Du musst mir unbedingt erzählen, wie Barry Anderson zu dir kam«, brüllte Kristin über die Lautstärke der Musik hinweg.

»Durch Henry. Als internationaler Finanzberater reist er ziemlich viel in der Welt herum«, brüllte Vio zurück und legte eine Hand auf Kristins Unterarm. »Du kannst dir nicht vorstellen, wi-ie lang seine Kontaktliste in einem seiner Smartphones ist. Und er hat drei davon. Wahnsinn, oder?« Sie schüttelte den Kopf. »Ist auch egal. Jedenfalls, was ich sagen wollte, Henry war mit einem Kunden im Ritz Paris verabredet. Der Kunde hatte sich verspätet und Henry genehmigte sich an der Bar einen Drink, wo er auf Barry Anderson traf und mit ihm ins Gespräch kam. Unter anderem auch über Kunst, woraufhin Henry ihm von meiner neuen Ausstellung erzählte. Tags darauf, also genau gesagt heute früh, sind sie mit

Barrys Privatjet hierher geflogen. Du kannst dir sicher vorstellen, wie blöd ich geschaut hab, als Henry ohne Vorankündigung mit ihm hier eintraf. Und nicht nur ich. Du hättest die Gäste sehen sollen. Blitzschnell hatten sie ihre Handys gezückt und Fotos und Videos in den Social Media hochgeladen. Der Ansturm ließ nicht lange auf sich warten. Zum Glück hatte Barry genügend Securitys dabei. Ich will mir gar nicht vorstellen, wenn das nicht der Fall gewesen wäre.« Vio stellte ihr Glas auf einem der Lautsprecherboxen neben sich ab. »Ohne lange zu überlegen entschied sich Barry, den Ansturm mit einem kleinen Konzert zu belohnen. Im Gegenzug muss das Publikum eine Spende in einen Topf werfen. Das Geld wird an den Kinder-Herzenswünsche-Verein gespendet. Schön, gell? Zwei Fliegen mit einer Klappe.« Sie klatschte in die Hände. »Es wird was Gutes getan und zeitgleich erlebt das Kunstgenuss einen Aufschwung von Popularität, wie es noch nie zuvor geschah.«

Kristin traten Tränen der Freude in die Augen. »Das ist eine wundervolle Idee. Da kommt bestimmt einiges an Geld zusammen.« Sie umarmte Vio begeistert. »Und für dich und dem Kunstgenuss freue ich mich auch sehr. Von nun an wird man monatelang auf einen freien Tisch warten müssen.«

»Ich hoffe sehr«, antwortete Vio und grinste verschmitzt. »Aber nun muss ich nach dem Rechten sehen. Wir sehen uns später.« Sie zwinkerte ihnen zu und verschwand in der Menge, während Barry Anderson Forever mit seiner Gitarre anstimmte.

I vow to always stand by your side.
I'll give everything for you.
I dedicate my life to you and will always be there for you.
Together, we get through every storm.
We'll be together for eternity, you and me.
Forever.
When I hold you in my arms, I feel a deep connection.
I assure you with all my heart that I will always be there for you.
I have complete faith in our love; nothing could be more precious.
I trust us unconditionally.
We are one now.
Forever.
We will be together as a family.
Nothing can match our bond.
I will stand by your side with full devotion.
Forever.

Kristin wandte sich Valentin mit einem Lächeln zu. Passender konnte der Moment nicht sein. Sie hob ihr Glas zu einem Toast. »Auf unser ungeborenes Kind. Auf eine wundervolle Zukunft und auf das wir ewig

Freunde bleiben.«

»Auf die Familie.«

Sie tranken aus und stellten ihre Gläser neben das von Vio ab.

»Möchtest du etwas anderes trinken, dann hol ich uns schnell etwas«, fragte Valentin und schaute skeptisch in Richtung Bar.

»Schnell geht hier heute nichts«, meinte Kristin schmunzelnd. »Danke, aber vorerst brauche ich nichts. Wenn du ...«

»Nein, das Gedränge tu ich mir nicht an«, antwortete Valentin erleichtert und grinste.

»Wie war dein Tag heute?«, fragte Kristin interessiert.

»Bisschen stressig. Es waren viele Aufträge abzuarbeiten.«

»Ach, war das der Grund, warum du mich heute früh so schnell weggedrückt hast?«

Valentin blickte sie irritiert an. »Habe ich das?«

»Ja schon. Deine Verabschiedung ging so schnell und hektisch, dass ich nicht einmal Ciao sagen konnte.«

»Ach ja stimmt, da kam mein ... äh ... ein Kollege in mein Büro. Tut mir leid«, stotterte er und wandte den Blick von ihr ab.

»Aha verstehe«, brummte Kristin. So richtig verstand sie sein Verhalten aber immer noch nicht.

»Ich möchte nicht, dass jemand jetzt schon von

dieser Schwangerschaft erfährt, ok? Es war eh schon anstrengend genug, das dauerhafte Gegrinse aus dem Gesicht zu verbannen«, fauchte er genervt. Seinen Blick hatte er ihr immer noch abgewandt.

Man hätte das Telefongespräch sicher auch anders beenden können, dachte Kristin, aber sie wollte nicht noch mehr auf dieses eigentlich unwichtige Thema herumhacken. Letztlich spielte es keine Rolle. Vielleicht lag es an den Hormonen, dass sie so überempfindlich war. Sie musste sich unbedingt mehr zusammen nehmen in nächster Zeit. »Puh, da bin ich aber froh, dass wir uns da einig sind, ohne uns vorher abgesprochen zu haben. Ich möchte auch noch niemanden von der Schwangerschaft erzählen«, erklärte sie im versöhnlichen Ton. »Und was das Gegrinse angeht. Ich weiß genau, wie sich das anfühlt«, fuhr sie augenzwinkernd fort.

Valentin legte seinen Kopf schief und sah sie warmherzig an. Dann nahm er sie wortlos in die Arme.

»Das hat bestimmt nichts zu bedeuten, Kristin«, rauschte Valentins beruhigende Stimme in ihr Ohr. »Doktor Stein wird dich untersuchen und dir die Sorgen nehmen. Dem Baby gehts gut, da bin ich mir sicher.«

»Es kann nicht normal sein, dass so viel Blut abgeht«, schluchzte sie in das Telefon hinein. »Ich wünschte, du wärst jetzt hier, Valentin.«

»Das wünschte ich mir auch. Nur so wie es gerade aussieht, werde ich noch länger im Stau stehen.«

»Ich hab solche Angst, dass ich das Kind verloren habe.«

»Noch ist es nicht Gewissheit. Beruhige dich, Kristin.«

Sie legte den Handballen an die Stirn und schloss die Augen. »Ich hätte das Glas Sekt nicht trinken sollen. Wie konnte ich nur so unvorsichtig sein.«

»Es bringt nichts, wenn du dich so fertig machst und noch gar nichts Genaues weißt. Warte ab, was Doktor Stein sagt.«

»Frau Schubert?«, rief die Sprechstundenhilfe Kristin auf. »Sie dürfen sich vor Doktor Steins Büro setzen. Sie wird sie gleich aufrufen.«

Kristin nickte ihr zu. »Ich muss auflegen,

Valentin.«

»Melde dich, sobald du mehr weißt.«

»Mach ich.« Kristin legte auf, ging mit zittrigen Beinen den Gang entlang und ließ sich schwerfällig auf den Stuhl fallen. Ihr kam es wie ein Déjà-vu vor. Waren wirklich schon zwei Jahr vergangen, seit sie ebenfalls verheult vor dem Büro von Doktor Stein saß? Nur, dass damals Robert der Grund war. Eine ihr aus heutiger Sicht unnötige Heulerei. Gut, hätte sie damals das heutige Wissen über Robert gehabt, wäre es nie so weit gekommen. Aber andererseits hätte ihr Doktor Stein dann auch nicht die Möglichkeiten einer Singleschwangerschaft aufgezeigt. Wo säße sie dann? Sonst wo heulend, weil aus einem Date nichts geworden war?

Wäre es ihr lieber, nicht hier zu sitzen und abzuwarten, ob sie das Baby verloren hatte?

Nein. Dessen war sie sich gewiss. Noch war nichts verloren und selbst wenn, sie hatte Valentin. Mit ihm zusammen, wird sie diese Zeiten, ob sie nun dunkel oder hell sein werden, durchstehen. Sie kramte aus ihrer Tasche ein Taschentuch und tupfte sich die Tränen aus den Augenwinkeln.

Die Tür ging auf und Doktor Stein kam mit einem Lächeln heraus. »Frau Schubert?«

»Ich glaub, ich habe das Baby verloren«, platzte Kristin heraus.

Doktor Steins Lächeln verschwand. »Kommen sie

herein.«

Furchtsam stand Kristin auf und folgte Doktor Stein in ihr Büro. Ohne Doktor Steins Aufforderung abzuwarten, verschwand Kristin hinter dem Vorhang und zog sich aus. Stillschweigend setzte sie sich auf den Behandlungsstuhl und wartete, bis Doktor Stein mit dem Ultraschallgerät ein geeignetes Bild zustande brachte.

»Man kann einen Fötus sehen, aber es tut mir leid, Kristin. Ich finde keinen Herzschlag.«

Kristin schloss die Augen. Der ernste mitfühlende Ton kroch ihr ins Herz, verteilte eine eisige Kälte und ließ ihren Körper erzittern. Ihre eiskalten Hände waren zu Fäusten geballt und Tränen flossen unaufhörlich über ihre Wangen.

Doktor Stein legte ihre warme Hand tröstend auf Kristins Fäuste. »Ihr Verlust tut mir sehr leid, Kristin. Lassen sie sich so viel Zeit wie sie brauchen.«

Kristin nickte wie betäubt. Nur schwach drangen die Worte von Doktor Stein zu ihr hindurch. »Habe ich etwas falsch gemacht? Ist das Glas Sekt schuld, dass ich vor drei Wochen getrunken habe?«, schluchzte sie.

»Nein, ganz und gar nicht. Bitte machen sie sich keine Vorwürfe. Eine Fehlgeburt kommt häufiger vor, als sie sich vorstellen können. Und sie können immer noch Kinder bekommen, falls ihnen dies Sorge bereitet.«

Abermals nickte Kristin, obwohl sie keine Ahnung hatte, woher diese Energie kam. Denn gerade fühlte es sich an, als säße nur ihr Körper auf den Stuhl, während ihr Verstand neben Doktor Stein stand und alles mit Entsetzen beobachtete. »Danke«, presste sie zwischen zusammengebissenen Zähnen hervor.

Doktor Stein nickte kaum merklich. »Ich denke, ihr Körper wird diesen Verlust selbst regeln. Dennoch würde ich ihnen empfehlen, einen Nachuntersuchungstermin zu vereinbaren.«

Kein Herzschlag. Verlust. Nachuntersuchungstermin. Kristins Kopf dröhnte. Sie wollte nur noch nach Hause, in ihr Bett verkriechen und heulen.

Eiligst sprang sie vom Stuhl und zog sich an.

Einmal mehr war sie überrascht, woher diese Energie kam. Fühlte sie doch eine innere Leere, die ihr jegliche Kraft raubte.

Doktor Stein stand neben ihrem Schreibtisch, als Kristin hinter dem Vorhang hervortrat. »Ich weiß, was sie durchmachen«, erklärte sie und setzte eine vielsagende Pause ein. »Gönnen sie ihrem Körper Ruhe, Kristin. Wenn die Blutung oder die Schmerzen sich verschlimmern, scheuen sie sich nicht, mich anzurufen.« Sie drückte Kristin eine Visitenkarte mit ihrer privaten Nummer in die Hand.

Kristin presste ihre Lippen aufeinander, um den Schrei, der sich in ihr aufbäumte, zu ersticken.

»Eines möchte ich ihnen noch mit auf den Weg

geben, Kristin. Auch wenn sie sich im Moment nicht annähernd vorstellen können, erneut schwanger zu werden, weil sie sich einen weiteren Verlust ersparen wollen.« Sie holte Luft. »So kann ich ihnen aus Erfahrung sagen, dass sie bald wieder die Kraft dazu haben werden. Ich bin mir sogar ziemlich sicher, dass wir uns bald wieder sehen.« Sie lächelte und drückte Kristins Oberarm. »Die Angst, eine weitere Fehlgeburt zu erleiden, wird bleiben, auch wenn sie über die zwölfte Woche hinaus sind. Sie können in jedem Trimester das Kind verlieren und wenn das Kind zur Welt kommt, geht es mit der Angst weiter. Aber sie werden sich daran gewöhnen. The real life of mums. Wir stehen in ständiger Angst um unsere Kinder. Am liebsten würden wir sie alle in Watte packen«, sagte sie und lächelte aufmunternd.

Kristin mühte sich ein Lächeln ab. Sie war Doktor Stein so dankbar für ihre mitfühlenden Worte, doch im Moment konnte sie ihre Dankbarkeit einfach nicht ausdrücken, deshalb nickte sie erneut und drückte deren Hände fest und herzlich.

Dann drehte sie sich um und lief mit großen Schritten zur Tür, riss sie auf, um schnellstmöglich nach Hause zu kommen, und wäre beinahe in Valentin hineingerannt, der nervös vor der Tür auf und ab lief.

»Valentin«, schrie sie und warf sich in seine Arme. »Ich hab unser Kind verloren«, wimmerte sie und drückte sich fester an seinem Körper, um den nötigen

Halt zu bekommen, der ihr endlich das Gefühl des Fallens nahm.

Valentin verstärkte seine Umarmung.

Und tatsächlich. Allmählich wurde das Rauschen in ihren Ohren weniger und die wackelpuddingartigen Beine wurden wieder etwas standfähiger.

»Ich bringe dich nach Hause«, krächzte er mit niedergeschlagener Stimme.

Eine eigenartige Nacht lag hinter ihnen.

Als sie nach der Praxis in Kristins Wohnung ankamen, hatten sie gemeinsam entschieden, dass Valentin den restlichen Tag und die Nacht bleiben sollte.

Was auch gut war. Denn so war Kristin nicht alleine, als das kleine Wesen sich nachts um eins stumm aus ihrem Körper verabschiedete.

Erst in den frühen Morgenstunden war sie in einen unruhigen Schlaf gefallen, aus dem sie aber durch Valentins Wecker um sieben wieder aufgeschreckt war. Seine Frage, ob es ihr lieber wäre, wenn er hierbliebe, hatte sie verneint. Sie mochte ihn wirklich gern, doch in diesem Augenblick hatte sie das Bedürfnis, alleine zu sein. Er ging bedrückt aus der Wohnung, aber nicht bevor er ihr noch versprach, dass er sie später anrufen würde.

Kristin legte sich auf die Couch und zog Valentins Duft ein, den er auf den Kissen hinterlassen hatte. Sein Geruch und die Restwärme lösten die Anspannung und sie fiel in einen tiefen, traumlosen Schlaf.

Ausgeruhter wachte sie um halb zwölf durch das Läuten ihres Handys auf.

»Wie geht es dir?«, fragte Valentin besorgt.

»Besser. Ich habe mich wieder hingelegt, als du weg warst.« Sie stockte und zog scharf die Luft ein, als ihr mit Entsetzen einfiel, dass sie Valentin kein einziges Mal gefragt hatte, wie es ihm mit diesem Verlust ging. Er hatte sich so liebevoll um sie gekümmert und sie kam nicht ein einziges Mal darauf, ihn nach seinen Gefühlen zu fragen.

Es war doch auch sein Kind gewesen.

Sie schluckte. Wie egoistisch sie sich verhalten hatte. »Oh Valentin! Es tut mir so leid. Wie geht es dir? Mich hat nur mein eigenes Leid interessiert«, schluchzte sie.

»Ich bin ok.« Er hielt kurz inne. »Ich denke, für mich war es nicht annähernd so schmerzlich wie für dich. Schließlich hast du es auch körperlich durchgemacht. Und dazu noch die Hormone.«

»Es war aber auch dein Kind, das ich verloren habe. Ich kann verstehen, wenn du ...«

»Nein, sprich es nicht aus«, donnerte er. »Ja, es war auch mein Kind.« Er schluckte hörbar. »Ich werde mich deswegen nicht von dir abwenden, nur weil es beim ersten Mal nicht geklappt hat.«

Erleichtert ließ Kristin die angespannten Schultern sinken. »Ich danke dir.«

Stumm nahm er ihr Aufatmen entgegen. »Soll ich später vorbeikommen?«

»Nimm es mir bitte nicht übel, aber ich glaube, ich

fahre übers Wochenende zu meinen Eltern. Ich brauch ein bisschen Ruhe. Der ganze Trubel in der Stadt geht mir schon seit Wochen an die Substanz und nun die Fehlgeburt.«

»Tu das. Es wird dir bestimmt guttun«, stimmte er ihr zu und verabschiedete sich.

Kristin stand auf und holte aus dem Flurschrank ihre kleine Reisetasche hervor, packte alles Nötige für zwei Tage ein und zog den Reißverschluss zu. Danach drehte sie die Dusche an, stellte sich unter den heißen Strahl und ließ all den Ballast der letzten vierundzwanzig Stunden abfließen. Erhitzt und die Haut ganz rot trat sie wieder heraus und rubbelte sich mit einem Handtuch trocken.

Wenn auch das Wasser die Gefühle nicht wegschwemmen konnte, so fühlte sie sich doch um einiges frischer als zuvor. Sie zog sich an, schnappte sich die Reisetasche und schloss die Wohnungstür ab. Kurz überlegte sie, bei Vio zu klingeln, doch verwarf es sofort wieder. Ihr war jetzt nicht nach Reden.

Sie wollte einfach nur fort von diesem Ort, an dem sie ihr Kind im Klo hinunter gespült hatte.

Nach knapp einer Stunde bog Kristin in die Auffahrt ihrer Eltern ein.

»Soll ich dein Auto auch waschen?«, fragte ihr Vater, der gerade dabei war seinen SUV einzuschäumen.

»Hallo Papa.« Kristin ging zu ihm und umarmte ihn. »Wenn du noch Zeit und Muße hast, dann sage ich nicht nein.« Sie drückte ihm einen dicken Schmatzer auf die Wange und ging in den Garten, wo ihre Mutter gerade dabei war, Unkraut zu jäten. »Hey Mama.«

»Was ist passiert?«, fragte sie argwöhnisch.

»Ich hatte heute Nacht eine Fehlgeburt«, schluchzte Kristin.

Anne rieb sich die Erde von den Händen und umarmte sie, wie es nur eine Mutter konnte. »Komm, setz dich auf die Terrasse. Ich hol uns einen Kaffee und dann erzählst du mir alles in Ruhe.«

Kristin setzte sich auf einen der Holzstühle und wartete angespannt auf ihre Mutter, die mit einem Tablett nach draußen kam. »Als hätte ich es gewusst, dass du heute kommst. Ich habe Omas Rhabarberkuchen mit Baiser gemacht.« Sie schnitt ein großes Stück ab und legte es auf den Kuchenteller von Kristin.

Obwohl es ihr liebster Kuchen war, und allein der Duft meist reichte, um ihr das Wasser im Mund zusammenlaufen zu lassen, so verfehlte er heute seine Wirkung. »Ich glaub, ich kann nichts essen.«

»Wann hast du zuletzt was gegessen?«

Kristin überlegte. »Vielleicht vorgestern Abend?«

»Das ist viel zu lange her. Du musst bei Kräften bleiben, für die nächste Schwangerschaft.«

»Ich weiß nicht, ob ...«

»Papperlapapp, natürlich weißt du das. Es ist dein größter Wunsch, Mutter zu werden, schon vergessen? Solche Tragödien können passieren und es ist auch wichtig, um die kleinen Seelen zu trauern. Aber man kommt darüber hinweg. Spätestens wenn man ein gesundes Kind zur Welt bringt«, flüsterte sie ermutigend.

Schockiert über die nüchternen Worte ihrer Mutter riss Kristin die Augen auf. »Du hattest auch eine Fehlgeburt?«

»Insgesamt vier« Sie schüttete Milch in ihren Kaffee und rührte um. »Eine vor deinem Bruder, zwei zwischen euch beiden und noch mal eine nach dir.«

Kristin war wie vor den Kopf geschlagen. »Davon wusste ich ja gar nichts. Du hast nie was gesagt.«

»Weil ich trotz dieser schmerzhaften Fehlgeburten zwei wundervolle gesunde Kinder zur Welt gebracht habe. Ich dachte mir, es wird seinen Grund gehabt haben, warum diese Schwangerschaften nicht gehalten hatten.« Sie trank einen Schluck Kaffee. »Eigentlich wollten wir mindestens drei Kinder. Dein Vater sogar vier.« Sie grinste schief. »Aber nach der vierten Fehlgeburt beschlossen dein Vater und ich, es bleiben zu lassen. Wir hatten mit euch beiden großes Glück. Wir wollten nicht, dass weitere Verluste dieses Familienglück zerstörte.«

Kristin stand auf und umarmte ihre Mutter.

»Ach Kind, das ist alles schon so verdammt lange her. Mir geht es gut. Sag mir lieber, wie es dir geht.«

Kristin setzte sich wieder und stocherte mit der Gabel im Kuchen herum. Nur mit Mühe drängte sie die aufkommenden Tränen zurück. Sie wollte nicht schon wieder losheulen. »Nicht so gut.« Sie blickte auf und sah ihre Mutter durch einen Tränenschleier an. »Es war ein furchtbares Gefühl, als ich auf dem Klo saß und ... Valentin war ständig an meiner Seite und das hat sehr gutgetan. Ich glaube, alleine hätte ich das nicht durchgestanden.«

Anne nickte wissend. »Valentin ist ein guter Mann. Es ist immer gut, wenn man solch ein Erlebnis nicht alleine durchstehen muss.« Sie griff nach Kristins Hand. »Nimm dir die Zeit, die du brauchst. Der Körper erholt sich schneller von einer Fehlgeburt, als die Seele. Lenke dich mit irgendetwas ab, damit du nicht im Strudel der Trauer hängenbleibst, ja«, bat Anne besorgt. »Oder werde erneut schwanger. So habe ich es gemacht.«

»Ich weiß nicht, ob ich darüber nachdenken will.«

»Wie gesagt, Schatz, lass dir Zeit. Du wirst merken, wann du wieder bereit dazu bist. Und ich bin immer für dich da. Ob zum Reden oder einfach nur zur Ablenkung.«

Kristin lächelte dankbar. »Danke Mama.«

»Und nun zu Valentin. Meinst du nicht, dass es allmählich Zeit wird, dass wir den Vater unseres zukünftigen Enkelkindes kennenlernen?«

Kristin schob sich ein Stück Kuchen in den Mund und merkte, wie groß ihr Hunger eigentlich war. »Das wollte ich ja, zusammen mit der Schwangerschaftsverkündigung«, schniefte sie und schob sich gleich noch ein Stück Kuchen in den Mund, um nicht wieder loszuheulen. Zucker soll ja für gute Laune sorgen. »Ich wollte euch mit beidem überraschen, der Schwangerschaft und Valentin. Aber nun kam alles anders als geplant.«

Anne beugte sich über die Tischplatte und strich Kristin liebevoll über die Wange. »Was läuft schon wirklich nach Plan, hm? Bedeutungsvoll ist, was man aus den gegebenen Situationen macht. Und bei dir mache ich mir keine allzu großen Sorgen. Du bist stark. Du hast schon so manche ungeplanten Abzweigungen in deinem Leben gewuppt. Sieh nur, wo du heute stehst. Du hast eine großartige Stadtwohnung, einen Job, den du liebst. Und bald bist du die Mutter eines Babys, dass dich Tag und Nacht auf Trab hält, da bin ich mir sicher«, sagte sie augenzwinkernd.

Kristin legte die Kuchengabel zur Seite und trank einen Schluck Kaffee. »Ich glaube, Mama, ich ziehe wieder aufs Land.« Sie trank noch einen Schluck. »Nein, ich glaube nicht nur, ich weiß, dass ich nicht mehr in der Stadt wohnen möchte. Ab dem Tag, an dem ich den positiven Test in den Händen hielt, malte ich mir unsere Zukunft aus und egal, aus welcher

Perspektive ich es mir vorstellte, wir wohnten in einem Haus, mit einem Garten der vollgestellt war mit Rutsche, Schaukel und Sandkasten.«

»Ach Kristin, das sind ja tolle Neuigkeiten«, freute sich ihre Mutter und lachte über das ganze Gesicht. »Stell dir vor, neulich habe ich erfahren, dass der alte Hofer ins Altenheim abgeschoben wurde, und nun verkaufen seine Kinder das ganze Anwesen. Das könntest du dir bestimmt mit dem Verkauf deiner Wohnung leisten. Bei uns sind die Immobilienpreise ja nicht so hoch wie in München. Dann könntest du vielleicht sogar deine eigene Physiopraxis eröffnen. Ach das wäre wundervoll. Wir hätten dich wieder näher bei uns und unser baldiges Enkel auch.«

Kristin rutschte verlegen auf ihrem Stuhl hin und her. »Ja das wäre tatsächlich wundervoll, aber es geht nicht«, seufzte sie.

»Warum nicht?« Jegliche Freude wich aus Annes Gesicht.

»Valentin wohnt am Ammersee. Bis nach München hat er schon gut vierzig Kilometer zu fahren. Würde ich hierher ziehen, hätte er eineinhalb Stunden Fahrzeit. Hin und zurück. Dann säße er fast drei Stunden im Auto, wegen eines Besuchs. Er könnte nicht wirklich am Leben seines Kindes teilhaben. Nein, nein, das will ich ihm nicht zumuten. Wenn ich ein Haus kaufe, dann eines, das zwischen München und dem Ammersee liegt.«

Ihre Mutter nickte traurig. »Ja, das verstehe ich.« Sie schluckte. »Wie hast du dir das mit deiner Arbeit vorgestellt? Willst du täglich nach München gondeln? Bedenke den Pendlerverkehr, dem du ausgesetzt sein wirst. Und wo bringst du das Kind unter, wenn du arbeitest?«

Kristin hob die Schultern. »Krippe? Tagesmutter? Neuer Job im neuen Wohnort? Ich weiß es nicht. So genau habe ich nicht darüber nachgedacht. Hab ja gerade erst im Moment beschlossen, dass ich definitiv aus der Stadt wegziehen werde.«

»Ach Kind, du hättest es hier so schön«, klagte Anne und blickte ihre Tochter traurig an. »Es wären immer Babysitter da, die dich nichts kosten und die immer Zeit hätten«, fügte sie halbscherzend hinzu.

Es zerriss Kristin das Herz, als sie den traurigen Blick ihrer Mutter sah. Doch so toll sich das Angebot mit dem Hofer Haus auch anhörte, sie konnte es Valentin beim besten Willen nicht antun, noch weiter von ihm wegzuziehen.

Aber mit dem Babysitter hatte ihre Mutter nicht ganz unrecht. Es wäre schon verdammt praktisch, wenn die eigene Familie näher um einen wohnen würde.

»Ich rede mit Valentin. Vielleicht finden wir eine Lösung, die allen Freude bereitet«, schlug Kristin lächelnd vor.

Dienstag, 02. August
15:20 Uhr
Hausbesichtigung Bergkirchen

»Sie haben ihr Ziel erreicht«, meldete die Stimme aus dem Navi. Kristin parkte ihr Auto auf der gegenüberliegenden Straßenseite und blickte auf die ehemals gelbgestrichene Fassade des Einfamilienhauses.

»Danke, dass du mitgekommen bist«, sagte sie dankbar und wendete sich Vio auf dem Beifahrersitz zu.

»Ich komm doch gerne mit. Ist schon ne Ewigkeit her, als wir zuletzt etwas gemeinsam unternommen haben.«

»Tut mir leid, Vio. Aber du weißt ja, in letzter Zeit war mir nicht so nach Ausgehen und Party machen.«

»So war es auch nicht gemeint. Du brauchst dich nicht zu entschuldigen.« Sie legte ihre Hand auf Kristins Arm. »Bei mir ist es doch nicht anders. Das Kunstgenuss, die anstehende neue Ausstellung und Henry halten mich ganz schön auf Trab«, schmunzelte sie.

»Ja ja, die Liebe kann schon sehr fordernd sein«, neckte Kristin und lachte.

Vio puffte ihr in die Seite und lachte mit. »Welche Uhrzeit hast du mit dem Makler vereinbart?«

Kristin blickte auf die Uhr im Armaturenbrett. »Um halb vier. Also in zehn Minuten.«

Vio nickte. »Was sagt eigentlich Valentin dazu, dass du dir ein Haus in Bergkirchen kaufen willst?«

»Ich hab es ihm noch nicht erzählt«, gab Kristin verlegen zu.

Nach der Rückkehr aus dem Wochenende bei ihren Eltern machte sie sich die Mühe bei Google Maps sämtliche Strecken errechnen zu lassen, die für Valentin keine allzugroßen Umwege darstellten. Außerdem berücksichtigte sie die Fahrt zu ihren Eltern.

Und heraus kam Bergkirchen, das genau in der Mitte lag.

Daraufhin beauftragte sie einen Makler, den sie ihre Wohnung schätzen und für selbigen Preis ein Haus suchen ließ.

Nach zweiwöchiger Warterei meldete er sich gestern mit der Nachricht, ein geeignetes Projekt gefunden zu haben, dass sogar unter ihrem Budget lag.

Nun saß sie hier mit Vio und wartete darauf, dass der Makler eintraf und ihr das Ergebnis seiner Suche zeigte.

Was sie so aus der Windschutzscheibe sah, gefiel ihr schon einmal. Das Grundstück lag am Rande der Ortschaft und war umgeben von Wiesen und Feldern. Genau so, wie sie es sich gewünscht hatte. Das Haus selbst bräuchte dringend einen neuen Anstrich und die vielen weißen Fensterrahmen sahen marode aus. Aber das konnte sie bestimmt mit dem übrigen Budget finanzieren.

Kristin war optimistisch. Was sie sah, stimmte sie froh und aufgeregt. Sie konnte es nicht erwarten, das Haus von innen zu sehen. »Lass uns doch schon mal aussteigen und uns den Garten ansehen«, schlug sie Vio vor und öffnete die Autotür.

Der Garten befand sich rechts direkt neben der Einfahrt und war riesig. Genug Platz für Schaukel, Rutsche und Sandkasten. Und der Altbestand der Bäume spendete genügend Schatten, sodass sie sich auch im Hochsommer darin aufhalten konnten.

Kristin lächelte. Ja, der Garten war perfekt.

Sie drehte sich um und begutachtete das Haus.

Ab diesen Moment sank ihre Euphorie auf den Nullpunkt.

Was sie im Auto nicht gesehen hatten, waren die teilweise blinden Fensterscheiben und der abblätternde Putz an vielen Stellen.

Kristin stöhnte. »Das kann nicht sein Ernst sein.«

»Was meinst du?«, fragte Vio und wandte den Blick ebenfalls dem Haus zu. »Oh je«, entfuhr es ihr. »Hat er nicht erwähnt, wie alt das Haus ist?«

»Nein, er meinte nur, dass er ein Haus in meiner Preisklasse hätte.«

»Hat er da die Umbaukosten schon mit eingerechnet?«

Kristin hob die Schultern und schüttelte entsetzt den Kopf. »Ich kann es nur hoffen.«

»Vielleicht sieht es innen ja viel besser aus, als es von außen den Anschein macht.«

»Guten Tag«, rief der Makler von der Straße und beide Frauen drehten sich erschrocken um. Mit ausgestreckten Arm kam er auf sie zu und schüttelte ihnen kräftig die Hand. »Prosnosky. Mit wem der beiden hübschen Damen hatte ich das Vergnügen am Telefon?«

Kristin hob ihren Arm. »Mit mir. Kristin Schubert.«

»Sehr schön, sehr schön. Und sie haben gleich Unterstützung mitgebracht. Sehr schön, sehr schön. Nett auch sie kennenzulernen, Frau ...?«

»Bachmann.«

»Sehr schön, sehr schön. Wie finden sie das Anwesen?«

Kristin und Vio blickten sich grinsend an. »Die Gegend und der Garten sind genau das, was ich mir vorgestellt habe.«

»Sehr schön, sehr schön. Sollen wir gleich mal reingehen?«

Kristin nickte mit einem unguten Gefühl. »Ja gerne.«

Er zog den Schlüssel aus der Unterlagenmappe und sperrte auf. »Es wurde lange nicht gelüftet«, entschuldigte er den muffigen Geruch, der ihnen beim Eintreten entgegenschlug.

Kristin verzog das Gesicht.

»In einem Klo riecht es besser. Sehr schön, sehr schön«, flüsterte Vio hinter ihr und kicherte.

Zum Kichern war Kristin ganz und gar nicht zumute. Sie war entsetzt, von dem, was sie sah. Überall lag Müll und um das Flurfenster konnte sie Schimmel entdecken. Der Steinboden war zum Teil gebrochen und die Holztreppe nach oben sah aus, als würde sie gleich in sich zusammenbrechen.

»Bitte lassen sie sich von diesem Durcheinander nicht verunsichern. Mit ein paar Umbaumaßnahmen können sie sich im Nu ein schönes Zuhause zaubern. Dann hätten sie es sehr schön, sehr schön«, flötete der Makler überzeugt.

Kristin blickte ihn sprachlos an und folgte ihm kopfschüttelnd und voller Ekel in das erste Zimmer, dass einst eine Küche war. Die Kühlschranktür stand weit offen und man konnte erkennen, dass Lebensmittel sich darin befanden. Verschimmelt und verfault. Eine weitere Quelle, die den unfassbaren Gestank mitverursachte, lag direkt daneben. Ein totes Tier. Kristin vermutete, dass es sich um eine Katze handelte.

»Ok, das reicht«, stieß sie fassungslos hervor und stürmte aus dem Haus. Vio folgte ihr auf den Fersen. Draußen zogen sie die warme Sommerluft gierig in ihre Lungen ein. »Ich kann nicht fassen, dass sie mir für mein Budget so etwas zeigen, Herr Prosnosky. Es grenzt schon an Unverschämtheit, eine Immobilie in diesem Zustand anzubieten. Und mit ein paar Umbaumaßnahmen ist es auch maßlos untertrieben«, redete sich Kristin in Rage. »Komm Vio, ich muss duschen. Mich juckt es überall.« Sie packte Vios Hand und zog sie hinter sich her zum Auto.

»Aber Frau Schubert. Das Haus kostet nicht mal ein Zehntel von dem, was sie für ihre Wohnung bekommen. Sie könnten sich von einer Baufirma eine komplette Rundumerneuerung leisten und hätten vermutlich immer noch etwas von ihrem Budget übrig. Das wäre doch sehr schön, sehr schön, oder? Überlegen sie es sich doch noch einmal«, rief er ihnen hinterher.

Kristin öffnete die Autotür. »Vielen Dank, Herr Prosnosky, für ihre gut gemeinte Verkaufsstrategie. Aber ich suche etwas, dass ich sofort beziehen kann«, rief sie ihm zu, bevor sie einstieg.

»Eine sofortbeziehbare Immobilie, in dieser Lage, mit großen Garten, gibt es in ihrem Budget nicht. Da müssten sie noch ein bisschen drauflegen ...«, hörte Kristin seine Erklärung noch, bevor sie die Autotür zuschlug und losfuhr.

»Ich fand die Idee, mit der Rundumerneuerung gar nicht mal schlecht, wenn ich so mit Abstand darüber nachdenke«, meldete sich Vio wieder zu Wort, als sie bereits einige Kilometer gefahren waren.

Kristin blickte sie entgeistert von der Seite an. »Es war einfach nur eklig da drin. Die Vorstellung, mein Kind müsste auf diesen Fußboden krabbeln. Brrr«, stieß sie hervor und schüttelte sich.

»Aber nach einer Rundumerneuerung sähe es doch nicht mehr so aus wie jetzt und auch der Geruch wäre verschwunden. Zusammen mit einem Architekten könntest du entscheiden, wie es aussehen sollte. Fast so wie bei einem Neubau, nur ohne einen Garten der so schön, so schön angelegt ist.« Sie gluckste. »Ich denke, dass der Makler recht hat. Du wirst solch ein Grundstück nicht in deiner Preisklasse finden. Vor allem in einer Gegend wie dieser hier. Vielleicht, wenn du noch weiter außerhalb von München suchen würdest«, gab Vio zu bedenken.

Kristin umfasste das Lenkrad fester und presste die Lippen aufeinander. Als der Makler ihr damals den geschätzten Wert ihrer Wohnung mitteilte, war sie überrascht, wie hoch er ausfiel. Überglücklich darüber, sah sie sich schon in einem Herrenhaus am Stadtrand von Bergkirchen residieren. Und nun solch eine grauenhafte Ernüchterung. Sie hatte ja keine Ahnung, wie stark sich der Immobilienmarkt verändert hatte.

»Ich kann nicht weiter wegziehen, das wäre Valentin gegenüber unfair. Dann bleib ich lieber in meiner Wohnung, lass die Abstellkammer zum Kinderzimmer umbauen und fertig.«

»Du willst doch aus der Stadt raus.«

»Ja, aber dann muss das halt warten, bis ich was Geeignetes in meiner Preisklasse finde.«

Vio tippte sich mit dem Zeigefinger an die Lippe.

»Ein Kredit bei der Bank? Mit der Rücklage deiner Wohnung bekommst du bestimmt einen.«

»Dann müsste ich den Kredit mit dem Elterngeld zurückzahlen. Aber das reicht gerade mal dazu, unser Leben zu bestreiten«, gestand Kristin geknickt.

»Oder du vermietest deine Wohnung und mit dem Geld mietest du dir eine größere Wohnung hier in Bergkirchen. Dann wärst du zumindest schon mal aus München heraus. Hm, was denkst du?«

»Wäre ne Option, aber was ist, wenn ich kurz darauf ein Haus finde? Dann hätte ich Mieter in meiner Wohnung, die nicht so schnell ausziehen würden. Ich müsste einen Käufer finden, der sie übernimmt. Das dauert bestimmt eine Ewigkeit, beziehungsweise, wenn ich überhaupt jemanden finde. Was dann zur Folge hätte, dass ich das Haus nicht bezahlen könnte. Es wäre weg und ich müsste wieder warten, bis ein geeignetes zum Verkauf stünde. Da bestände das gleiche Problem erneut. Es ist wie ein Rattenschwanz. Ich müsste ab da ewig in einer Wohnung leben, was ich aber nicht will.«

»Vermutlich hast du recht.« Vio machte eine Pause, ehe sie erneut Luft holte und sagte: »Noch ein Versuch. Du verkaufst deine Wohnung und suchst dir eine Mietwohnung. Aus dem Verkaufsgeld bezahlst du die Miete und wenn dein Häuschen gefunden wäre, könntest du es sofort kaufen.«

»Ich weiß nicht, Vio, ich müsste zweimal

umziehen. Zusammen mit der Miete schrumpft dann das Verkaufgeld gewaltig. Was mich dann bei der Haussuche noch mehr einschränken würde.«

»Auch wieder wahr. Hm ... Eine Möglichkeit fällt mir noch ein.«

»Noch eine?« Kristin warf Vio einen neugierigen Blick zu, konzentrierte sich dann aber wieder auf den Verkehr.

»Ich könnte dir Geld leihen.« Vio räusperte sich. »Ich vertrau dir, dass du es mir zurückzahlen wirst«, betonte sie mit fester Stimme.

»Kommt gar nicht in Frage. Ich danke dir für dein Angebot und dein Vertrauen, Vio, aber nein«, entfuhr es Kristin und sie schüttelte den Kopf. »Geld kann Freundschaften zerstören.«

»Was ist mit Valentin? Er könnte dich bestimmt finanziell unterstützen, wenn du ihn fragst, ob er sich am Kauf beteiligen will. Der macht das hundertpro. Es wäre ja auch sein Kind. So wie ich ihn einschätze, liegt ihm sehr viel daran, dass sein Kind wohlbehütet aufwächst.«

Kristin dachte für eine Sekunde über diesen Vorschlag nach. Doch verwarf ihn gleich darauf wieder. Auf keinen Fall würde sie Valentins Geld annehmen. Unterhalt ja, aber nichts, was darüber hinaus ging. Auch wenn er über mehr Geld verfügte und es ihr mit absoluter Gewissheit schenken würde. Aber nein, alles sträubte sich in ihr. Geld war etwas, dass so viel Gutes zerstören konnte. »Nein, es ist entschieden. Ich bleibe vorerst in der Wohnung. Anfangs braucht das Kind eh kein eigenes Zimmer«, kapitulierte Kristin und schenkte Vio ein gequältes Lächeln.

»Wenn du meinst, Kristin. Ich freu mich jedenfalls. So hab ich meine beste Freundin noch länger als Nachbarin.«

»Ja, da hast du recht. Und ich muss mir keinen Babysitter suchen«, stellte sie fest und lachte erleichtert auf.

Auf den Weg zu Kristins Wohnung, Schwabing

»Ich begleite dich nach Hause.«

»Nein, Valentin, die paar Straßenecken schaffe ich alleine«, protestierte Kristin. »Du kommst eh schon zu spät zu deinem Termin.«

»Da spielen die paar Minuten später auch keine Rolle mehr. Soll ich dich führen? Du trägst schließlich wichtiges Material in dir«, lachte er verkrampft.

Kristin lachte aus vollem Hals. »Fehlt nur noch, dass du mich in Watte packen willst.«

Elf Wochen lag die Fehlgeburt zurück und obwohl dieser Tag für immer eine Narbe in ihrem Herzen hinterließ, so hatte sie sich tatsächlich für eine zweite Insemination entschieden.

Angesichts dieser neuen Chance war ihre Leichtigkeit zurückgekommen und sie fühlte sich nicht mehr für den Verlust der ersten Schwangerschaft verantwortlich. Mittlerweile sah sie es so wie ihre Mutter. Es wird einen Grund gegeben haben, weshalb ihr Körper die Entscheidung traf, sich von dem kleinen Würmchen zu trennen.

Der Ablauf der heutigen Insemination war derselbe, nur diesmal durchlebte sie die Behandlung nur halb so aufgeregt.

Valentin dagegen war nervöser als beim ersten

Mal. Hatte er damals mit einfühlsamen Worten sie beruhigt, so lag es heute an ihr, seine Anspannung zu lösen. Was ihr miserabel gelungen war. Mit jeder Stunde, die sie nach der Behandlung mit ihm im Kunstgenuss verbracht hatte, wurde es schlimmer. Er sorgte dafür, dass sie ausreichend zu trinken hatte. Das sie niemand anrempelte. Das sie sich öfters hinsetzte. Die Liste war unendlich. Ganz nebenbei sollte natürlich niemand den wahren Grund für seine Fürsorge erfahren. Angesichts der Fülle an Gästen im Kunstgenuss eine regelrechte Herausforderung.

Das konnte ja heiter werden, die nächsten Wochen. Ihr grauste jetzt schon davor. Vielleicht sollten sie sich die nächsten zehn Wochen nur noch in ihrer Wohnung treffen, überlegte sie.

»Du hast mal erwähnt, dass du aus München wegziehen willst. Hast du da schon konkrete Pläne?«, fragte Valentin unvermittelt.

Kristin steckte die Hände in die Taschen ihres knielangen Trenchcoats und schüttelte den Kopf. »Nein, ich bleibe vorerst in München. Hab mir vor ein paar Wochen ein Haus in Bergkirchen angesehen. Puh, ich sags dir, das war eine Ruine. Für ein vernünftiges Haus mit Garten muss man echt einen Batzen Geld hinlegen.«

»Nun ja, Bergkirchen ist aber auch ein teures Pflaster. Warum gehst du nicht weiter von München weg?«

»Weil dann die Fahrwege für dich vom Ammersee

zu mir oder für mich zu meinen Eltern zu weit wäre. Bergkirchen lag da ziemlich zentral dazwischen.«

Valentin blieb abrupt stehen und blickte sie zögerlich an. Er öffnete den Mund, doch es kam kein Laut. Dann schloss er ihn und ging weiter.

Kristin blickte ihn verständnislos hinterher. »Was war das jetzt? Wolltest du was sagen, Valentin?«, rief sie ihm nach.

Er drehte den Kopf zu ihr herum. »Ach nichts Wichtiges«, wiegelte er ab und lachte nervös auf.

Kopfschüttelnd lief sie ihm nach und hakte sich bei ihm unter. »Nun sag schon.«

Mit einem geknickten Seufzer antwortete er: »Ich wohne ...«, ehe er durch lautes Rufen unterbrochen wurde.

»Kristin!«

Für Kristin war es, als würde das Rufen ihr durch Mark und Bein gehen. Die Stimme war ihr nur allzu vertraut und sie wünschte sich, sie könnte sich unsichtbar stellen. Langsam drehte sie ihren Kopf zur Auffahrt ihres Wohnhauses, das nur noch wenige Meter von ihnen entfernt war.

Da sah sie ihn, wie er grinsend und winkend vor der Eingangstür stand.

Robert.

Wieder einmal wartete er ohne Vorankündigung auf sie. Doch heute war sie ihm nicht alleine ausgesetzt. Valentin war an ihrer Seite. Sie verstärkte ihren Griff an seinem Arm. Beruhigend legte er seine Hand auf ihren Unterarm.

Aus dieser Geste schöpfte Kristin Kraft, um jeglicher Konfrontation von Robert entgegenzutreten.

Sie atmete tief durch und schritt die steile Auffahrt hinauf. »Was willst du hier, Robert?«, rief sie ihm gereizt zu.

Die Augen zu Schlitzen geformt, beäugte er sie beide. »Der Schwule und die Mutter Maria«, lachte er schallend, bis sich sein Gesicht unvermittelt in eine bösartige Fratze verwandelte und er Valentin fixierte. »Möchtest du ihr die Wahrheit sagen oder soll ich, Jo?«

»Robert, was soll das?«, fragte Kristin genervt. »Er heißt Valentin und nun hau endlich ab.«

Doch keiner der beiden Männer reagierte.

Kristin wandte ihren Blick zu Valentin. Er war kreideweiß im Gesicht und erst jetzt fiel ihr auf, dass er wie zur Salzsäule erstarrt war. »Valentin?«, fragte sie verunsichert.

»Sag ihr schon, wer du wirklich bist, sonst tu ich es«, drängte Robert. »Obwohl ... eigentlich ist es egal, wer es ihr sagt. Sie wird dich so und so hassen«, grinste er.

»Was ist hier eigentlich los?«, schrie Kristin inzwischen hysterisch vor Sorge. »Nun sag doch endlich was, Valentin.« Sie schlug ihn heftig in die Rippen, was ihn schließlich aus der Erstarrung riss.

Er starrte Robert an. Auf seinem Gesicht machte sich purer Hass breit und seine Hände formten sich zu Fäusten. »Du wagst es nicht.«

»Was wage ich nicht? Kristin die Wahrheit zu sagen?« Von Neuem ließ Robert sein irres Lachen schallen. »Gegen dich bin ich ja ein Schäfchen unter den Lügnern.«

Valentin machte einen Schritt auf Robert zu, doch Kristin packte ihn am Arm und riss ihn zu sich herum. »Nun sag mir endlich, was das alles zu bedeuten hat!«, schrie sie ihn schrill an.

Er presste seine Lippen aufeinander und Kristin konnte Tränen in seine Augen schimmern sehen. »Es tut mir leid«, keuchte er. »Ich wünschte, ich hätte den Mut gehabt.«

»Was tut dir leid? Verdammt Valentin, nun rede doch endlich!«

»Er ist nicht der, für den er sich ausgibt. Er ist weder schwul noch ein Vertreter«, enthüllte Robert ungefragt. »Sein Name ist Johann Engler, aber alle sagen Jo zu ihm. Er ist Sohn und Erbe einer internationalen Steinmetzfirma. Und im wahrsten Sinne des Wortes steinreich. Geschieden von einer Frau namens Susanna. Ach und wusstest du, dass er aus Nürnberg kommt?«, setzte er böswillig hinzu.

Kristin blieb vor Bestürzung der Mund offen. »Du lügst!«

Er lachte lauthals. »Nein, ausnahmsweise nicht.«

»Und woher kommt deine Information? Bei meiner Suche im Internet fand ich nichts.« Sie blickte von Robert zu Valentin. »Nun sag doch endlich was.«

Robert lachte noch lauter. »Tja, Kristin, das ist der Unterschied zwischen dir und mir. Während du so gutgläubig bist und das Suchen aufgegeben hast, so habe ich erst so richtig zu graben angefangen, als ich nichts fand. Es gibt nämlich in der heutigen Zeit niemanden, der nicht im Internet zu finden ist.«

Kristin starrte Robert entsetzt an, dann wandte sie sich kreischend an Valentin. »Sag, dass das nicht stimmt. Sag, dass er lügt!«, forderte sie und hämmerte mit den Fäusten auf Valentin ein.

Doch Valentin sagte nichts.

»Was ist denn hier los? Ihr macht ein Geschrei, das hört man die ganze Straße entlang«, fragte Vio besorgt und kam die Auffahrt hochgerannt.

Tränenüberströmt und wimmernd lief Kristin zu Vio und warf sich ihr in die Arme. »Ich kann nicht mehr, Vio. Bitte bring mich hier weg«, schluchzte sie.

Praxis Doktor Stein, München

Im Behandlungsraum von Doktor Stein herrschte Totenstille. Kristin saß mit gemischten Gefühlen auf den Behandlungsstuhl und ließ die Worte von Doktor Stein erstmal sacken.

Sie war in der dreizehnten Woche schwanger.

Mit Zwillingen.

Konnte es noch schlimmer kommen?

Sie schlug die Hände vors Gesicht. Wie sollte sie das alles nur alleine bewältigen.

Nach Valentins Verrat hatte sie jeglichen Kontakt zu ihm abgebrochen. Seine Nachrichten ungelesen gelöscht, Anrufe weggedrückt und die Flucht ergriffen, sobald sie ihn sah.

Nie im Leben hätte sie gedacht, dass die Spielchen von Robert getoppt werden konnten, die schon sehr unterste Schublade waren.

Aber Valentin ... Kristin fehlten immer noch die Worte.

Sie verstand nicht, was ihn dazu getrieben hatte, solch ein Lügenmärchen mit ihr abzuziehen. Nur zu gern, hätte sie seine Erklärungen gehört, aber sie war so grenzenlos wütend. Sie konnte ihn nicht mal ansehen, ohne dass der Hass in ihr überquoll.

Und nun saß sie hier, mit zwei kräftig schlagenden

Herzen in ihrem Unterleib, von einem Mann, den sie glaubte zu kennen und der ihr nun völlig fremd war.

Kristin wurde schlecht. Gerade noch rechtzeitig reichte ihr Doktor Stein eine Tüte, in der sie sich übergab.

»Was soll ich nur tun?«, fragte sie verzweifelt und wischte sich den Mund mit einem Taschentuch ab. »Wäre eine Abtreibung noch möglich?«, stieß sie engbrüstig hervor.

»Jetzt kommen sie erst mal vom Stuhl herunter.« Doktor Stein nahm ihr die Tüte ab und half ihr beim Absteigen.

Mit zittrigen Knien zog sich Kristin an und setzte sich auf den Stuhl vor dem Schreibtisch. Doktor Stein drückte ihr einen Becher Wasser in die Hand und ließ sich auf den zweiten Besucherstuhl nieder. »Wenn sie sich absolut sicher sind, wäre eine Abtreibung möglich, ja. Aber ich rate ihnen dringend dazu, noch einmal in Ruhe darüber nachzudenken.« Sie hielt inne. »Ich kann verstehen, dass ihnen die Situation mit Valentin zu schaffen macht. Aber was können die beiden Schätze für das ganze Drama?«

Kristin keuchte und schloss die Augen.

»Sie werden Mutter, und das schon sehr bald, Kristin«, lächelte Doktor Stein und strich Kristins Oberarm aufmunternd.

Wie sie den Weg von Doktor Steins Praxis zu ihren

Eltern geschafft hatte, war Kristin ein Rätsel.

Roboterhaft stieg sie aus ihrem Auto und klingelte an der Haustür. Nach dem fünften Läuten wurde ihr klar, dass keiner zu Hause war.

Nervlich am Ende wankte sie durch den Garten zum Haus ihres Bruders. Bereits nach dem ersten Läuten öffnete ihr jüngster Neffe Leo die Haustür und fiel ihr freudestrahlend um die Beine. »Mama! Oma! Tante Kissi da!«, rief er ohrenbetäubend und stürmte zurück ins Haus.

Kristin schloss die Tür und ging den Klang der Stimmen nach. An der Tür zur Küche kam ihr Anne bereits entgegen. »Ach schön, dass du da bist, Schatz. Du kommst gerade richtig. Wir feiern ein bisschen«, sagte sie und drückte sie fest an sich.

Vermutlich sah sie nicht annähernd so geisterhaft aus, wie sie sich fühlte, sonst hätte ihre Mutter anders reagiert.

»Miriam hat heute das Ergebnis ihres Steuerberaterfernstudiums bekommen. Sie hat bestanden«, flüsterte Anne ihr ins Ohr und ließ ihr damit wissen, dass ihr Kristins Zustand zweifelsohne aufgefallen sei, sie aber das Gespräch auf später verschieben mussten.

Kristin atmete tief durch und setzte ein Lächeln auf, als sie in die Küche trat. »Es ist mir ein Rätsel, wie du ein Studium neben einem Haushalt mit vier Männern schaffst«, witzelte Kristin und umarmte ihre

Schwägerin. »Herzlichen Glückwunsch, Miriam.«

»Danke. Ganz einfach, indem du alle um sieben ins Bett schickst«, antwortete sie lachend und drückte Kristin ein volles Glas Sekt in die Hand.

Kristin betrachtete den Sekt nachdenklich. Unsicher, wie sie ihn wieder loswerden sollte ohne dass es auffiel. Auch wenn er damals nicht an ihrer Fehlgeburt schuld war, so hatte er dennoch ein fahles Gefühl hinterlassen.

»Auf Steuerberaterin Miriam Richter«, rief Tobias voller stolz und alle stießen an.

Kristin befeuchtete nur die Lippe mit Sekt und ließ das Glas sinken. »Machst du jetzt eine eigene Kanzlei auf?«, fragte sie und stellte beiläufig das Glas neben sich auf den Küchentresen ab.

»Ja. Ich war lange genug angestellt. Ich möchte endlich mein eigener Chef sein.«

»Das Hofer-Haus steht immer noch zum Verkauf«, wechselte Anne übergangslos das Thema und drückte sich zwischen Kristin und den Küchentresen. »Neulich habe ich die älteste Tochter Valerie getroffen und sie sagte, dass sie noch keinen geeigneten Käufer gefunden hätten. Keiner möchte den Preis zahlen, den sie haben wollen«, erklärte sie, tauschte ihr leeres Glas gegen das volle von Kristin ein und zwinkerte ihr verschwörerisch zu.

Kristin staunte, wie geschickt sie dieses Manöver durchführte, sodass es keiner mitbekam. Kaum überraschte es sie, dass ihre Mutter offensichtlich gesehen hatte, dass sie keinen Sekt trank und somit von ihrem Umstand Bescheid wusste.

»Hat sie gesagt, wie viel sie haben wollen?«, fragte Miriam.

»Sechshundertfünfzigtausend.«

»Für den alten Kasten!«, krächzte ihr Bruder.

»Nun ja, so ganz stimmt das nicht«, meinte Anne. »Das Haus hat der alte Hofer in den Siebzigern gebaut. Die Heizung und die Fenster müssten vor ungefähr sechs Jahren erneuert worden sein. Das war jedenfalls kurz vor seinem ersten Schlaganfall. Danach hat er vieles behindertengerecht renovieren lassen. Ich kann mir gut vorstellen, dass der Preis absolut gerechtfertigt ist. Sieh dir nur das dazugehörige Nebengebäude und den schönen Garten an.«

»In München bekommst du für das Geld höchstens eine Drei-Zimmer-Wohnung«, erklärte Kristin.

»Wir leben aber immer noch auf dem Land, Herrschaftszeiten. Wie soll sich das denn noch ein normal Arbeitender leisten können«, mischte sich nun auch ihr Vater ein.

»Deswegen bekommen die Hofers auch nur Angebote von Firmeninhabern und selbst die wollen den Preis drücken. Aber die Familie hat einstimmig beschlossen, dass das Anwesen keine Investition sein soll.« Sie blickte Kristin an. »Du hättest immer noch die Chance, es zu kaufen. Ich kann mir vorstellen, dass sie dir entgegenkommen würden«, raunte sie.

Wie vor den Kopf geschlagen musterte Kristin ihre Mutter und zog sie zum Flur hinaus. »Was hast du ihnen erzählt?«, zischte sie.

»Nichts. Nur das du überlegen würdest, wieder hierherzuziehen.«

»Mama«, stieß sie hervor. »Wie kannst du nur so etwas sagen?«

»Entschuldige Schatz. Ich dachte, es kann nicht schaden, deinen Namen mal fallen zu lassen. Vielleicht überlegst du dir es ja doch noch«, meinte sie friedfertig. »So wie du heute hier ankamst und noch dazu in anderen Umständen.« Sie blickte lächelnd auf Kristins Bauch. »Ich denke, dass es gar nicht so ausgeschlossen ist, wie du behauptest.«

»Ach Mama«, schniefte sie. Kristin holte Luft und erzählte stockend, wie Robert Valentin als Lügner entlarvte. »Wäre Vio nicht zufällig nach Hause gekommen, weil sie was holen wollte ... Ich glaube, ich hätte mich selbst in die Psychiatrie einliefern lassen. Solch ein Verrat, Mama!«, endete sie.

»Und nun bist du schwanger von einem Schuft.«

»Ja. Mit Zwillingen«, offenbarte sie und schluchzte noch heftiger. »Was soll ich nur tun?«

Anne schob Kristin eine Armlänge von sich weg und lächelte sie vor Freude an. »Schatz, das ist doch wundervoll. Herzlichen Glückwunsch. Du wirst

Mutter!«, rief sie jauchzend und umarmte sie heftig.

»Ja, aber ich weiß nicht, ob ich sie noch bekommen will. Ich will nichts mehr mit ihm zu tun haben!«

»Jetzt hör mir mal zu, Kristin. Denk nicht mal im Traum daran, diese Schwangerschaft abzubrechen«, erwiderte Anne wütend. »Wir kriegen das hin. Wenn nötig auch mit Anwalt. Hast du mich gehört?«

Kristin nickte betäubt.

»Was ist denn hier los?«, fragte ihr Vater von der Küchentür.

»Du wirst wieder Großvater, Heinz«, posaunte Anne glückstrahlend. »Doppelt. Kristin ist mit Zwillingen schwanger!«

Heinz kam mit ausgestreckten Armen auf Kristin zu und umarmte sie. »Mein Mädchen wird Mutter, ich freu mich sehr.« Er küsste sie auf die Wange. »Was ist mit dem Vater?«, fragte er neugierig.

»Es gibt keinen«, kam die schnelle Antwort von ihrer Mutter.

»Keinen?« Er blickte fragend von seiner Frau zu Kristin, dann hob er die Schultern. »Na, wir werden das Kind ... äh Kinder ... schon schaukeln.«

»Wow, die Nudeln sind echt lecker. Haben die immer so gut geschmeckt?«, fragte Kristin und schob sich noch eine Gabel Spaghetti Carbonara in den Mund.

»Ja-a«, lachte Vio und biss in ihr Pizzastück.

Kristin schüttelte den Kopf. »Unfassbar gut. War eine gute Idee hierher zu kommen. Ich war schon ewig nicht mehr bei Antonios.«

Vio nickte. »Ich auch nicht.« Sie biss noch ein Stück Pizza ab. »Wie gehts dir?«

»Besser. Die Tage bei meiner Familie haben mir sehr geholfen«, sagte sie und legte das Besteck in den Teller. »Ich werde die Babys bekommen.«

»Kristin, das ist ja wundervoll«, freute sich Vio.

»Mein Vater und mein Bruder haben überhaupt nicht ablehnend reagiert, als ich ihnen letztendlich doch die Entstehungsgeschichte erzählt hatte. Die ganze Angst umsonst gewesen«, grinste Kristin und lehnte sich entspannt und satt zurück.

»Was ich dir von Anfang an prophezeit hab«, entgegnete Vio.

Kristin nickte. »Kommt mir vor, als wäre es gestern gewesen. Aber ich hätte nicht gedacht, dass es ab den gezündeten Funken von Doktor Stein, drei Jahre dauern würde, bis ich Mama werde.«

»Es ist ja auch keine Entscheidung, die man leichtfertig und über Nacht fällt.« Vio legte den Kopf schief. »Sagst du es Valentin?«

»Nein.«

Vio nickte verständlich. »Ok kann ich verstehen, aber ...«

»Nichts aber, Vio.«

»Was sagst du dann den Kids, wenn sie eines Tages nach ihm fragen?«

Kristin hob die Schulter. »Darüber habe ich noch nicht nachgedacht. Das lasse ich auf mich zukommen.«

»Denkst du nicht, dass sie ein Anrecht auf einen Vater haben? Lass mich bitte ausreden.« Sie hob eine Hand, um Kristins Einwand zu stoppen. »Wenn du jetzt eine Samenspende von einer Samenbank genommen hättest, dann würde ich das verstehen, dass sie ohne den leiblichen Vater aufwachsen müssten, aber Valentin existiert, Kristin. Wenn die Kids das rausbekommen, dass du ihn ihnen vorenthalten hast ... ich befürchte, dass sie dich dann verurteilen werden. Und dann wirst du mit größeren Problemen konfrontiert sein, als jetzt.«

Misstrauisch beäugte Kristin ihre Freundin. »Hast du mir noch irgendwas zu sagen, Vio. Du verheimlichst mir doch etwas.«

Vio schluckte und schüttelte stumm den Kopf.

»Warum setzt du dich so für ihn ein? Raus damit,

Vio!«, verlangte sie voller Neugier.

»Er ... Na ja ... er war bei mir«, stotterte Vio und legte verlegen den Kopf schief.

Nun schüttelte Kristin stumm den Kopf. »Jetzt auch noch du.« Ihre Stimme triefte vor Enttäuschung. »Wie konntest du mich als beste Freundin nur so derart hintergehen?«, flüsterte sie benommen und stand auf.

»So war das nicht, Süße. Bitte lass mich das erklären, ja?« Vio stand auf und packte Kristin bei den Händen. »Bitte«, flehte sie.

Kristin blickte sie aus tränenverschleierten Augen an und setzte sich wieder.

»Er kam zu mir ins Kunstgenuss, kurz nachdem du mich angerufen hattest und sagtest, dass du schwanger seist und ein paar Tage bei deinen Eltern bleiben wolltest.«

Kristin Ohren fingen zu rauschen an. »Sag mir nicht, dass du ihm erzählt hast, dass ich ...« Sie legte schützend ihre Hand auf den Bauch.

»Nein, was denkst du denn von mir?«, fragte Vio entsetzt. »Ich bin deine beste Freundin. Ich würde dich nie verraten.«

Kristin schwieg und wartete, dass Vio weitererzählte.

»Zuerst blockte ich ihn ab. Sagte, er solle verschwinden. Doch er ließ nicht locker. Er flehte mich regelrecht an, ihm zuzuhören. Als er mir dann sogar auf die Pelle rückte, als ich Gäste bediente, reichte es mir. Ich zog ihn in mein Büro und ließ ihn reden. Und was er zu sagen hatte, Kristin ... ich sags dir ...« Sie stockte. »Irgendwie kann ich ihn verstehen«, fügte sie kleinlaut hinzu.

»Aha«, erwiderte Kristin mit zusammengebissenen Zähnen.

»Nachdem du all seine Kontaktversuche abgewiesen hattest, dachte er, dass ich den Vermittler spielen könnte. Gewiss hätte ich das getan, wenn die Lage nicht so prekär und emotional wäre.« Sie langte in ihre Handtasche und zog einen weißen Umschlag heraus. »Deshalb hab ich verneint und ihm gesagt, dass er das gefälligst selbst tun sollte, indem er dir einen Brief schreibt, den ich dir dann geben werde.« Sie schob das Kuvert zu Kristin hinüber.

Kristin war noch immer starr vor Zorn. Sie konnte nicht glauben, dass Vio sich mit ihm getroffen hatte, und nun verteidigte sie ihn auch noch. Sie war verärgert und gekränkt, dass all das hinter ihrem Rücken abgelaufen war. »Warum hast du mir nicht Bescheid gegeben, dass er mit dir reden wollte?«

»Weil du mir es verboten hättest«, meinte Vio. »Und um ehrlich zu sein, ich war sehr neugierig, was die Entschuldigung für sein Verhalten war. Interessiert es dich denn kein bisschen?«

Kristin rutschte verlegen auf der Sitzbank hin und her. »Vielleicht ein kleines bisschen«, gestand sie und hielt Daumen und Zeigefinger ein Stück auseinander. »Aber er hat mich zutiefst verletzt, Vio. Bei so einer Lüge kann ich ihm nicht verzeihen, egal was in seinem Brief steht.«

»Nein, aber du kannst vielleicht verstehen, weshalb er so gehandelt hatte. Möglicherweise dämpft es deine Wut ein wenig. Deine Kinder werden dir es eines Tages danken, da bin ich mir sicher«, meinte sie. »Und vielleicht verliebt ihr euch eines Tages ... Jetzt, wo er nicht schwul ist«, fügte sie leise hinzu.

»Hmmm«, brummelte Kristin und hob den Brief hoch. »Ich bin noch nicht so weit, ihn zu lesen.«

»Das hab ich vorausgeahnt. Daraufhin hatte er gesagt, dass er das versteht und das er dir alle Zeit der Welt lassen würde.«

Kristin schloss die Augen. Irgendwie kam ihr das bekannt vor.

»Du hast mir noch gar nicht gesagt, wann die beiden Zwerge auf die Welt kommen«, jammerte Vio und holte Kristin damit aus ihren Gedanken.

»Im Juni«, verkündete sie stolz und grinste über das ganze Gesicht.

»Mensch, das ist ja schon bald.«

»Wir haben November, Vio«, lachte Kristin.

»Eben. Du hast nicht mehr viel Zeit, dich um alles zu kümmern. Innerhalb von kurzer Zeit wirst du kugelrund sein und dich nicht mehr bewegen können«, witzelte sie, bevor ihre Stimme nachdenklich wurde. »Nachdem du ja jetzt zwei Babys bekommst ... und du nur ein Kinderzimmer ausbauen kannst.«

Das Lachen wich aus Kristins Gesicht und ein plötzlich auftretender Kloß im Hals ließ sie räuspern.

»Du ziehst weg«, stellte Vio nüchtern fest.

Kristin wich Vios fragenden Blick aus, indem sie ihren leeren Teller betreten hin und her schob. »Ja«, gestand sie schließlich schuldbewusst. »Ich werde mir ein Haus in dem Dorf, in dem meine Familie wohnt, kaufen. Jetzt wo ich keine Rücksicht mehr auf Valentin nehmen muss.«

Erleichtert stieß Vio die Luft aus. »Was bin ich froh«, murmelte sie.

»Wie darf ich das denn bitte verstehen?«, fragte Kristin verwundert.

»Naja ... nicht nur du hast Umzugspläne ...«, zwinkerte sie ihr zu. »Bei meiner letzten Kunstausstellung geschah so vieles.« Aufgeregt holte sie Luft. »Zuerst konnte ich alle Bilder verkaufen. Dann bekam ich ein Jobangebot von einer Berliner Agentur, die mich als Kunstmarktexperte einstellen wollen und bevor ich überhaupt zum Nachdenken kam, was ich mit dem Kunstgenuss anstelle, falls ich den Job annehme, kam Tamara um die Ecke. Sie erzählte mir, dass sie so eine Location wie das Kunstgenuss immer haben wollte. Tja und gestern waren wir beim Notar. Ab Januar bin ich eine

Berlinerin.« Sie grinste. »Zu meinem Glück kam noch hinzu, dass Henry dort eine Zweitwohnung hat. So muss ich nur meine sieben Sachen packen und dort einziehen. Kein Stress mit Wohnungssuche oder Möbelkauf.« Ihr Grinsen wurde noch breiter.

Kristin starrte Vio an. »Oh wow ... ich weiß jetzt gar nicht ... äh ... Glückwunsch ...« Kristin umarmte Vio. »Warum hast du nicht früher was gesagt?«

»Bei deinem ganzen Trubel? Außerdem hatte ich Angst, es dir zu sagen, jetzt wo du schwanger bist. Und ich dir kein Babysitter mehr sein kann.«

»Ich werde unsere Freundschaft sehr vermissen.«

»Ich auch. Wir hatten echt ne tolle Zeit. Lass uns eins Versprechen, ja?« Vio hob ihr Weinglas. »Auch wenn wir in Zukunft zwei völlig unterschiedliche Leben führen werden. Wir schaffen es, uns einmal im Jahr zu treffen und mindestens jeden Monat zu telefonieren.«

»Versprochen. Das schaffen wir.« Kristin stieß mit ihrem Glas Wasser an. »Tamara? Echt jetzt?«, musste sie dann doch entgeistert fragen.

Vio hob entschuldigend die Schultern und lachte laut auf.

Happy End liegt im Auge des Betrachters

Kristins neues Zuhause, Mönchsbrunn

Für Anfang Juni war es eine ziemlich angenehme Temperatur und Kristin machte es sich auf ihrer neuen Terrasse mit einem Glas Wasser bequem. Erleichtert, dass die Umbauten und der Umzug vor der Geburt der Zwillinge geklappt hatten, trank sie einen Schluck und stellte das Glas auf dem kleinen runden Gartentisch ab.

Die letzten Wochen waren so hektisch, dass es sie nicht gewundert hätte, wenn die Zwillinge einfach so aus ihr herausgerutscht wären. Trotz der Ermahnungen von Anouk der Hebamme, die schon ihre Neffen zur Welt gebracht hatte, und ihrer Mutter konnte sie es nicht bleiben lassen. Alles sollte fertig sein, wenn die Kinder da waren. Und sie hatte es geschafft. Alles stand an seinem Platz.

Die Möbel aus ihrer Wohnung passten gut ins Haus und ihr blieb zum Glück der Stress in einem Möbelgeschäft erspart. Weswegen sie die restlichen Möbel für das Kinderzimmer und ihrer Physiopraxis gleich über das Internet bestellte und dank der Hilfe ihres Bruders nicht selbst aufbauen musste.

Außerdem hatte sie es geschafft, ihren Namen endlich umzuändern. Die Vorstellung, dass ihre Kinder so hießen wie Robert ... Nein, das ginge

339

überhaupt nicht.

Blieb nur noch eine Sache, die sie vor der Geburt erledigen wollte. Kristin legte den Kopf auf der Rückenlehne ab und schloss die Augen.

Valentins Brief lag schwer und ungeöffnet in ihrem Schoss.

Ihr Herz fing bei dem Gedanken, ihn gleich zu öffnen, zu rasen an und sie konzentrierte sich auf das Gezwitscher der Vögel, um sich zu beruhigen.

Sie atmete tief durch, hörte in ihren Bauch hinein, was die beiden so machten. Normalerweise herrschte ein täglicher Boxkampf gegen ihre Bauchdecke, sobald sie sich hinsetzte. Doch heute tat sich verhältnismäßig nichts. Vermutlich schwante ihnen, welche Aufregung bevorstand. Kristin seufzte und strich liebevoll über ihren großen Bauch. Noch gut drei Wochen bis zum errechneten Geburtstermin.

Sie nahm den verknitterten Brief in die Hand und starrte ihn nachdenklich an. Vermutlich lag es an der näher kommenden Entbindung, dass sie den Drang dazu verspürte, Valentins Brief zu lesen.

Trotz Vios Verständnis für seine Erklärung hatte sie seine Worte nicht lesen wollen. Monatelang wurde der Brief deshalb von einem Eck ins andere geschoben. Ein Wunder, dass er im Umzug nicht verloren gegangen war.

Eines musste sie Valentin allerdings zugutehalten. Er hatte sich an sein Versprechen gehalten und sie nicht weiter mit Nachrichten und Anrufen bombardiert.

Was auch auf Robert zutraf. Den sie seit dem Vorfall, bei dem er Valentin *geoutet* hatte, weder gesehen noch gehört hatte. Mit Tamara hatte sie gesprochen, als Vio ihre Abschiedsparty im Kunstgenuss feierte. Sie hatte erzählt, dass die Scheidung lief und dass ihr Vater tatsächlich all seine Beziehungen spielen ließ, damit Robert im gesamten Europa keinen Job fand. Das Letzte, das Kristin zu Ohren kam, bevor sie nach Mönchsbrunn zog, war, dass er bei einem alten Landarzt in einer Dorfpraxis mitten im Nirgendwo angestellt war. Nicht die Schweiz, wie er ihr erzählt hatte. Wieder so ein Ammenmärchen von ihm. Ihr taten die Leute um ihn herum leid. Wer weiß, welche Lügen und Leid er dort verbreitete. Doch sie wollte nicht länger über das Kapitel Robert nachdenken.

Für Kristin war dieser Teil ihres Lebens endgültig abgeschlossen und schon bald würde ein neuer Abschnitt anbrechen.

Sie drehte das Kuvert um und riss es auf.

Zum Vorschein kam ein handgeschriebener zweiseitiger Brief, der einen Hauch von Valentins Duft verströmte.

Sofort reagierte ihr Körper. Ein unbekanntes Ziehen zog sich durch ihren Bauch. »Psst ...«, machte sie und strich beruhigend über die schmerzende Stelle.

Liebe Kristin

Ich weiß nicht, ob dich dieser Brief erreicht. Ich kann nur hoffen, dass Vio ihr Versprechen gehalten hat.

Es ist mir wichtig, dir die Gründe für mein Handeln zu erklären. Du sollst wissen, dass es nie meine Absicht war, dich zu belügen. Alles ging viel zu schnell. Es war wie ein Dominospiel. Eine Notlüge wurde gesagt und dann setzte sich mit jedem Treffen eine Weitere hinzu. Ich bekam kaum mit, was geschah und irgendwann war es zu spät, alles aufzuklären.

Du denkst dir sicher, dass es viele Gelegenheiten gab, bei denen ich dir die Wahrheit hätte sagen können ... Ja, da gebe ich dir absolut recht! Ich stand oft kurz davor, endlich die Karten auf den Tisch zu legen. Aber die Angst, dich zu verlieren, war einfach zu groß.

Denn ich habe mich in dich verliebt, Kristin.

So gern ich dich berührt und geküsst hätte ... doch ich wollte dich lieber als eine Freundin und Co-Partnerin an meiner Seite haben als dich ganz zu verlieren.

Robert hat mich verraten, aber ich denke, lange hätte ich dieses hässliche Lügenspiel nicht mehr spielen können. Spätestens wenn du einen weiteren positiven Schwangerschaftstest gehabt hättest, hätte ich es gewagt, dir alles zu beichten.

Ich war feige und aus heutiger Sicht würde ich vieles anders machen.

Damit du mich verstehst und warum alles so kam wie es kam, fange ich am besten von vorne an: Mein Name ist Johann »Jo« Valentin Engler. Ich wurde in Nürnberg als ältestes Kind von Johann und Frieda Engler geboren und wuchs dort mit drei Schwestern auf. Mein Großvater, ebenfalls Johann, eröffnete vor siebzig Jahren eine Steinmetzfirma, die mein Vater Ende der Achtziger übernahm. Es war bereits bei meiner Geburt klar, dass ich diesen Beruf erlernen und eines Tages die Firma übernehmen würde.

Durch mein Meisterstück, das dank seiner Einzigartigkeit enormes Aufsehen in der Branche erregte, konnten wir das Unternehmen auf internationales Niveau heben. Seitdem designe ich außergewöhnliche Grabsteine. Die Nachfrage ist nach all den Jahren immer noch verblüffend.

Und ich muss zugeben, dass ich in diesem Fachbereich eine Berühmtheit bin. Eine Branchenzeitschrift betitelte mich einst als Friedhofskünstler.

Doch dieser Ruhm hatte nicht nur Gutes. Auf einer Messe lernte ich meine Exfrau Susanna kennen. Sie war eine Messehostess, die sehr überzeugend sein konnte. Sie kam aus ärmlichen Verhältnissen und wurde durch mich zur »Grande Dame des Friedhofs«. Mit wildem Sex und haltlosen Versprechungen machte sie mich gefügig und ich überließ ihr dadurch sämtliche Freiheiten und Geld. Ob sie mich betrogen hatte? Ich weiß es nicht und heute ist es mir egal. Jedenfalls fragte ich sie eines Tages, es war unser dritter

Hochzeitstag, ob sie bereit sei, ein Kind zu bekommen. Sie bejahte, ließ mich aber zwei Jahre warten. In dieser Zeit baute sie sich ein Leben ohne mich auf. Am letzten Tag unserer Ehe (an dem wir noch ohne Anwälte miteinander redeten) offenbarte sie mir, dass sie nie vorhatte Kinder zu bekommen. Zwei Abtreibungen lägen hinter ihr und sie bedankte sich für den Aufstieg in die Luxuswelt. Doch nun sei es an der Zeit das Level ihres Wohlstandes anzuheben.

Ich war am Tiefpunkt, was Liebe und Vertrauen anging.

Dann kam der Tag, an dem ich das erste Treffen mit meinem Scheidungsanwalt Thomas Schätzlein in München hatte. Weil ich zu früh dran war, wollte ich die Zeit nutzen und mich am kleinhesseloher See entspannen.

Wo wir beide uns das erste Mal trafen.

Ich fand dich vom ersten Augenblick sexy und sympathisch. Hätte ich nicht solch eine vertrauenslose Ehe hinter mir, hätte ich deine Einladung zum Kaffee angenommen ...

So dauerte es noch eine ganze Weile, bis ich wieder so weit war, mich der Frauenwelt zu öffnen.

Und begann sofort mit der Suche nach dir. Ich fuhr regelmäßig und immer zur selben Zeit an den See, in der Hoffnung, dich wiederzutreffen. Doch du kamst nie.

Ich vermutete, dass du vergeben warst, und meldete mich letztendlich bei einer Datingapp an. Dazu muss ich aber sagen, dass das meinen Schwestern geschuldet war. Sie haben mich gedrängt, ich sei zu jung, um alleine zu bleiben. Ich gab klein bei. Durch sie und meiner Mutter wusste ich ja, dass nicht jede Frau so berechnend und egoistisch war wie Susanna.

Tja, und leider kam alles so, wie ich es befürchtet hatte. Vermutlich habe ich kein Händchen, was Frauen betrifft. Nicht nur bei jedem Date, wusste die Dame dank Google, wer ich war und welches Imperium hinter mir steckte, sondern bei der bloßen Erwähnung, dass ich eines Tages Kinder möchte, wurde sofort abgeblockt und die eigene Karriere vorgeschoben.

In welcher Form sie die Karriere beabsichtigen? Vermutlich so wie Susanna ... Jedenfalls kam es nach all den Dates so weit, dass ich die Schnauze von den Frauen gestrichen voll hatte. Ich traute keiner einzigen mehr. Was mich in ein Verzwickte Situation brachte:

Ohne Frau kein Kind.

Ich wollte aber unbedingt Vater werden. Es war nicht mein Ziel, sie nur zu zeugen. Nein, ich wollte für sie da sein, sie lieben und aufwachsen sehen.

Über die Internetsuche fand ich dann zu Familycircle. Da ich den Frauen abgeschworen hatte und so wenig wie möglich, mit meinem Vermögen in Verbindung gebracht werden wollte, kam nur schwul und mein zweiter Vorname infrage um meine wahre Identität zu schützen.

Und dann schlug das Schicksal zu.

Ich fand dich.

Nie im Leben hätte ich erwartet, dich dort zu finden. Ich sah es als Fügung und musste dir unbedingt schreiben. Stunde um Stunde wartete ich auf deine Antwort. Zum Leid meiner Familie lief die familiäre Weihnachtsfeier diesmal mit meiner geistigen Abwesenheit ab. Aber ich konnte nicht anders. Ich musste ständig an dich und unser erstes Aufeinandertreffen denken. Es war ja nur von kurzer Dauer, aber du hast mich sofort in deinen Bann gezogen.

Und dann kam endlich deine langersehnte Nachricht.

Ich war so happy, dass du einem Videoanruf zugestimmt hattest, dass ich gar nicht darüber nachdachte, welchen Eindruck ich auf dich mache, mit meinem quietschgrünen Weihnachtspullover.

Als du mich dann aber aus heiterem Himmel nach meinem Mann fragtest ... Ich kann gar nicht in Worte fassen, was ich in diesem Moment gefühlt und gedacht habe.

Von einem Moment zum anderen warst du mir so nah und doch so fern.

Ich hatte völlig vergessen, mein Profil zu ändern. Hätte ich nur meine sexuelle Orientierung auf Hetero umgestellt, wären wir heute nicht da, wo wir sind.

Getrennt voneinander :(

Ich kann es mir selbst nicht verzeihen, dich so behandelt zu haben. Obwohl ich wusste, wie es sich anfühlt, wenn man verraten und verkauft wird, habe ich dich dem gleichen Schmerz ausgesetzt.

Dafür möchte ich mich aus tiefstem Herzen bei dir entschuldigen!

Ich allein trage die Schuld an dieser Situation.

Du bist wunderbar, so wie du bist.

Bitte bleib so.

Danke Kristin, für alles!

Danke, für all deinen Mut, deine herzliche und liebe Art, die du mir geschenkt hast!

Danke, für dein gegebenes Vertrauen! Ich weiß, es wieder zu bekommen, bedarf es mehr, als nur einen Brief. Vielleicht gibst du mir eines Tages die Chance, dir in die Augen zu blicken, wenn ich dich um Verzeihung bitte.

Bis dahin

Valentin

Tränenüberströmt ließ Kristin den Brief sinken.

Was sollte sie von dieser Erklärung nur halten? Wie sollte sie damit umgehen? Ihn verzeihen?

Doch bevor sie sich selbst die Antworten auf all die Fragen geben konnte, unterbrach ein heftiger Schmerz im Bauch ihre Gedanken.

»Wehen! Oh nein, oh nein, oh nein! Ich habe Wehen«, entfuhr es ihr laut. Sie wandte die Atemtechnik an, die sie einst bei der Geburtsvorbereitung von Anouk gelernt hatte.

Nach einer Minute war der Spuk vorbei und Kristin konnte entspannt durchatmen. »Das kann nur eine Übungswehe gewesen sein«, beruhigte sie sich selbst, atmete noch einmal tief durch und erhob sich, um aus der Küche das Handy zu holen.

Klare Flüssigkeit rann ihr die Beine hinunter.

»Oh nein! Die Fruchtblase ...« Kristin hielt mit einer Hand den Bauch, während sie sich mit der anderen Hand an der Hauswand abstützte und sich ins Haus schleppte.

In der Küche überrollte sie die nächste Wehe und

sie musste sich am Küchentresen festklammern, bis sie abgeklungen war.

Noch außer Atem wählte sie die Nummer ihrer Mutter, die nach einer gefühlten Ewigkeit endlich ran ging. »Hallo Schatz, alles ok?«, meldete sie sich.

»Nein ... ich ... habe ... Wehen ...«, stöhnte sie atemlos ins Telefon.

»Entspann dich, Schatz, das können auch ...«

»Nein!«, schrie sie hysterisch. »Fruchtblase geplatzt. Abstände kurz«, presste sie noch hervor, ehe die nächste Wehe erschien.

»Bleib ganz ruhig. Wir sind gleich bei dir«, beruhigte Anne sie und legte auf.

Kristin wartete ab, bis die Wehe verklungen war, dann rief sie Anouk an.

Epilog
Krankenhaus

Kristin saß in einem paradiesischen Garten, umgeben von blühenden Obstbäumen. Ein laues Lüftchen bewegte ganz sachte die rosafarbenen Blüten und einzelne fielen sanft auf sie herab. Das Gras unter ihr war weich und kühl und wenn sie die Augen schloss, fühlte es sich fast so an, als säße sie auf einer Wolke. Bunte Schmetterlinge schwebten von einer Blüte zur anderen. Die Sonne strahlte mit ganzer Kraft und nur vereinzelte Strahlen schafften den Weg durch das dichte Blütenmeer der Bäume. Sie streckte einem der Strahlen ihr Gesicht entgegen und ließ sich mit geschlossen Augen davon wärmen, bis die Stille von glucksenden Lauten unterbrochen wurde. Sie öffnete verwundert die Augen, um nach der Ursache zu suchen. Geblendet von einem Sonnenstrahl, der sich durch die Jalousien des Fensters hindurchgestohlen hatte, wusste sie erst nicht, wo sie sich befand. Der Traum, der ihr vertraut war, so oft wie sie ihn geträumt hatte, tat sein Übriges.

Sie ließ ihren Blick langsam durch das Zimmer gleiten und blieb schließlich an dem Mann hängen, der neben ihrem Bett saß und die beiden Ursachen für ihr Wachwerden im Arm hielt.

Es war der Mann vom See. Der Mann, den sie als Valentin kennengelernt hatte. Der Mann, der sie sehr verletzt hatte. Aber auch der Mann, der nun der Vater ihrer beiden Kinder war.

Sie blickte die Drei an und konnte nicht glauben, was in den letzten Stunden alles geschehen war.

Nachdem sie Anouk angerufen hatte und diese sie anwies, sofort den Rettungsdienst zu holen, traf auch schon ihre Mutter ein. Sie rief den Notruf und Kristin widmete sich den nächsten Wehen. Zwischen zwei Wehen sprach sie Valentin auf die Mailbox. Drei Wehen später hatte sie diesen Anruf zutiefst bereut.

Erst als im Kreißsaal die Presswehen einsetzten und Valentin durch die Tür kam, löste sich die Reue auf und sie war dankbar über ihre emotionale Eingebung gewesen. Ohne ein Wort hatte er ihre Hand genommen und festgehalten, bis beide Kinder das Licht der Welt erblickt hatten. Erst dann hatte er losgelassen, mit Tränen in den Augen zu ihr hinuntergebeugt und ihr auf die Stirn geküsst.

Nun saß er neben ihrem Bett und hielt die beiden kostbarsten Schätze der Welt im Arm.

Philipp, der Erstgeborene und Paula, die sieben Minuten später das Glück komplett machte.

»Danke«, flüsterte er und hob den Blick. »Danke, dass ich dabei sein durfte.«

Kristin nickte lächelnd. »Danke, dass du so schnell kommen konntest.« Sie schluckte. »Valentin ... ich ...«

Er blickte sie hoffnungsvoll an.

»Du wirst immer einen Platz im Leben der Kinder

haben. Doch in meinem Herzen ...« Sie brach ab.

»Verstehe.« Mit traurigen Augen sah er sie an. »Kristin ... es tut mir aufrichtig leid ... ich ...« Er schluckte. »Wenn ich könnte, würde ich alles rückgängig machen«, stammelte er hilflos.

Sie sah, wie sehr es ihn quälte. »Ja das weiß ich«, erwiderte sie mit ernstem Gesicht. »Es ändert aber nichts daran, dass du immer der Vater dieser wunderbaren Kinder sein wirst.«

Kristin wusste nicht, was die Zukunft brachte. Sie wusste nur, dass sie noch nicht bereit war, die Tür zu ihrem Herzen für Valentin zu öffnen.

Dafür war es zu sehr gebrochen.

Aber sie wird die Zeit nutzen, das bestmögliche für die Kinder zu tun.

Ja, sie wird Fehler machen.

Ja, sie wird an manchen Tagen verzweifeln.

Vermutlich wird sie aus Erschöpfung weinen.

Aber sie fühlte sich selbstbewusst genug, diesen Weg als Alleinerziehende zu gehen, und sie freute sich auf das, was kommen mag.

Auf ein Leben, das vollgepackt sein wird aus Liebe, Lachen und Erinnerungen.

Kristin traten vor Freude Tränen in die Augen.

Liebevoll betrachtete sie Philipp und Paula.

Ihr lang gehegter Wunsch war wahr geworden.

Sie war jetzt Mutter.

DANKSAGUNG

Das Leben stellt uns oft vor Herausforderungen, die nicht leicht zu bewältigen sind. Um dennoch ans Ziel zu gelangen, braucht es Mut, Entschlossenheit und die Bereitschaft, über sich hinauszuwachsen, auch wenn die Angst vor Verurteilungen im Nacken sitzt. Letztlich wird es immer Menschen geben, die urteilen wollen. Also mach einfach! Denn am Ende DEINES Lebens wirst DU zurückblicken und nicht die, die dich verurteilten.

Dieser Gedanke hat mich in den Zeiten begleitet, als ich unsicher war, ob der Weg, eine Single – Mum by choice zu werden, der Richtige für mich ist. Die Erfahrung und die Erkenntnis, dass das Leben nicht immer geradlinig und ohne Umwege verläuft, wollte ich weitergeben – so entstand die Idee, dieses Buch zu schreiben.

Es war emotional, meine Gedanken, Widersprüche, Ängste und Hoffnungen noch einmal zu durchleben und aufzuschreiben. Wie so vieles im Leben, kann man einiges mit sich selbst ausmachen, doch manches lässt sich besser im Austausch mit Familie, Freunden oder anderen nahestehenden Personen bewältigen. So gilt auch mein größter Dank meiner einstigen Arbeitskollegin M.S., die mich auf den letzten Metern der Entscheidungsreise und in der darauffolgenden Lebensphase begleitet hat. Für deine Unterstützung bin ich dir auf ewig dankbar, S.

Ebenso bedanke ich mich herzlichst bei meinen Testleserinnen: Kerstin Winter, Stefanie Kopisch und Stephanie Seyberth. Danke für eure Zeit, Mühe und wertvollen Verbesserungstipps. Ihr habt großartige Arbeit geleistet! Jegliche weiteren Fehler sind mir zuzuschreiben.

Ein herzlicher Dank gilt auch meiner Familie für ihre unermüdliche Unterstützung und ihren Rückhalt.

Zum Schluss sage ich Danke zu dir, liebe Leserin, lieber Leser. Ich hoffe, dass ich deine Erwartungen an das Buch erfüllen und dir neue Einblicke in das Thema »Kinderwunsch als Single« geben konnte. Empfiehl es gerne weiter, damit mehr Menschen dafür ein Bewusstsein entwickeln und es nicht mehr als außergewöhnlich gilt.

In diesem Sinne wünsche ich dir ein wunderschönes Leben. Mögen all deine Wünsche in Erfüllung gehen oder du die Kraft in dir entdecken, sie dir zu erfüllen.

Liebe Grüße
Silvia

Silvia Schneider, 1982 geboren, lebt mit ihrer Tochter in einem idyllischen bayrischen Dorf. In den frühen Morgenstunden, wenn alles noch still ist, findet sie die Zeit und Inspiration zum Schreiben. Neben ihrer Arbeit als Produktprüferin in der Autoindustrie engagiert sie sich gerne in der örtlichen Bücherei und ist als Souffleuse in der Theatergruppe aktiv.

Mit ihrem Debütroman möchte sie ihre Leser:innen ermutigen, das Glück in den unerwarteten Wendungen des Lebens zu finden.

Kontakt: schneider_ _silvia@web.de